LA NOTTE
IN CUI SPARÌ

LAURA DAVE

LA NOTTE IN CUI SPARÌ

Traduzione di
ANNA MARTINI

PIEMME

Questo romanzo è un'opera di fantasia. Personaggi e situazioni sono invenzioni dell'autrice e hanno lo scopo di conferire veridicità alla narrazione e sono quindi utilizzati in modo fittizio. Qualsiasi analogia con fatti, eventi, luoghi e persone, vive o scomparse, è puramente casuale.

La poesia di Jane Hirshfield a pag. 7 si intitola *My Hunger*; la traduzione è a cura di Anna Martini.

Pubblicato per

PIEMME

da Mondadori Libri S.p.A.

ISBN 978-88-566-9855-8

I Edizione marzo 2025

Anno 2025-2026-2027 – Edizione 1 2 3 4 5 6 7 8 9 10

A Josh e Jacob
Sono tutti per voi

Come alla funambola
l'asta allunga le braccia
Mi hai sostenuto   ti ho sostenuto
da un capo all'altro
di questo mondo

JANE HIRSHFIELD

Prologo

Sapeva che qualunque biografo avrebbe riassunto così la storia della sua vita: la prima cosa che Liam Samuel Noone fece, quando cominciò a mettere insieme la sua fortuna, fu comprare un pezzo di terra il più lontano possibile dalla sua città natale.

Certo, tecnicamente la costa centrale della California non era in assoluto il posto più lontano da Midwood, Brooklyn. Ma quando arrivò per la prima volta a Carpinteria, Liam si sentì rinascere. La frequenza cardiaca rallentò, il crampo al petto si sciolse: un cambiamento piccolo, ma decisivo. Attraversò l'appartata cittadina sul mare come avvolto dalla foschia, il mondo intorno a lui appassionato e scosso dal vento, cipressi dappertutto che ondeggiavano, componendo una verde calotta intricata.

Liam aveva da poco impugnato le redini dell'azienda, e aveva preso un aereo per recarsi sulla costa occidentale a incontrare un potenziale investitore. Erano in trattative per costruire insieme un boutique hotel a una dozzina di chilometri da Santa Barbara: un rifugio sulla collina, riservato e lussuoso, con quarantotto alloggi indipendenti, sinuosi sentieri di montagna, bracieri da giardino e vialetti di ghiaia. E un ristorante con i muri rivestiti in pietra.

Doveva incontrare il socio investitore, un suo ex compagno di classe di nome Ben, che aveva una casa di villeggiatura sull'oceano, a Padaro Lane. Erano seduti fuori, nella terrazza sul retro, a mangiare uova in camicia ed esaminare progetti; Liam indossava abiti troppo leggeri per l'aria gelida che arrivava dal mare. Bevve dell'altro caffè e rifiutò la giacca che Ben voleva prestargli.

A un certo punto, guardando verso est, Liam scorse una casetta arroccata sulla scogliera a Loon Point. Baciata dal sole all'alba, il giallo incandescente che rimbalzava sulla parete scoscesa e cadeva sulla roccia bianca e sull'agrumeto. I roseti.

La proprietà comprendeva un ampio terreno, cinque deliziosi acri, vista sconfinata sull'oceano e in lontananza le colline di Santa Ynez.

Nell'unico edificio, una villetta rustica con un'insegna di legno bianco accanto alla porta d'ingresso che recava il nome della villa – «Windbreak» – abitava un'anziana signora. Liam bussò alla porta e le chiese che cosa volesse per la sua casa. Lei rispose che voleva viverci in pace, senza che la gente le bussasse alla porta per chiederle cosa volesse per la sua casa. Lui le sorrise e si scusò. «Tanto non potrei permettermela» le disse.

E allora lei lo fece entrare.

Ora, più di tre decenni dopo – possibile che tutto questo tempo sia *passato*, così? – lui cammina verso il margine a nord-est, il suo punto di osservazione preferito, il vasto oceano sotto di lui, gli ulivi secolari e il vento e la brezza tagliente, la natura selvaggia tutto intorno.

Fa un respiro profondo, inghiotte le lacrime che gli salgono dal fondo della gola nel ricordare quel giorno.

Di solito non è così nostalgico, e non ha mai amato fantasticare, ma si accorge che lo sta facendo: finge, per l'ennesima volta, di essere ancora quel giovane agitato che bussa alla porta di una vecchietta, con dentro una gran voglia di iniziare una nuova vita. Diverso dal vecchio che è ora, con una casa vuota alle spalle, senza nessuno che gli spieghi dove ha sbagliato. Si chiede come sia finito qui, sentimentale e stanco, ma disposto a dire a voce alta (finalmente, a voce alta) tutte le cose che vorrebbe poter disfare. Non è esattamente un rimpianto. Non è una cosa scontata o inerte come il rimpianto. No. È espiazione.

Ecco perché quei momenti tornano ad affacciarsi, inesorabili: i momenti che sta cercando di ritrovare, di rivivere. Il primo a diciotto anni, poi a venti, a ventisei, trentasette, quarantacinque. Cinquantotto. Sessantuno. Sessantotto. Per quel che conta davvero, è sempre il medesimo momento, no?

La stessa scelta. Vai verso il tuo destino o te ne allontani.

Pianta i piedi sulla roccia bianca, una pioggia leggera comincia a cadere. Quand'è che questo luogo è diventato l'emblema di ciò che lui non ha saputo fare? Sarebbe facile (e probabilmente sbagliato) parlare di quel cambiamento come fosse un evento recente. Ma comunque sia accaduto, lentamente o all'improvviso, ora Windbreak è il luogo che più gli ricorda sé stesso. Che ironia! Invece del rifugio che aveva immaginato, una tregua dalla casa della sua infanzia da cui era fuggito, si è rivelato essere il contrario. È la sua capsula temporale.

Si gira e guarda Windbreak, la villetta rustica, con tutte le luci accese: due camere da letto, due bagni, una cucina lunga e stretta in stile cambusa. Un'abitazione persino più piccola delle dépendance delle proprietà vicine, per non parlare delle case padronali di settecentocinquanta metri quadrati. Tutti erano convinti che prima o poi lui avrebbe buttato giù quella casetta e ne avrebbe costruita una nuova.

Il villino, perfetto e fuori posto, era troppo piccolo per ospitare una famiglia numerosa. Di certo non era abbastanza per la sua famiglia.

Ma il problema non era solo costruire una casa più grande; era sempre preoccupato quando portava lì sua figlia, da piccola, e poi fu così anche con i ragazzi. Gli argini non proteggevano affatto dagli strapiombi. Quella scogliera era troppo ripida, a venticinque metri dall'oceano, dalla roccia e dalla costa californiana. Se fossero caduti? Se uno di loro, con le gambette veloci e i gomiti pronti, avesse scavalcato il bordo prima che lui riuscisse ad acchiapparlo?

Questo, almeno, è quel che si raccontava. Ma è la verità? O forse la verità è più semplice? Gli è sempre piaciuto stare qui da solo. Da solo o con lei.

Scruta oltre il bordo, le onde che lambiscono la spiaggia venticinque metri più giù, le scogliere frastagliate, bellissime e forti. E sa che... No, non è solo egoismo. Di questo è sicuro. È sicuro di aver cercato, a modo suo, di proteggere i suoi figli. Anche quando ha fallito (e non si illude: come padre ha collezionato molti più fallimenti che vittorie), l'intento era sempre di proteggerli.

Quando, pochi istanti dopo, Liam Samuel Noone viene spinto oltre quel bordo, mentre sprofonda roteando nell'aria, è proprio questo il suo ultimo pensiero. Malgrado tutte le sue mancanze, il suo ultimissimo pensiero.

Meglio a me che a loro.

PRIMA PARTE

L'architetto opera nel territorio della memoria.
MARIO BOTTA

Case in vendita

«Allora, che cosa ne pensa? È ancora salvabile?» domanda lei.

Sono a Brooklyn, sulla soglia di una *brownstone*, una casa in arenaria di cinque piani, appollaiata sul margine di Cobble Hill. Al mio occhio professionale, la palazzina è notevole così com'è: ampia, finestre in acciaio, ringhiere originali, soffitti a cassettoni a tre metri e settanta di altezza e un giardino pensile di centosettanta metri quadri, affacciato su un rigoglioso e incantevole angolo di Henry Street.

Mi giro a guardare Morgan, la mia cliente. «Che cosa intende esattamente per *salvabile*?»

«Be', l'esperta è lei, ma è chiaro che questo posto va sventrato. È messo male, vede?»

Morgan scuote la testa; sembra in attesa che ci arrivi anch'io. È bella e giovane (venticinque, ventisei anni) e porta gli stessi stivali blu alti fino al ginocchio che aveva le poche altre volte che ci siamo incontrate. Ogni volta che ci vediamo mi sembra un po' meno felice di mettere su casa a Brooklyn. Non so se sia proprio questa palazzina a non piacerle, o più in generale l'idea di lasciare Manhattan; in ogni caso, è evidente che il trasloco non la entusiasma.

Continua a dirmi che si trasferisce a Brooklyn perché

è il suo fidanzato, un uomo d'affari di un qualche tipo, a insistere. Lui ha deciso di lasciare Tribeca e il loro loft di North Moore Street e di scapparsene lontano dal centro. Non ho ancora incontrato il fidanzato di Morgan, anche se pare sia stato lui a insistere per farmi assumere da lei. Vuole sposarsi qui, nel giardino pensile. E già che c'è, far ristrutturare completamente i cinque piani sottostanti.

«Per quando pensa che potremo concludere?» chiede Morgan.

«Quale parte?»

«Be', tutto quanto.»

Fa un gesto a comprendere l'intera casa e scende in fretta i gradini che portano al soggiorno con il pavimento ribassato.

«Cominciamo da quello che ha in mente lei» dico. «Poi potremo approfondire, e sincerarci di essere sulla stessa lunghezza d'onda per quanto riguarda i tempi e l'impostazione del lavoro. Che ne dice?»

«Certo...»

Si siede sul divano; sembra approvare il mio piano. Ma poi, già stufa dei dettagli che ancora non abbiamo iniziato ad affrontare, tira fuori il telefono dalla borsa. Apre Instagram e trova ad aspettarla i suoi cinquecentomila follower. Ormai l'ho persa.

Comunque, comincio a scaricare i progetti originali dell'edificio. Il precedente proprietario è un architetto che conosco dai tempi dell'università. Ha impiegato quasi tre anni interi a ristrutturare questa casa per la sua famiglia, senza sapere che il lavoro della moglie li avrebbe spediti in Colorado poco dopo il trasloco. Certo, ci sono molti modi di concepire uno spazio, ma qui l'attenzione prestata a ogni dettaglio è tangibile: questo soggiorno rilassante e spazioso, gli angoli smussati, il caminetto e il legno d'ulivo, la luce naturale che entra da tre lati.

Si potrebbe credere che l'architettura più interessante sia quella che costruisce gli edifici più innovativi e maestosi. Ma io propendo soprattutto per un'idea di ambiente capace di esercitare un influsso positivo sulla qualità della vita delle persone. Sostanzialmente, mi occupo di allestire spazi che abbiano proprietà terapeutiche. Sono specializzata in neuroarchitettura. Ai miei clienti, in genere, interessa questo particolare approccio architettonico: progettare spazi che favoriscano un benessere complessivo.

Qualunque cosa Morgan intenda per «messo male», dubito che le interessi approfondire l'argomento.

«Allora, il suo fidanzato ha deciso di venire, o saremo solo noi due?» chiedo.

Invece di rispondere, piazza il telefono in posizione da selfie e arriccia le labbra. Mi allontano più in fretta possibile dall'occhio della fotocamera.

«Dovrebbe arrivare.»

In quel momento il suo fidanzato entra dalla porta d'ingresso, e con lui entra il vento dell'inverno. È un bel tipo: alto e robusto, mascella forte, occhi intensi. Mi pare abbia qualche anno in più di Morgan, direi un trentenne, e indossa una giacca sportiva da cui spunta una felpa col cappuccio, che lo fa sembrare più giovane.

Inoltre, a quanto pare, è mio fratello.

Sam mi fa un cenno col capo. «Come va, Nora?»

«Non ci posso credere» dico.

Morgan raddrizza la schiena e guarda prima lui, poi me. «Vi conoscete?» chiede.

«In effetti Nora è mia sorella» dice lui.

«Tua *sorella*?»

Sorrido, e indico loro due. «E voi, vi conoscete?»

È un po' ingiusto, da parte mia. Il numero di volte in cui mi sono trovata nella stessa stanza con Sam si può contare sulle dita delle mani. Da piccoli non ci vedevamo spesso. E da adulti, ancora meno. Io sono l'unica figlia di prime nozze di nostro padre. Sam è uno dei due figli di seconde nozze. Si potrebbe anche dire che Sam e il suo gemello Tommy sono la causa del secondo matrimonio: la gravidanza a sorpresa della loro madre, piccolo indizio del fatto che tra i miei genitori le cose non funzionavano proprio a meraviglia.

«*Sam*. Che cazzo...?» fa Morgan. «Non ti è passato per la testa che avresti dovuto dirmelo?»

Non capisco se sia scocciata perché mio fratello mi ha assunta senza spiegarle chi ero o perché non le ha mai detto di avere una sorella. Propendo per la seconda ipotesi, ma Sam non fa in tempo a risponderle: c'è una chiamata in arrivo sul telefono di Morgan. Lei borbotta che è la wedding planner, e sparisce nel corridoio per parlarle.

Torno a guardare Sam, che mi sorride. «È bello vederti» dice. «Cosa mi racconti?»

«Perché sei sempre così sfuggente?» chiedo.

Il sorriso svanisce.

«È più di un mese che cerco di contattarti. Non mi hai mai richiamato. E quello sfuggente sarei io?»

Mi ha chiamato, questo è vero. Da quando nostro padre è morto, ho ignorato i suoi messaggi vocali e un paio di e-mail enigmatiche. Nostro padre non ha voluto un funerale, e questo mi ha anche evitato di vedere mio fratello in carne e ossa.

La verità è che non voglio avere niente a che fare con Sam. La storia mi ha insegnato che è meglio stare alla larga da lui e tutta la seconda famiglia di mio padre. E pure dalla sua terza famiglia, a dirla tutta.

«Devo parlarti» mi dice.

«Hai comprato una *brownstone* da otto milioni di dollari per fare una chiacchierata?»

«È una chiacchierata piuttosto importante.»

Sto per riprendere i progetti e infilarli nei loro tubi. «Sono in ritardo per il prossimo cliente.»

«Morgan ti ha prenotato per tutto il pomeriggio, quindi...»

Ormai non mi capita spesso di occuparmi di progetti residenziali come questa *brownstone*. Ma Morgan mi ha versato un cospicuo anticipo, tale da concedermi maggiore libertà d'azione per fare il lavoro che amo di più, tale da consentirle di pretendere da me un po' di straordinari.

«Sarò felice di annullare l'assegno» dico.

«Possiamo solo metterci seduti a parlare per qualche cazzo di minuto?»

«Pensavo di essere stata chiara» dico. «Non voglio i soldi di papà. Non li volevo quando era vivo. E di certo non li voglio adesso.»

«Non sono qui per quello» dice.

Alzo gli occhi e incontro i suoi. Il ben noto verde pallido, quello di mio padre. Hanno gli stessi occhi, gli stessi capelli chiari, la stessa pelle. Fa male, ma mi sforzo di non pensarci.

È più semplice, se mi sforzo di tenere a mente che mio fratello c'è sempre soltanto per quello. Nonostante il nostro comune lutto, non è che all'improvviso ci tenga a stringere un rapporto con me. E, per quanto mi riguarda, va bene così. Non mi interessa avere rapporti con Sam. E m'interessa ancor meno avere a che fare con la società di mio padre.

Come ho risposto quando ho inoltrato agli avvocati di mio padre l'ultima e-mail di Sam (con oggetto: «Dobbiamo parlare»), mio fratello può tenersi tutto quello che vuole, dell'eredità. Lui, e tutti loro.

«Stammi bene, Sam.»

Mi avvio verso la porta. Che mi condurrà fuori, giù per i gradini dell'ingresso, via di qui.

«Ti spiace aspettare un momento?»

Continuo a camminare e sono quasi libera. Di nuovo libera da lui, dalla sua famiglia, dal loro mondo.

E poi, quando ho la mano sulla maniglia, mio fratello dice una cosa. L'unica capace di fermarmi.

«Nora. Hai presente la morte di papà?» Sam alza la voce. «La caduta...»

Mi blocco. Non tolgo la mano dalla maniglia. Ma non mi muovo più.

«Non è stata un incidente.»

Le famiglie non si scelgono

L'ultima volta che ho visto mio fratello in carne e ossa è stato più di cinque anni fa.

Eravamo alla cena di compleanno di nostro zio Joe.

In realtà lui è il cugino di nostro padre, ma sono cresciuti come fratelli. Sono stati educati insieme, insieme sono andati al liceo, insieme hanno vissuto dopo essersi laureati e insieme hanno lavorato per qualche decennio. In genere i fratelli tendono a bisticciare – soprattutto quelli molto legati – ma loro sono quasi sempre riusciti a scansare i conflitti. Fratelli e amici per la pelle.

Mio padre aveva organizzato la cena di compleanno di Joe al Perry St, uno dei loro ristoranti preferiti da sempre, nei pressi della West Side Highway. Sam era seduto accanto a me, all'altro capo del tavolo. Aveva iniziato da poco a lavorare per nostro padre e stava supervisionando il lancio di una nuova proprietà alle Hawaii: una piccola oasi sulla costa nord di Kauai.

Sam era tornato a New York espressamente per quella cena, a causa dell'insistenza di mio padre, e sembrava scontento, soprattutto perché Tommy era rimasto ben poco seduto a tavola: per la maggior parte del tempo aveva fatto su e giù per il marciapiede, tutto preso da una chiamata di lavoro.

Sam continuava a sbirciare Tommy dalla vetrata. Anche Tommy lavorava per nostro padre, e da più tempo di Sam. Dalla faccia di Sam, non riuscivo a capire se fosse geloso di Tommy perché aveva una buona scusa per non stare a tavola, o se si sentisse infastidito perché si era allontanato per una ragione che non lo includeva.

In ogni caso, mi interessava di più parlare con Grace, seduta accanto a me dall'altro lato.

«Tuo padre dice che hai appena aperto uno studio tutto tuo» esordì lei. «Che emozione!»

Grace mi è sempre piaciuta. Era una donna tranquilla, molto sveglia, e lavorava con mio padre da quando io ero piccola. Ha lavorato insieme a lui quasi tanto quanto Joe: loro due erano i suoi consiglieri più fidati. A quanto raccontava lui, Joe lo aiutava a far viaggiare i treni in orario, mentre Grace curava gli aspetti più creativi. Forse per questo mi sembrava sinceramente contenta che fossi riuscita a procurarmi una clientela sufficiente per rimborsare i prestiti universitari (per il mio corso di laurea in neuroscienze e arti visive, seguito da un master in architettura), lasciare il lavoro di architetto in azienda, trasformare un garage di Cobble Hill in uno studio *open space* e dirigerlo personalmente.

Riuscirci senza un contributo da parte di mio padre mi era sembrato un bel successo. Certo, nei primi anni di studio papà mi aveva sostenuto, ma quando sono andata via da casa era inteso che avrei dovuto cavarmela da sola. E non ne ho fatto un dramma, essere autonoma è sempre stato importante per me, e anche per mia madre. Mi aveva educata così. «Troppi soldi portano guai» diceva sempre. E mio padre rispettava questa sua posizione (sua, e mia).

Grace lo sapeva di certo, e forse fu per questo che si chinò verso di me e mi sorrise, felice di vedermi conquistare il sospirato traguardo.

«Stiamo considerando una proprietà nella penisola di Nayarit» disse. «Tuo padre te ne ha parlato?»

«Non mi pare, no.»

«C'è qualche complicazione dal punto di vista geologico, ma è un posto davvero speciale. Vogliamo integrare il paesaggio, puntare tutto sulla sostenibilità e sulla salute. Non una semplice strizzatina d'occhio: prenderemo spunto da un resort che tuo padre ha appena visitato in Asia. Creare un centro benessere, con un responsabile medico. Ovviamente tutto partirà già dal progetto...»

Sorrisi. Non sembrava una coincidenza che Grace me ne parlasse proprio qualche settimana dopo che mio padre era venuto a sentire un mio discorso su come gli edifici e gli ambienti al loro interno influiscano sul benessere fisico e sulla longevità. Mio padre faceva così: scorgeva un'occasione per coinvolgermi e voleva coglierla al volo.

«Comunque» continuò lei «tuo padre sperava che la cosa potesse interessarti...?»

Sentii lo spostamento d'aria, quando Sam si inserì all'improvviso. «Grace, lo sai che alla nostra Nora non interessa questa piccola società...»

Guardai Sam. «Già» confermai. «Però mi interessa parlare per me stessa.»

Quindi mi rivolsi a Grace. Avevo già fatto quel discorso con mio padre più di una volta, e la mia risposta era sempre la stessa: un no secco e deciso. Ma apprezzavo il fatto che pensasse a me. Ero grata che mio padre fosse orgoglioso del mio lavoro, del mio approccio. Anche se volevo discostarmi dal suo.

«Al momento sono piena di lavoro» dissi.

«Sei sicura? Saremmo tutti felicissimi se collaborassi.»

«Sono sicura. Ma grazie di avermelo chiesto.»

Grace annuì, ben contenta di chiudere l'argomento, soprattutto perché farmi sentire inclusa era compito di mio padre, non suo. E anche perché ora lui le stava facendo cenno di raggiungerlo insieme allo zio Joe all'altro capo del tavolo.

«Torno subito» disse.

Mi diede una stretta alla spalla, si alzò e mi lasciò sola con Sam.

«Uno studio tutto tuo, eh? Congratulazioni» disse lui.

Indugiò sull'ultima parola in modo artificioso, come se intendesse il contrario.

Con un sorriso forzato, cominciai a lisciarmi il vestito. Ero arrivata alla cena da un incontro con un cliente, quindi indossavo ancora gli abiti da lavoro: un vestito abbottonato davanti, mocassini rigidi, un blazer di velluto a coste. I capelli lunghi erano raccolti in un lento chignon. Dal modo in cui Sam mi guardava (con la sua giacca di camoscio e gli stivali di cuoio) percepivo il suo giudizio, come se avesse deciso che ero, chissà come, troppo elegante ma non abbastanza elegante.

Ricambiai il suo sguardo, con noncuranza. Mia madre mi aveva insegnato presto che la strada più veloce per l'infelicità stava nel badare troppo all'altrui disapprovazione, specie se veniva da qualcuno che conoscevi a malapena.

«Grazie» dissi.

«Papà diceva che hai in ballo una grossa commissione a Red Hook...» indagò Sam. «Una galleria d'arte, qualcosa del genere?»

Era una scuola elementare. Ci lavoravo da due anni e

mezzo, in collaborazione con un team di ingegneri, educatori e neuroscienziati. La scuola si affacciava sull'acqua, con grandi vetrate e aule aperte, tutto era incentrato sulla luce naturale e sull'aria fresca, con spazi per correre e muoversi liberamente. *The Record* l'aveva presentata di recente in un servizio sugli edifici all'avanguardia in fatto di neuroarchitettura e didattica. E la reazione al mio lavoro, l'accoglienza positiva, è stata la spinta fondamentale per diventare titolare di uno studio mio.

«Qualcosa del genere» risposi.

«Quanto farai in un anno?» chiese.

«Come, scusa?»

Sam non mi staccava gli occhi di dosso. «Così, mi chiedevo, tanto per parlare di affari...»

«Be', tanto per parlare di affari,» replicai «non sono affari tuoi.»

«Finché non accetterai l'offerta di papà...»

Guardai fuori dalla vetrata, verso Tommy, come se potesse venire a salvarmi. Ma lui mi dava le spalle, totalmente ignaro del mio sguardo. Ma anche se l'avesse visto, dubito che sarebbe venuto in mio soccorso.

Tornai a girarmi verso Sam, pronta a chiedergli che cosa avessi mai fatto per convincerlo che mi interessasse quella strada, e che mi importasse qualcosa del suo lavoro, della sua vita, di tutto quanto. Ma poi rammentai a me stessa che il problema non ero io, bensì ciò di cui Sam si preoccupava sempre, al di sopra di tutto: sé stesso.

«Se vuoi entrarci, per me non c'è problema» dichiarò Sam. «Diversamente da quanto potresti credere, non ho niente contro di te.»

«Perché dovresti avere qualcosa contro di me? Mi conosci appena.»

Prese il suo bicchiere di bourbon e lo inclinò verso di me. «Ecco, questa è la ragione numero uno.»

«Non è possibile, non può essere semplicemente *caduto*» mi sta dicendo ora Sam.

Ci siamo trasferiti in cucina, quella che Morgan vuole smantellare, nonostante le vetrate a tutta altezza che danno sul cortile, i soffitti appena rifatti, i mobili Bertazzoni di un allegro verde cacciatore.

L'isola centrale ci separa, come una zona di sicurezza concordata. O un fossato impenetrabile.

Sam sta da una parte dell'isola e io mi appoggio dall'altro lato. Nessuno dei due si siede sugli sgabelli: preferiamo tenerci aperta una facile via di fuga. Morgan è già scappata. Sta tornando a Manhattan per farsi un cocktail alla Gramercy Tavern con la sua wedding planner. In questo momento, per più di una ragione, la invidio.

«Allora, cosa pensi sia successo, esattamente?»

«Che l'abbia aiutato qualcuno» risponde. «A scavalcare.»

«Dici che è stato spinto? Intenzionalmente?»

«In genere le spinte sono intenzionali.»

Distolgo lo sguardo da lui. Il villino di mio padre, Windbreak, era il suo rifugio, il suo eremo personale. Non era insolito che fosse lì da solo, quella sera. Ci andava spesso per conto suo. E c'era stata un'indagine congiunta delle forze dell'ordine locali con la squadra di sicurezza interna della Noone Properties. Erano giunti a conclusioni analoghe. Era una notte di pioggia. Il margine del dirupo era scivoloso. Non c'era nulla di particolare che facesse pensare a un delitto o a un gesto autolesionistico. Era semplicemente scivolato.

«Mi hanno detto che c'è stata un'indagine» osservo.

«Già. C'è stata.» Sam scrolla le spalle, come se quell'indagine, e le sue conclusioni, non gli facessero né caldo né freddo. «E dev'essere stata davvero approfondita, per essere archiviata neanche un mese dopo.»

Osservo mio fratello, la mascella serrata, le spalle troppo contratte. Giocava a baseball da ragazzo, era un gran lanciatore. E quando lo vedo così concentrato, coinvolto e determinato, mi torna in mente quel Sam. La sua fotografia sulla scrivania di mio padre, lui sul monte di lancio. La sua faccia impassibile in campo. La sua dedizione. Il suo talento.

Sam era il lanciatore titolare della Vanderbilt nell'anno in cui vinse il campionato universitario. Poco dopo la laurea, fu selezionato dai Minnesota Twins. Ma la seconda settimana, mentre andava agli allenamenti, uno dei classici temporali del Midwest colse di sorpresa lui e un ragazzo non ancora patentato, la cui auto della scuola guida finì dritta contro la Jeep di Sam. Il polso di Sam sfondò il parabrezza e si ferì in due punti. La sua carriera nella Major League terminò prima di cominciare.

«Senti, Sam, capisco che sei preoccupato...»

«Non mi sembra che tu capisca.»

«Be', hai uno straccio di prova che ci fosse qualcuno con lui quella notte?»

«No. Ma questo non significa nulla. Sai com'era papà con la privacy. Windbreak era poco protetta, a parte il cancello d'ingresso. E il fatto che nessuno sia entrato da lì non significa che non possa essere entrato in un altro modo. A me ne viene in mente più di uno.»

«Certo. Ma... chi diamine poteva volerlo fare?»

«Ti ricordi di nostro padre?» dice.

È una battuta, ma al contempo non lo è. Anche se mi ero tenuta alla larga dagli affari di mio padre, sapevo se non altro che aveva un modo tutto suo di fare le cose, che in alcuni suscitava rispetto, ma in altri antipatia. Professionale. E personale. Per i suoi sostenitori era esigente, per i suoi critici estenuante. Circolava un famoso aneddoto secondo cui il giorno prima di inaugurare una proprietà nella Napa Valley, poco fuori St. Helena, mio padre fece l'ultimo giro della tenuta e non fu contento. Avevano appena aperto un cantiere sulla Highway 29, e dalla piscina principale si sentiva il rumore. Quindi lui posticipò l'apertura di sei mesi (quando i lavori sarebbero stati completati), sostituì l'intero staff e trasferì tutte le prenotazioni per il fine settimana di apertura in altri hotel di lusso della Napa Valley, pagando di tasca propria. E poi, naturalmente, all'apertura offrì un fine settimana di soggiorno gratuito nell'albergo. Con la piscina finalmente tranquilla.

Sam gira intorno all'isola della cucina e fruga nella sua borsa a tracolla. Tira fuori una cartella blu e l'appoggia davanti a me sul ripiano: dentro c'è uno spesso fascio di fogli. Mi fa cenno di aprirlo.

«Che cos'è?»

«La copia più recente del testamento di papà, tra le altre cose. Sapevi che all'inizio dell'anno lo ha modificato?»

Scuoto la testa. Non lo sapevo.

«Non so come fosse prima delle modifiche, e non so perché lo abbia cambiato. E nessun avvocato vuole dirmi un bel niente, è chiaro.»

Alzo gli occhi su di lui; comincio a capire a cosa allude.

«C'è qualcosa di strano lì dentro, adesso?»

«A quanto pare, no» risponde.

«Allora non ti seguo.»

«La mia teoria è che forse c'era qualcosa di strano prima che decidesse di cambiarlo.»

«Teoria interessante. Tommy che ne pensa?»

«Al momento, per me Tommy può pensare quello che gli pare.»

Il tono tagliente non mi sfugge. «Che significa?»

Scuote la testa e ignora la domanda. «Devi ammettere che il tempismo è bizzarro» dice. «Papà non tocca il testamento per decenni, poi lo modifica, e poco dopo muore...»

Guardo la cartella blu. Non mi va di aprirla adesso, mi sembrerebbe di dare ragione a Sam. Non voglio fare nessuna mossa improvvisa che potrebbe portarci dalla stessa parte, una parte a cui lui sembra aggrapparsi disperatamente.

«Ma tu come lo sai, questo?» chiedo invece.

«Ho visto la sua agenda. Papà e zio Joe hanno avuto otto incontri con uno dei suoi team di avvocati, quelli che si occupano di testamenti e successioni. Otto incontri nel corso di diverse settimane. Avranno stravolto ogni cosa.»

Lui sembra credere che questo dimostri qualcosa, ma io riesco solo a pensare che una serie di incontri con gli avvocati e un testamento modificato (che può essere stato modificato per svariati motivi) potrebbero sembrare le prove di un complotto omicida soltanto a un figlio in lutto alla frenetica ricerca di risposte. Un figlio in lutto che è anche erede di una società.

«Senti, Nora, prima che tu pensi che io voglia agitare le acque o regolare qualche conto personale...»

Alzo le mani in segno di resa, anche se è proprio quello che stavo pensando.

«Figurati» dico.

«So che lo pensi» dice lui. «Ma, giusto perché tu lo sappia, non ho nessun conto da regolare. Semmai, andare a stuzzicare questo vespaio non farà altro che creare problemi.»

«Perché?»

«Papà ci aveva illustrato i suoi piani. Filava tutto alla perfezione. Nessun favoritismo. Aveva diviso in parti uguali. Io e Tommy...»

Tommy, che è nato due minuti prima di Sam ma si è sempre comportato come se fossero dieci anni. È uscito dall'università con una doppia laurea, ha sposato la sua fidanzata storica ed è asceso ai vertici della Noone Properties, tutto prima di compiere trent'anni. Tommy, che, scherzava mio padre, sembrava il gemello mio, più che di Sam. Abbiamo gli stessi capelli e occhi scuri, le stesse gambe lunghe e la stessa corporatura atletica. In qualche modo deve venirci dal ramo paterno, anche se si potrebbe pensare che entrambi abbiamo preso di più dalle nostre madri. Ma la somiglianza è innegabile, nella configurazione dei nostri volti ci sono dettagli identici: la piega della bocca, gli zigomi. Però le affinità, almeno a prima vista, finiscono lì.

Io e Sam non ci assomigliamo molto di più. Sam, ora di fronte a me. Sam, che dopo quell'incidente d'auto si è messo (com'è che diceva mio padre?) «alla ricerca». Ha allenato la squadra di baseball di un collegio del Connecticut, si è trasferito a Bristol per un impiego da assistente presso l'emittente televisiva sportiva Espn, infine è tornato a New York e alla società di nostro padre, per lavorare al fianco di Tommy.

Per ragioni che posso comprendere, la sua espressione – sospettosa, infelice – non è poi tanto dissimile da quella che aveva in faccia tutte le altre volte che l'ho visto, dopo la fine della sua carriera nel baseball.

Però non ho ancora capito perché sia tanto fuori di sé. Davvero pensa che sia successo qualcosa di misterioso a nostro padre? Cos'è che sta cercando?

«Il punto è che ha passato lo scettro a me e a Tommy» dice Sam.

Scrolla le spalle. E mi accorgo che è sorpreso che nostro padre abbia lasciato l'azienda anche a lui, e non solo a suo fratello. Un po' sorpreso e un po' orgoglioso. Ma non dovrebbe: mio padre non avrebbe mai fatto preferenze tra i due figli. Non era il tipo. Se anch'io avessi avuto un minimo di interesse, avrebbe trovato un modo per includerci tutti.

«È fantastico, Sam» commento.

«Certo. Voglio dire, ora zio Joe rimane al comando per coerenza» dice. «È una scelta logica, ma ci resterà solo a tempo determinato. Quattordici mesi. Per tenere tranquilli gli investitori, per mantenere stabile la conduzione della società. Papà è stato chiaro, al riguardo. Poi Tommy e io la gestiremo insieme.»

«Allora che problema c'è? Non è quello che volete?»

«Prova a chiedermi quando papà ne ha parlato con noi. I suoi piani per la società, i dettagli...»

«Quando?»

«Otto giorni prima di morire.»

Probabilmente la sorpresa mi si legge in faccia, perché Sam si sporge verso di me. «Strano, no?» dice.

«Magari è una coincidenza.»

«Una coincidenza piuttosto strana.»

Lo guardo negli occhi. «Sam, io...»

«Tu cosa?»

«È durissima, lo capisco. È dura anche per me. Ma solo perché hai una sensazione...»

«È più che una sensazione» dice. «Se il tempismo sulla faccenda del testamento ti sembra solo una coincidenza, d'accordo. Per ora non posso dimostrare che sia qualcosa di più. Resta il fatto che papà si comportava in modo strano.»

«Definisci "strano".»

«Era distratto, assente. Veniva in ufficio sempre meno. Sai quanto era riservato, ma ultimamente non era più lui.»

Mi guarda come se questa fosse la prova definitiva. Ma a me dimostra soltanto che mio fratello si è convinto che a nostro padre stesse succedendo qualcosa. E se ha ragione lui, è qualcosa di cui io non sapevo nulla. È come se in me si aprisse uno squarcio, al pensiero che non lo sapevo. Al pensiero del *motivo* per cui non lo sapevo. E comincio a sentirlo, un rullo di tamburo nella testa, la pelle che si increspa e si scalda dietro le orecchie.

«Non hai ancora detto una singola cosa che contraddica la versione ufficiale di quel che è successo quella notte sulla scogliera» osservo.

Annuisce. «A parte l'unica cosa che non c'è neanche bisogno che io ti dica.»

Distolgo lo sguardo, il rullo di tamburo aumenta d'intensità. Windbreak era il luogo preferito di mio padre. Era il suo rifugio. Lo conosceva come le sue tasche. E anche in una notte di pioggia, dopo aver bevuto troppo bourbon, con un cielo senza luna, davvero avrebbe potuto dimenticare dove iniziavano le rocce? E dove finivano?

«Mi faresti un favore?» chiede Sam. «Domani vado a Windbreak per dare un'occhiata in giro. Per parlare con il custode e la polizia locale. Voglio vedere cosa riesco a scoprire di preciso su quella notte.»

«Che favore?»

«Vieni con me.»

Non riesco a trattenere una risata. «In California? No. Scherzi?»

«Non scherzo.»

Sta dicendo sul serio. L'idea di rifiutare l'invito si rafforza ulteriormente, dentro di me, quando glielo leggo negli occhi, quegli occhi così familiari: l'estremo disagio che prova nel trovarsi qui di fronte a me, a chiedermi aiuto. Mi raggela, un po' perché è la prima volta che lo vedo così pallido, la prima volta che mi si mostra vulnerabile. Ma è anche dovuto ai cambiamenti sul suo viso: le rughette intorno agli occhi che si raggrinzano, le sopracciglia contratte. Di colpo, come per magia, mi sembra di trovarmi di fronte a mio padre.

Apro la cartella, sfoglio le carte tenute ordinatamente insieme con le graffette ed etichettate.

«La lettura del testamento è stata due settimane fa» dice Sam. «Se tu ogni tanto rispondessi al telefono, sapresti che l'ha lasciata a te.»

Alzo gli occhi. «Che cosa?»

«Windbreak.»

Cerco di non reagire, ma mi sento avvampare. Mi torna in mente una delle mie ultime conversazioni con mio padre. Mi aveva chiamato per chiedermi di accompagnarlo a Windbreak. Non ci ero stata spesso: cinque o sei volte da piccola, altrettante da adulta.

Era il posto dove andava per ricaricarsi, e spesso ci andava da solo. Perciò la sua telefonata mi aveva sorpreso. Un po' meno quando mi aveva detto: «Mi farebbe comodo il tuo parere per ristrutturarla. Sto pensando di fare qualche cambiamento». Ma avevo rifiutato. Gli avevo detto che ero troppo impegnata con il lavoro. Ed era vero. Però, a essere sincera con me stessa, il problema non era solo il lavoro. Ero arrabbiata. Non mi andava di accontentarlo.

Sento una stretta al petto e cerco di placarla respirando.

«Sam...»

«Se hai ragione tu, se ci rendiamo conto che è del tutto folle, possiamo riprendere l'aereo domani sera.»

Afferra la cartella e va alla prima pagina. Indica il foglietto su cui è scritto l'itinerario.

«Vuoi pensarci un momento?» mi chiede.

Osservo le indicazioni: aeroporto, numero di volo, orario in grassetto. 10.08. Domani.

Chiudo la cartella, pronta a dire di no.

Ma alzo gli occhi e mio fratello non c'è più.

Sheet Music

Prendo la metro, decisa a tornare a casa.

Mi rannicchio sul sedile all'angolo e tiro fuori la cartella blu. Comincio a esaminare i documenti. C'è una copia del testamento di mio padre, l'atto di proprietà di Windbreak, il necrologio a tutta pagina pubblicato sul *New York Times*. Tutti documenti che ancora non avevo visto, non essendoci stato il funerale. Mio padre voleva essere cremato, le sue ceneri sparse nell'oceano, da Windbreak. Doveva pensare a tutto lo zio Joe.

Tiro fuori il necrologio (l'unico documento che avevo già letto) e mi concentro sulla fotografia di mio padre. È in piedi, con le braccia incrociate, in cima a una verde collina, con le montagne di San Ysidro alle spalle. La didascalia sotto la fotografia recita: «Liam Samuel Noone, fondatore della Noone Properties & Resorts, davanti al fiore all'occhiello dei suoi hotel, The Ranch».

Un asterisco accanto al nome di mio padre spiega che Noone si pronuncia come *noon* (mezzogiorno) e non come *no one* (nessuno). Però so che mio padre si divertiva, quando la gente sbagliava la pronuncia. *No one Properties*, scherzava, «proprietà di nessuno»: non esiste luogo più perfetto dove fuggire.

Guardo ancora la foto. Mio padre appare forte, animato e

virile sullo sfondo del paesaggio montano. Niente di strano che il giornale abbia usato questa immagine.

Tanto per cominciare, The Ranch è stato il primo complesso costruito da mio padre dopo essere subentrato alla Hayes. E questa fotografia mette in risalto l'aura mitica con cui viene spesso descritta l'ascesa di mio padre: Liam Noone, nato a Brooklyn, figlio unico di immigrati irlandesi e russi, padre idraulico e madre contabile di suo padre. È stato il primo della sua famiglia a frequentare l'università, oltretutto a Yale, dove si è laureato primo del suo corso, e a conseguire un master alla Columbia, classificandosi tra i primi tre. Pochi mesi dopo la laurea in economia è stato assunto come direttore operativo presso la Hayes Hotels, una catena alberghiera a conduzione familiare, con cinque proprietà sulla costa orientale. Una scelta per molti strana, quella di legarsi a una ditta così piccola. Una scelta strana, accettare una posizione molto meno remunerativa rispetto a quella che avrebbe potuto ottenere in una grande società di consulenza o in una grossa banca d'affari, di quelle che fanno a gara per accaparrarsi i migliori studenti.

Ma quando Walter Hayes morì, lasciò l'azienda a mio padre («il giovane più esigente con cui abbia lavorato in quarantotto anni»), e mio padre, col tempo, trasformò quella piccola catena nell'impero di boutique hotel e resort di lusso più ricercati del Nord America, con trenta strutture a cinque stelle e altre diciotto in fase di sviluppo. Un impero da un miliardo di dollari. Così facendo, è diventato estremamente ricco. Un ricco per lo più anonimo, che non ha mai voluto mostrare il suo volto sul marchio e ha lasciato che i suoi alberghi parlassero da soli. Ognuno di questi aveva una storia speciale, una sua leggenda, che li rendeva molto ambiti. E Liam Noone non si stancava mai di lavorare per superare sempre le aspettative.

Passo all'ultimo paragrafo, dedicato alla sua vita privata, in cui si evidenzia che a mio padre sono sopravvissuti i figli: una figlia dal primo matrimonio e due figli maschi dal secondo. Alle mogli ormai ex non si fa cenno, ed è ciò che avrebbe voluto mio padre.

Si è sposato tre volte, ma non ha mai divorziato per davvero. Anche dopo la fine del matrimonio con mia madre, in casa nostra lui era una presenza fissa. Fece di tutto per mantenere un buon rapporto con me e insistette perché la separazione mi turbasse il meno possibile. Ma non si trattava solo di me: mio padre voleva turbare il meno possibile anche la sua vita, tutte le sue vite: quella con me e mia madre, che cercava di preservare, quella con la famiglia nuova e infine quella con la famiglia nuovissima. Faceva in modo che i suoi diversi mondi non si intersecassero mai; così andò avanti fingendo di vivere esclusivamente all'interno di ognuno di essi.

Non ce l'avevo con lui per questo, da ragazza, soprattutto perché ho avuto un'infanzia fantastica con mia madre a Croton-on-Hudson. Adoravo la nostra fattoria, i miei compagni di scuola, e anche la storia della nostra cara cittadina, condividendo l'orgoglio di tutti per il *dummy light* del centro, il più antico semaforo a colonna d'America. E non mi piaceva per nulla l'idea di passare il tempo a fare la spola con l'attico di mio padre a New York e una matrigna a cui non interessava avermi tra i piedi.

Ma anche se volevo un gran bene a mio padre, c'è un limite alla quantità di tempo che si può trascorrere con una persona che divide la sua vita in compartimenti stagni. C'erano i nostri venerdì sera insieme, e se avevo una recita scolastica o una mostra d'arte, lui se le perdeva di rado. Ma per il resto, stava quasi sempre con le altre famiglie e negli altri suoi mondi, di cui doveva occuparsi e di cui io non sapevo quasi niente.

Anche per questo, sono stupita di quanto sia dura sopportare la sua morte. Non mi stupisce che sia doloroso, naturalmente, ma lo smarrimento causato dalla sua perdita mi sbalordisce.

Non aiuta il fatto che io e mio padre ci fossimo piuttosto allontanati, dopo la morte di mia madre, l'anno scorso. Forse anche perché lei è morta così all'improvviso: un terribile incidente, una sera che tornava a casa come al solito in bicicletta. Un camionista che non aveva acceso i fari. E a un tratto mi sono ritrovata senza di lei.

La persona più importante della mia vita. «La prima cosa che fai al mattino è la più significativa per te»: questo diceva sempre mia madre. Quando ero bambina, la prima cosa che facevamo ogni mattina era stare un po' insieme. Del tempo solo per noi, senza interruzioni. Ci alzavamo all'alba e andavamo a piedi in città, a prendere il pane fresco e la cioccolata calda quando apriva il fornaio, poi ci sedevamo in riva al fiume a chiacchierare. Il nostro rituale mattutino è continuato anche dopo che sono andata via da casa per il college: in qualunque parte del mondo ci trovassimo, il mio telefono squillava ogni giorno alle otto, così parlavamo mentre andavo a lezione, e poi mentre andavo al lavoro, per poterci prendere almeno un caffè virtuale insieme. Così, ogni giorno, mi ricordava che per lei niente era più importante di me.

Come faccio a spiegare quanto mi abbia distrutta la sua perdita? Negli ultimi quattordici mesi ho guardato il telefono tutte le mattine alle otto in punto, desiderando disperatamente che tornasse a squillare.

Dopo l'accaduto, ho cominciato a sentire nei suoi confronti una lealtà distorta, fuori tempo massimo, specie per quel che riguardava mio padre. Pareva che non riuscissi a evitarlo, pur sapendo che mia madre non gli aveva mai serbato rancore.

Una rabbia difficile da spiegare, la mia. In parte era dovuta al fatto che lui aveva cercato di diventare una presenza più costante nella mia vita, dopo la perdita di mia madre, e questo non aveva fatto che esasperare la mia consapevolezza che non fosse adatto al ruolo di padre. E poi c'era lo strano effetto collaterale del mio lutto, il dolore profondissimo provocato dalla scomparsa del mio affetto più grande: all'improvviso, mi era sembrato ingiusto permettere a mio padre di occupare un qualsiasi terreno emotivo, in assenza di lei. Così ho lasciato vuoto quello spazio, e ho scavato da sola in quella terra di orfana. Mi sono lanciata in una missione semplice e impossibile: tenere mia madre vicina a me come quando era viva.

Ora che anche mio padre se n'è andato, non posso negare che fosse una missione sbagliata. Aver tenuto lui a distanza non mi ha riportato lei, e non ha smorzato il dolore che ho provato quando ho dovuto affrontare anche la sua, di perdita.

Ma quindi a che punto sono? A che serve sapere di aver sbagliato, quando non c'è più nessuno a sentirti chiedere scusa?

La metropolitana avanza a scossoni, poi si ferma completamente e le luci si spengono.

Nel vagone si leva un mormorio irritato, ma per me è un sollievo che nessuno veda i miei occhi riempirsi di lacrime.

Quando scendo, si è messo a nevicare.

Vivo in una zona così remota di Brooklyn che la mia fermata è in superficie, e appena esco i fiocchi di neve cominciano ad attaccarsi alla giacca, alla pelle.

Amo tutto del mio quartiere, anche il tempo che ci vuole per raggiungerlo. È un'area di Flatbush chiamata Ditmas Park. La Brooklyn storica, più un borgo che una grande città, con strade tranquille, cornioli da fiore, vecchi edifici vittoriani. Una mia professoressa di architettura abitava in una di queste case e mi aveva affittato una stanza a prezzi modici. Quando suo marito finì per accettare un lavoro nella California del Nord e lei lo raggiunse nell'Ovest, mi lasciò in affitto l'intera casa finché non sono riuscita a raggranellare la somma sufficiente per comprarla.

Si tratta di una villa vittoriana verde menta, con tanto di scala originale, vetrate colorate e pavimenti di legno. Porte a scomparsa. Orticelli in cassetta nel cortile.

Mi invade un'ondata di sollievo quando intravedo il mio isolato di Marlborough Road, la quiete di casa mia a pochi passi.

Ma stasera, invece di andare da quella parte, seguo le luminarie natalizie di Cortelyou Road fino al grappolo di ristoranti e bar di Ditmas Park, dove c'è il mio locale preferito, lo Sheet Music, il cui nome, insieme alla piccola insegna di legno appesa sopra la porta, è un ricordo di quando era un negozio di chitarre.

Ora lo chef serve pizze cotte nel forno a legna e deliziosi piatti casalinghi a chilometro zero, in un locale che ho progettato con lui. Insieme abbiamo reinventato la sala principale introducendo dettagli contemporanei – pareti intonacate, una cappa in acciaio inossidabile sopra il bancone centrale, sedie d'epoca – senza rinunciare completamente al vecchio negozio di musica, mettendo in evidenza i soffitti in lamiera zincata e il piccolo pianoforte a coda, di un marrone intenso, nell'angolo in fondo.

Il ristorante era (ed è) un progetto che ho realizzato per passione.

Il che diventa ancora più chiaro scoprendo che lo chef è anche il mio fidanzato, Jack.

Entro dal cancello laterale e passo per il retro, sbirciando nella sala mentre raggiungo l'ingresso di servizio. È piena, animata, la musica filtra dalle finestre, le luci sono basse e invitanti.

È venerdì sera e cioè, almeno nel nostro piccolo angolo di mondo, la sera più affollata della settimana: primi appuntamenti (e ultimi appuntamenti), cocktail dopo il lavoro, genitori che vogliono bersi un altro bicchiere di New York City prima di essere fagocitati dai loro weekend in famiglia.

Apro la porta sul retro, entro nella cucina fumante e adocchio Jack alla sua postazione. Indossa gli abiti bianchi da chef e un berretto da baseball dei San Francisco Giants, la sua bella faccia (la mia faccia preferita) è sudata e concentrata.

Mi basta vederlo per respirare più liberamente, e il cuore accelera. È la stessa strana combinazione di euforia e calma che mi inonda ogni volta che lo vedo alla fine di una lunga giornata, quando osservo la sua pelle, le sue mani, e quella faccia. Anche adesso. Ancora adesso.

Sono fidanzata con Jack da un paio d'anni, ma ci siamo messi insieme la prima volta più di venticinque anni fa; anche se, in effetti, definirlo «il mio ragazzo» sarebbe stata un'esagerazione. Era seduto di fronte a me, in terza media, al laboratorio di falegnameria. Non ricordo di essere rimasta colpita dalla sua bellezza, anche se era davvero carino: uno spilungone con i capelli ricci e gli occhi scuri.

Di lui, però, ricordo il modo di fare. Anche se non avrei saputo definirlo, sentivo quanto era a suo agio nella sua pelle. Era sicuro di sé in un modo diverso dalla maggior parte dei suoi coetanei. In un modo diverso – come ho capito più avanti – da molti uomini adulti.

La sua maniera di parlare lo rivelava: aveva una voce dolce e gentile e sensuale, fatta apposta per la radio, più che per la panca di legno dell'ultima ora di lezione. Era il tipo che parlava solo se era sicuro di dire qualcosa di autentico.

Quella voce mi faceva venire voglia di stargli vicino, di passare più tempo con lui.

Credo sia per questo (ma non sappiamo mai davvero il perché, non è vero?) che tanto tempo fa sono riuscita a fare quel che il mio carattere di ragazzina di solito non mi consentiva: gli ho battuto il dito sulla spalla e gli ho chiesto se voleva venire a prendere un gelato con me dopo la lezione. Vale, come invito a uscire insieme? Di certo non mi ci ero mai avvicinata tanto, nei miei tredici anni di vita su questo pianeta.

Va detto che Jack non si scompose, anche se, nei suoi tredici anni di vita, era la prima volta che qualcuno glielo chiedeva.

«Certo...» disse, come se non stesse diventando tutto rosso in faccia. «Mi piace il gelato.»

Quel pomeriggio andammo in bicicletta fino alla gelateria e mangiammo i nostri coni in riva al fiume. Fu una delle nostre pochissime uscite, prima che la sua famiglia si trasferisse a ovest, a Mill Valley, una cittadina a nord di San Francisco.

Quando ci rivedemmo, eravamo adulti. Ero al primo appuntamento, in un ristorante di tendenza vicino al Madison Square Park, con un avvocato specializzato in brevetti che era anche uno dei proprietari del ristorante. Dopo mangiato, per fare colpo su di me, mi portò in cucina a conoscere lo chef.

E lo chef era Jack.

«Ehi, Nora» mi disse, come se dal nostro ultimo incontro fossero passati venti minuti e non vent'anni e più.

Il giorno dopo mi cercò in rete, e mi mandò un breve messaggio: «Bello rivederti. Fammi sapere se ti va di prendere un gelato».

Mi soffermo a guardare Jack che lavora. Spruzza un po' di vino cotto sul suo piatto forte: una specie di torta salata che prepara con un incredibile ripieno a base di fragole coltivate e pomodori San Marzano, aceto balsamico, cipolle e pinoli. Mette a marinare la miscela per ore, fino a ottenere la salsa più succosa, ricca e aromatica che abbiate mai assaggiato.

A meno di due anni dall'apertura, questo piatto ha fatto guadagnare allo Sheet Music una menzione nella guida dei buongustai; è al primo posto nelle liste delle leccornie da provare di molti critici gastronomici.

Il piatto è pronto da servire; Jack alza gli occhi, mi vede qui ferma e mi sorride. È il sorriso che riserva solo a me: intimo, sensuale, concentrato. Come faccio a spiegarlo? Mi dà sempre la sensazione che non riesca a credere di avermi per sé, da due anni, da venticinque anni. Proprio come io non riesco a credere di avere lui.

Mi avvicino e mi saluta con un bacio, la sua mano calda mi copre la nuca, sento il suo fiato sulle labbra. Mi sostiene. Come solo lui sa fare.

«Non sapevo che venissi» dice.

Chiudo gli occhi e sprofondo nella sua pelle, lo respiro.

«Tutto bene?» mi chiede.

«Forse.»

Ride. «"Forse" non è il massimo.»

«Oggi è venuto a trovarmi Sam Noone.»

Si tira indietro e mi guarda, stupito. «Tuo fratello? Cosa voleva?»

«Fare due chiacchiere, prendere un caffè con me... Roba così. Dirmi che secondo lui nostro padre è stato ucciso.»

«Cosa?»

Annuisco.

«Vieni con me» dice.

Mi guida delicatamente verso il suo ufficio, facendo segno alla sua capocuoca, Kayla, che tornerà presto. Mentre passiamo, incrocio il suo sguardo e provo a scusarmi con un sorriso. L'ultima cosa che desidera è che io interrompa il servizio della cena. Kayla torna al suo lavoro, senza nemmeno fingere di sorridermi. Ce l'ha con me da quando Becker, una buona amica di Jack dai tempi della scuola di cucina, gli ha chiesto di andare a gestire il suo ristorante a due stelle Michelin nel Nord della California mentre lei è in congedo di maternità. Se Jack avesse accettato, Kayla sarebbe stata responsabile della cucina dello Sheet Music al suo posto, nel periodo di assenza di Jack.

Io gli ho consigliato di cogliere quell'occasione, ma lui ha rifiutato e Kayla crede sia colpa mia.

Penso a quanto sono stata assente, negli ultimi tempi. E mi chiedo se non abbia ragione lei.

Io e Jack, fianco a fianco, entriamo nel suo piccolo ufficio. Chiude la porta alle nostre spalle e si gira verso di me.

«Che cosa ti ha detto esattamente?»

«È convinto che qualcuno lo abbia spinto giù...»

Da come mi guarda, capisco che la considera una follia. Non è uno sguardo molto diverso da quello che io ho rivolto a Sam un paio d'ore fa, credo. Aspetto che mi faccia sentire meglio, che la sua conferma («È un'idea inverosimile!») mi consoli.

«C'è qualche motivo per crederlo?» chiede.

«Non direi. Cioè, anche se qualche indizio c'è, il fiuto mi dice che Sam potrebbe avere in mente qualcosa. Che in qualche modo ci siano in ballo i soldi. O il potere. O non lo so.»

«Allora perché fai questa faccia?»

Scuoto la testa. «È che continuo a pensare a un'altra cosa.»

«E cioè?»

«Perché ha deciso di parlarmene?»

Jack riflette. E vedo che sa la risposta, come la so io. Magari mio fratello non mi conosce tanto bene, ma abbastanza da sapere che difficilmente, adesso, deciderei di lasciar perdere. Forse sono sempre stata così, ma il lavoro che faccio ha accentuato questo lato del mio carattere. Il mio mestiere richiede grande attenzione al dettaglio, scrupolo, puntigliosità. E ora non riesco a lasciar correre, neppure fuori dal lavoro. Non riesco a scuotermi di dosso il sospetto, quando qualcosa non quadra.

«Vuole che vada con lui domani» dico.

«Dove?»

«A Windbreak.»

«Davvero?»

«Vuole che diamo un'occhiata in giro. Per vedere se le sue preoccupazioni sono fondate.»

«In California?» dice.

Nel suo tono ritrovo le mie sensazioni: mi sembra un po' estremo, volare all'altro capo del Paese a causa dei sospetti di una persona che conosco a malapena, e le cui motivazioni non sono ancora chiare.

«È da pazzi, lo so…»

Riflette in silenzio, poi fa: «Non ho detto questo».

Mi guarda, in attesa che io decida di fare ciò che lui già sa che devo fare. L'unica altra persona capace di guardarmi così, di sapere cosa mi serviva quasi prima che lo sapessi io, era mia madre. Essere vista e compresa in quel modo mi dava un senso di sicurezza, con lei. Anche con Jack è sempre stato così. Lo era, almeno; ma da quando mio padre non c'è più, ho cominciato a percepire in maniera diversa il mio legame con lui, la sua tenerezza, la sua profondità. Come se sentissi una sorta di minaccia, in sottofondo.

«Vengo con te» dice. «Se hai bisogno di fare questa cosa, vengo anch'io.»

«Non te lo chiederei mai.»

Negli occhi di Jack appare un lampo, forse delusione, forse solo sorpresa. «Be', non c'è bisogno di chiedermelo» dice.

Abbasso gli occhi, senza parlare. Jack si è reso conto di quanto l'ho tenuto a distanza, dopo la morte di mio padre. Ho tenuto a distanza quasi tutti. La vicinanza, soprattutto con lui, brucia troppo. È il più viscerale promemoria di ciò che ho perduto. O di ciò che rischio di perdere.

Jack lo capisce, però fa male a entrambi, soprattutto se penso che, da sempre, spontaneamente, Jack è la persona a cui più vorrei essere vicina.

Finora non me lo ha mai fatto pesare. Ha cercato di lasciarmi tutto lo spazio possibile perché io potessi piangere mio padre.

Mi prende la mano e mi dà un rapido, tenero bacio sul palmo. La sicurezza che mi trasmette il contatto con lui arriva a confortarmi, mio malgrado.

«Io vengo a casa più tardi» dice. «Riposati un po'.»

Quindi apre la porta dell'ufficio e torna al lavoro, lontano da me. Lo chiamo a gran voce.

«Jack, aspetta.»

È appena uscito. Non può non avermi sentito.

Ma non torna, probabilmente perché sa già che in realtà non ho altro da dirgli.

È mezzanotte, non riesco a dormire.

Jack è ancora al ristorante. Mi alzo dal letto e vado di sotto, nel mio studiolo; apro la finestra e l'aria fredda mi sveglia completamente.

Devo presentare una proposta per un progetto a West Chelsea, una libreria per bambini che due redattori in pensione stanno aprendo vicino alla High Line.

Spero che la quiete della casa mi aiuti a concentrarmi, ma l'occhio mi cade sulla cartella blu sul bordo del tavolo e ripenso a quel che mi ha detto Sam. Mi ripeto mentalmente le sue parole, sforzandomi di far quadrare il discorso, ma il telefono si mette a vibrare.

Sullo schermo appare un nome familiare: un messaggio in arrivo da Elliot.

Puoi parlare?

Spingo il telefono verso il bordo del tavolo, come a spingere via anche il senso di colpa.

Mi dico che forse Elliot vuole solo parlare di Austin. Mi dico che forse è proprio Austin a scrivermi... ma so che non è lui, non manderebbe messaggi dopo la mezzanotte.

Austin Abrams: otto anni, prodigio del pianoforte, capace di sfornare eccelsi dolcetti al cioccolato, una delle mie persone preferite di tutto il pianeta. Il figlio di Elliot.

Ho iniziato a frequentare Elliot quattro anni fa, quando si era da poco separato dalla madre di Austin. Si era trasferito nello stesso palazzo del West Village dove abitava mio padre. Nel nuovo appartamento, Elliot non aveva ancora preso un pianoforte per Austin, che perciò si esercitava sul vecchio piano verticale nell'atrio del condominio, dopo la scuola e quando Elliot tornava dall'ospedale. Una sera mio padre lo sentì suonare e lo invitò a usare lo Steinway a coda di casa sua. Austin ed Elliot furono ben felici di accettare.

E una sera che andai da mio padre per cenare insieme a lui, mi aprì la porta Elliot. Alto quasi due metri, felpa con cappuccio e occhiali; il dolce Austin, alle sue spalle, era la sua copia in miniatura – un metro e trenta –, anche lui in felpa e occhiali.

Tra noi fu facile fin dal primo istante, seppure non troppo intenso. Io ero sommersa di lavoro nel mio nuovo studio ed Elliot era tutto preso dalla medicina (è un cardiologo pediatrico) e si barcamenava nel suo nuovo ruolo di co-genitore. Scherzando, dicevo che un po' uscivamo insieme e un po' eravamo navi che s'incrociano nella notte. Quella battuta, però, toccava un nervo scoperto. Uno dei motivi per cui stava divorziando era che, secondo sua moglie, Elliot non riusciva mai a lasciare l'ospedale in ospedale. «Sosteneva che il venticinque per cento di me era sempre assente» mi aveva detto lui.

Io non avevo quella sensazione, ma forse ero troppo occupata per accorgermene. Ero talmente concentrata sul mio lavoro, a dire il vero, che decisi di fare un passo indietro. Non molto tempo dopo, la madre di Austin accettò l'idea di fare un ultimo tentativo con lui per rimettere in piedi il matrimonio, e io non esitai a distaccarmi del tutto. Non volevo in nessun modo essere responsabile della loro separazione.

Austin non voleva perdermi – decisione appoggiata con gioia da Elliot e da me – ma la mia presenza negli anni è diventata molto discreta. Di tanto in tanto portavo Austin a prendere una cioccolata calda dopo la scuola, nei giorni in cui Elliot rimaneva in ospedale fino a tardi; e cercavo di andare sempre a sentire i suoi saggi di pianoforte, a volte con mio padre.

Sono stata attenta a tracciare confini netti, anche prima di cominciare a frequentare Jack. E sono stata ancora più attenta dopo che la madre di Austin ed Elliot si sono separati definitivamente.

Non è stato difficile restare dentro quei confini.

Fino alla morte di mio padre, almeno. Quando Elliot ha cominciato a riavvicinarsi a me.

La sua presenza è tornata a essere un balsamo. È solo perché conosceva bene mio padre? Perché si volevano bene?

È un conforto innocente, questo? Non mi sembra così innocente, alle 00.08. Non mi sembra così innocente, se penso che in questi giorni mi viene più facile parlare con lui che con Jack.

Forse perché Jack non è mai assente al venticinque per cento: lui è del tutto presente. Parlare con Jack somiglia un po' troppo a guardarsi allo specchio. Lui vede tutto di me. Da quando ho perso mio padre, trovo il dolore del mio lutto riflesso nel volto di Jack: il fardello che porto dietro gli occhi, nella pelle. Sono una donna adulta, ma sono anche una figlia, che cerca i genitori a cui non ha potuto dire addio.

Riprendo in mano il telefono. Le mie dita esitano sospese sul nome di Elliot, incerte se rispondere. Se accettare di parlare con lui. È solo una telefonata. Due chiacchiere. Me lo ripeto come un ritornello.

Ma che ritornello è, se te lo ripeti sussurrando?

Il telefono si mette a vibrare prima che io prema «Rispondi». Il numero del chiamante è sconosciuto.

Per poco non lascio cadere il telefono. Subito penso che sia Elliot, che mi chiama dall'ospedale. Ma il secondo pensiero si affaccia prima che possa fermarlo: è successo qualcosa di brutto. Da quando ho perso i miei genitori, ogni volta che arriva una chiamata da un numero sconosciuto sono sicura che un'altra persona cara sia finita in un guaio da cui non posso salvarla.

Rispondo.

«Hai deciso?» La voce di Sam mi fa sobbalzare.

«Che diavolo, Sam! Perché mi chiami a quest'ora?»

«Per lo stesso motivo per cui tu mi stai rispondendo, credo» dice.

Chiudo gli occhi, irritata, cercando di far rallentare il cuore. Mi sforzo di respirare profondamente, per riprendermi.

«Mi hai fatto prendere un colpo.»

Come se non mi avesse sentito, chiede: «Hai già guardato i documenti?»

«In parte.»

«Allora?»

Prendo la cartella blu e la riapro. Il necrologio, il testamento e tutto il resto.

Arrivo all'atto di proprietà di Windbreak. Mi appare la firma di mio padre, timbrata e datata più di trent'anni fa. La prima casa che aveva comprato per sé. Il suo luogo preferito al mondo.

«Pronto?» fa Sam.

Sento lo scricchiolio della porta della veranda che si apre, Jack che supera la zanzariera e digita il codice per sbloccare la serratura dell'ingresso: è tornato a casa sano e salvo. Non lo chiamo; non mi va di fargli sapere che sono di sotto, ancora sveglia.

Per un momento non dico nulla neppure a Sam. Mi strofino gli occhi, un'ondata di stanchezza mi assale. Il lutto è estenuante. Nessuno te lo dice. O, almeno, nessuno l'aveva detto a me. Nessuno mi aveva spiegato quanto fosse faticoso portarselo sulle spalle. E ti servono gli stessi muscoli che usi per amare. Quando ami davvero devi esserci, e dare. Esserci e ricevere. Mi ricordo come si fa. È solo che è diventato tutto così difficile...

«A cosa stai pensando?» domanda Sam.

Scuoto la testa come se potesse vedermi. E sto per dirgli che sarà un'impresa inutile, che non ne caveremo niente. Ed è ciò che voglio credere, ma quello che sento è diverso. Forse è solo il senso di colpa per essermi allontanata da mio padre, forse è il bisogno di trovarmi da qualche altra parte.

Ma magari, invece, è qualcos'altro... qualcosa che si avvicina di più all'istinto, l'intuizione profonda che mio fratello potrebbe non avere tutti i torti. Avevo bisogno che si presentasse in quella casa di Brooklyn, per capirlo? Forse. O forse la sua comparsa lì mi ha finalmente spronata a dirlo ad alta voce.

«Pensavo che papà ha fatto un po' troppe passeggiate notturne a Windbreak per finire in un burrone dopo aver perso l'equilibrio» dico.

«Allora... vieni con me?»

Rimango in silenzio. Rimaniamo in silenzio entrambi, per un tempo che sembra lunghissimo. Poi lui lo rompe, con un tono che non sembra il suo.

«Nora...» Sembra una preghiera. «Per favore.»

Ed è allora che gli dico di sì.

Partenza anticipata

Non vedo Sam al gate.

Mi imbarco senza di lui e prendo posto accanto al finestrino. Sam ha comprato i biglietti per la business class. È un lusso che di solito non mi concedo, visto che Jack e io abbiamo deciso di investire i nostri guadagni nel mio studio e nel suo ristorante. Mi appoggio allo schienale e guardo fuori gli scrosci sempre più forti e l'acqua che tintinna sul vetro. Dopo la notte quasi del tutto insonne, è l'unica cosa che possa fare per non appisolarmi. Finisco il caffè e tiro fuori dalla borsa la cartella blu. Voglio dire a Sam quello che ho scoperto su Windbreak. Alle tre del mattino. Alle cinque.

Mio padre aveva incaricato due diversi architetti di disegnare progetti di ampliamento dell'area originaria di Windbreak. La prima volta fu più di vent'anni fa, quando era ancora sposato con Sylvia, la madre di Sam e Tommy. Non mi sorprende che i progetti di Sylvia prevedessero di demolire la casa e costruire al suo posto un villone mediterraneo di novecento metri quadri, affiancato da una dépendance di quasi quattrocento. La mia ex matrigna era pretenziosa e grandiosa in tutto. Poi non ne hanno fatto nulla, e nemmeno questo mi sorprende. Dopo aver sposato mio padre, Sylvia smise di lavorare, ma rimase legata a New York, ai suoi eventi mondani e all'intensa vita sociale. Forse l'idea di avere una tenuta sulla West Coast le piaceva, in teoria, ma Sylvia è stata a Windbreak anche meno volte di me.

Quello che mi ha sorpreso, invece, è stato scoprire che mio padre aveva anche una serie di progetti risalenti a poco meno di un anno fa. Invece di radere al suolo il villino, l'idea era di aggiornarlo: stuccare i soffitti della sua camera da letto, ampliare la cucina-cambusa per renderla più abitabile. Lo stile scelto era semplice ed elegante, molto più affine a quello che avrei scelto io per ristrutturare la casa. Ma non so proprio che cosa (o chi) possa avere indotto mio padre a pensare a quei lavori, di recente. E cosa lo abbia indotto a fermarsi.

Ripenso a quella conversazione, una delle ultime, con mio padre: voleva che andassi con lui a Windbreak. Voleva sentire la mia opinione su quel posto, ancora una volta. «Sto pensando di fare qualche cambiamento.» Forse sperava che gli proponessi una mia variazione sul tema dei nuovi progetti? O intendeva tornare alla carica con la proposta di ricominciare insieme a lui? In ogni caso, perché proprio in quel momento?

«Lo volevo io, il finestrino.»

Alzo gli occhi: nel corridoio c'è Sam, con i jeans e un berretto da baseball dei Minnesota Twins. Ha il fiato corto, la fronte imperlata di sudore.

Butta lo zaino nella cappelliera e crolla sul sedile centrale.

«Per poco non perdevo l'aereo...» dice.

«Sono contenta di sapere che questo viaggio è importante per te.»

«Sì, è importante. Solo che non sono abituato ai voli di linea. E mi sono dimenticato... sai, di tutto il tempo che ci vuole per i controlli di sicurezza.»

«Stai scherzando, vero?»

«In effetti avevo pensato di portarti con il jet aziendale, ma volevo farti vedere che sono un tipo normale.»

«Un tipo normale non direbbe mai niente del genere.»

Si allaccia la cintura di sicurezza. Poi chiama con un cenno l'assistente di volo, che porta un vassoio con succo d'arancia e champagne.

«Le spiace darmi uno di questi? Grazie...» Prende un bicchiere di champagne dal vassoio. «Mi porterebbe anche un whisky, quando può? Liscio, per favore.»

Sam butta giù un generoso sorso. Lo squadro.

«Perché mi guardi così?»

«Sono le dieci del mattino.»

«Quindi è presto per le lezioncine» ribatte. «E poi, se è possibile, gradirei un certo margine di libertà. Sto affrontando una separazione.»

«Tu e Morgan vi siete lasciati?» chiedo, stupita. «Ieri?»

«Chi ha detto che parlavo di Morgan?»

Sam finisce lo champagne e io lo guardo incredula. Mi chiedo seriamente se sia ancora possibile scendere da questo aereo.

«Lo sento, che mi giudichi, sai» fa Sam.

«Non sto cercando di nasconderlo.»

Ora il capitano, dall'altoparlante, annuncia che sta nevicando un po' più forte. E io penso di aver pescato la carta «Esci gratis di prigione», e che tra un attimo il capitano dirà che il maltempo ci costringe a restare a terra. Invece no: dice che forse ci sarà qualche scossone ma presto decolleremo. Imbarco completato. Portellone dell'aereo chiuso e bloccato.

Mi appoggio allo schienale, faccio un respiro profondo.

«Comunque» dice Sam. «Non è quel che pensi.»

«Penso che non sono affari miei.»

«Allora forse è quel che pensi.»
«Limitiamoci a parlare di papà, okay?»
«Perfetto.»
Torno a guardare le informazioni su Windbreak che ho analizzato e incolonnato, la mappa della proprietà e i progetti pronti a essere ulteriormente dissezionati.
«Ci sono un po' di cose che dovremmo chiarire tra noi, prima di parlare con la polizia» dico. «Ho anche qualche domanda riguardo al perimetro. E dovremmo coinvolgere Tommy, non credi?»
«Perché?»
«Tanto per cominciare, è una cosa che lo riguarda. E potrebbe avere qualche idea utile.»
«No. Non credo proprio.»
Scuote la testa per chiudere il discorso.
«Sai, è la seconda volta che reagisci così quando nomino Tommy» dico. «Che sta succedendo tra voi due?»
«Niente di cui valga la pena parlare.»
Si passa un braccio sulla fronte per asciugarsi il sudore. E noto che porta un tutore al polso, uno spesso tutore nero. Al polso che si era rotto, mettendo fine alla sua carriera nel baseball.
Scrolla le spalle. «Si fa sempre sentire, quando fa freddo. L'alcol aiuterà.»
«Non credo che l'alcol funzioni come medicina.»
Tiene il braccio sul viso, lo abbassa sugli occhi, a mo' di mascherina per dormire. «Ti spiace se sospendiamo la chiacchierata? Non mi sento troppo bene.»
«Sei stato tu a voler fare questo, lo sai?»
«Sì.»
«Sicuro?»
«Mi riprenderò.»

Mi giro verso il finestrino e l'aereo fa uno scatto in avanti, poi indietro, infine ci allontaniamo dal gate e procediamo verso la pista. L'aereo prende velocità, sta per staccarsi da terra.

«Fammi sapere quando sei pronto» gli dico.

Dall'Aeroporto Internazionale di Los Angeles impieghiamo poco più di novanta minuti per risalire lungo la costa fino a Windbreak, con Sam al volante dell'auto a noleggio sulla Pacific Coast Highway e sulla 101, quando iniziano a comparire le indicazioni stradali per Carpinteria.

Guardo fuori dal finestrino mentre Sam prende l'uscita per la città e scavalca i binari della ferrovia: eccoci su Padaro Lane. All'ombra degli alberi, il sole del pomeriggio scompare, la luce filtra attraverso la nebbia e la cupola di rami, e tutto il mondo intorno a me si immerge in una sorta di eterno luccicante crepuscolo.

E accade, come sempre quando imbocco questa strada: ho di nuovo sei anni e la vedo per la prima volta.

Ci venni da sola con mio padre, quando per i miei genitori era già l'inizio della fine. E lui era nervoso, lo sentivo. Voleva che stessi bene, che fossi felice. Per tutto il viaggio dall'aeroporto aveva raccontato che dopo aver lasciato le valigie saremmo andati subito in spiaggia, dritti nell'oceano. Ma le nuvole cominciarono a addensarsi man mano che ci avvicinavamo a Carpinteria e, quando arrivammo a Padaro Lane, pioveva a dirotto e tuonava. Quindi ci precipitammo in casa, zuppi d'acqua, e aspettammo.

Quando smise di piovere, era troppo tardi per nuotare. Ma mio padre mi portò sulla scogliera e bevemmo frullati, mangiammo panini al pomodoro e guardammo il sole tramontare, in un bagno d'arancio argentato.

«Forse come prima impressione non è stata il massimo, Nora-Nu» aveva detto, baciandomi sulla fronte, chiamandomi come mi chiamava sempre. «Ma ora comincia a dare il meglio di sé.»

Poi scendemmo quei gradini scricchiolanti fino alla spiaggia e all'oceano, venticinque metri più giù, e mio padre mi tenne la mano per tutto il tempo. Per scendere e per risalire. La mia mano nella sua, al sicuro. E gli chiesi se potevamo trasferirci lì. In seguito, ogni volta gli piaceva ripetermi che glielo avevo chiesto. Chissà se ricordava anche quello che mi rispose. Perché lo aveva detto? «Windbreak non appartiene solo a me.»

«Eccoci arrivati» dice Sam.

La sua voce mi strappa al ricordo. Svolta in un vialetto e ci troviamo di fronte un grande cancello. Ci fermiamo e Sam si sporge dal finestrino per digitare sulla tastiera il codice di sicurezza.

Il cancello si apre scricchiolando e alle sue spalle appare la tenuta. Il vialetto ci porta sulle pietre, verso l'ampio prato, il cielo aperto e l'oceano dall'altra parte.

E la casa. Questo villino, fiero e speranzoso, che tiene duro davanti alla distesa del mare, alla luce tra gli alberi, a tutto questo sfoggio di grandiosità. Il piccolo villino perfetto: due finestre a bovindo che circondano il portone, un portico avvolgente, la panca a dondolo appollaiata nell'angolo, di fronte all'oceano, a guardare le scogliere.

«Fa effetto, eh?» dice Sam.

Io annuisco, a disagio.

Lui guarda dritto davanti a sé, senza parlare. Poi: «Quindi pensi di tenerla?»

Mi giro a guardarlo. «Cosa?»

«No, chiedevo...» dice. «Perché se la vendi, vale un bel po' di soldi. Solo per il terreno, siamo sulle otto cifre.»

«Non sto pensando a questo, Sam.»

«Non c'è motivo di stizzirsi. Papà sapeva che non volevi avere a che fare con la società e che non avresti mai preso soldi da lui, quindi forse questo è il suo modo per cercare di... non so, pareggiare i conti.»

Giro la testa dall'altra parte; all'improvviso ho la pelle in fiamme e i nervi tesi. Sono passati un paio d'anni dall'ultima volta che sono stata qui. E l'ultima volta che mi sono seduta su quella panca a dondolo, Jack era con me. È stata l'unica visita di Jack a Windbreak. Mio padre gli porse un bicchiere di vino e mi diede un bacio sulla testa. Un ricordo indistinto e caldo. La mano di Jack appoggiata sul mio ginocchio, il sorriso di mio padre.

La voce mi si blocca in gola. «Il volo notturno parte alle undici e un quarto» dico. «Vorrei prenderlo.»

«Mi lasci almeno parcheggiare, prima di elaborare il tuo piano di fuga? Possiamo sempre dormire a casa di zio Joe, se ci serve più tempo. Oppure possiamo restare qui.»

«Perché dovrebbe servirci più tempo?»

«Come dicevo, per risponderti devo proprio scendere dall'auto, prima.»

Sam spegne il motore. Due uomini escono dalla porta per accoglierci. Quello a sinistra lo riconosco: si chiama Clark e si occupa di Windbreak fin da prima che mio padre la comprasse. Erano anni che non lo vedevo in carne e ossa, ma non sembra invecchiato. È ancora forte, alto e robusto, in jeans e scarponcini. La pelle è abbronzata e senza rughe, il sorriso gli mantiene giovane il volto.

L'altro non lo conosco. È grosso come un giocatore di football, strizzato in una tuta troppo stretta, testa rapata, pelle rubiconda. È molto più giovane di Clark, deve avere pressappoco l'età di Sam.

Tiene stretta al petto una cartellina portablocco. Anche da qui, vedo che è coperta di decalcomanie del dipartimento di polizia.

Sam gli fa un cenno di saluto. «Quello è il detective O'Brien. Il nostro uomo al dipartimento di polizia.»

«Quindi ha condotto lui l'indagine?»

Apre la portiera. «Non bene, a quanto pare.»

«Avete fatto un volo ben lungo, per sentirvi dire da me cosa c'è scritto nel rapporto» dice il detective O'Brien. «Confidiamo che non restino molte domande senza risposta...»

Clark è tornato dentro e noi facciamo il giro della proprietà insieme al detective O'Brien. O meglio, lui ci precede di diversi passi. Si muove in fretta e non si ferma quando guarda il portablocco con il rapporto della polizia sull'incidente. Un rapporto che è anche dentro la mia cartellina blu.

«La caduta si è verificata all'incirca tra le venti e quindici e le venti e trenta» dice.

Procede verso il confine sudoccidentale della proprietà. Sappiamo, senza che lui debba dirlo ad alta voce, che la polizia ha accertato che nostro padre stava camminando in quella direzione, quella notte. Verso il punto da cui è caduto.

«Considerato che pioveva, è una fortuna che ci fosse gente sulla spiaggia per confermare.»

«Non so se la chiamerei *fortuna*» commenta Sam.

Il detective O'Brien si gira e accenna un sorrisetto.

«Sulla spiaggia c'erano tre persone. Una coppia a spasso con il cane, arrivata nei pressi del luogo dell'incidente da ovest» dice. «E un jogger che tornava da Loon Point...»

Indica la spiaggia. Siamo arrivati al limite della proprietà, dove l'erba finisce e camminando sui sassi si arriva ai piccoli argini di pietra che ci separano dal dirupo.

«Le loro testimonianze sono concordi riguardo all'orario.»

Passo oltre il paletto e sfrego le scarpe sul bordo roccioso, scivoloso anche quando è asciutto come adesso. È facilissimo immaginarlo: due passi di troppo, ed eccoti appeso alla parete del dirupo. Ma perché si sarebbe avvicinato tanto? Non l'avrebbe fatto, tranne nel caso in cui non si fosse reso conto di essere così vicino; un bicchiere in mano, uno sguardo verso il basso, un movimento brusco e in un attimo si è trovato a precipitare per venticinque metri tra le braccia delle rocce, senza avere il tempo di capire che cosa stava succedendo.

«Ipotizziamo che vostro padre sia caduto più o meno da qui» dice. «E che sia rimasto ucciso a causa dell'impatto...»

L'impatto. Le parole che gli escono di bocca sono aspre, cliniche.

«Come avete fatto a stabilirlo?» chiedo.

«Scusi?»

«Che è morto a causa dell'impatto.»

«Nessuno avrebbe potuto sopravvivere a quella caduta» dice, come se quella fosse una risposta. Come se placasse le mie ansie.

Ma è sempre più chiaro che al detective O'Brien interessano poco, le nostre ansie, e anche il nostro lutto. Forse sta anche pensando quello che ho pensato io di Sam quando è arrivato ieri nella casa di Brooklyn: che il motivo per cui ci troviamo qui, qualunque sia, non è quello che dichiariamo.

Provo una tattica diversa per fargli abbassare la guardia e portarlo un po' di più dalla nostra parte. E dovremmo stare tutti dalla stessa parte, no?

«Detective, lei è certamente molto più pratico di me in questa materia, e le sono davvero grata per il tempo che ci dedica, ricapitolando di nuovo tutto l'accaduto» dico. «Ma... le dispiace se facciamo un passo indietro? Ho l'impressione che manchino ancora grossi pezzi del puzzle.»

«Quale puzzle?»

«Non crediamo che fosse solo, quella sera» interviene Sam, meno diplomatico.

«Posso assicurarvi che lo era» ribatte l'altro.

O'Brien guarda prima me, poi mio fratello, come per chiudere il discorso.

«D'accordo. Come mai?» domando.

«La sicurezza interna della Noone Properties ha confermato poco fa che vostro padre ha cambiato itinerario all'ultimo momento, per venire qui. Avrebbe dovuto partecipare a un evento a New York. Nessuno del suo team era stato informato del suo imminente arrivo a Windbreak. Anche il custode ha appena riconfermato di non essere stato avvertito.»

Strano. Perché, almeno nelle rare occasioni in cui sono venuta qui, è sempre stato Clark ad aprire la casa per mio padre.

Sam guarda il detective, perplesso. «Clark viene sempre avvertito» precisa.

«Non stavolta, a quanto pare» dice O'Brien.

Poi passa a un'altra pagina nel suo portablocco.

«La mia squadra ha passato al setaccio l'intera giornata di vostro padre. Un autista lo ha caricato all'aeroporto di Santa Barbara e lo ha portato direttamente a Windbreak. Alle dodici e quindici hanno digitato il codice per aprire il cancello. Non c'è stato nessuno oltre a vostro padre nella proprietà, dalle dodici e quindici fino al momento della morte.»

«A parte l'autista» osserva Sam.

«Alle dodici e trentadue, l'autista ha riaperto il cancello per uscire» replica il detective in tono perentorio. «Sulla limousine aziendale sono registrati tutti i dati di viaggio della giornata...»

«Non volevo dire che è stato l'autista» fa Sam.

«Che cosa voleva dire?»

«Lei ha detto che mio padre era l'unica persona presente, e questo semplicemente non è esatto.»

Il detective O'Brien lancia a Sam un'occhiata di avvertimento. Poso la mano sul suo braccio, nel tentativo di ammorbidirlo. Ma anch'io mi sono accalorata. Non mi va di ammetterlo, ma queste spiegazioni mi suscitano più domande che risposte.

Guardo oltre l'argine di pietra, l'imponente scogliera, l'oceano e la sabbia che vorticano laggiù, e cerco di figurarmi la sua caduta. Mio padre si sarebbe sporto con cautela. Avrebbe saputo raddrizzarsi, ritrovare l'equilibrio, mettersi in salvo rapidamente.

«Ieri sera ho passato un po' di tempo a osservare le mappe della proprietà» dico. «Non ci sono telecamere lungo il perimetro, giusto?»

«Già, esatto» annuisce il detective. «C'è un sistema di allarme nella casa, collegato direttamente al comando di polizia. Ma l'unica telecamera è sistemata vicino al cancello d'ingresso.»

«Non è insolito?» domando. «Quando lavoro su proprietà di queste dimensioni, vedo che in genere hanno qualche dispositivo di sicurezza anche sul terreno. Sono più di cento metri solo di scogliera...»

«Be', questa domanda va posta alla ditta che ha installato l'allarme. Ma mi sembra di capire che vostro padre non abbia mai voluto saperne di una guardia al cancello, sicché il tastierino per entrare e uscire è praticamente l'unico dispositivo di sicurezza sul perimetro.»

Guardo verso sinistra, la proprietà adiacente in lontananza; è la più vicina ma si scorge a malapena anche da qui. Credo di non aver mai visto i proprietari. L'unico vicino che ho conosciuto abita più avanti lungo la strada: Benjamin King. Un imprenditore immobiliare, qualcosa del genere. Lui e mio padre erano compagni di università e fu grazie a lui che mio padre seppe dell'esistenza di Windbreak. Mio padre amava raccontare di quando stava seduto sul terrazzo di Ben King a discutere una proposta d'affari e vide Windbreak per la prima volta.

Ma non l'ho mai sentito parlare del suo dirimpettaio, né bene né male. C'è un muro di pietra che separa i due grandi appezzamenti di terreno; quello dei vicini è quasi interamente occupato da una villa Tudor, tanto grande e massiccia che potrebbe mangiarsi in un boccone tre villini come quello di mio padre.

«Ha parlato con i vicini?» chiedo. «Ci sono telecamere a cui potremmo accedere, nella loro proprietà?»

«Le abbiamo già esaminate» dice. «Abbiamo guardato tutte le riprese video di quella notte e purtroppo le telecamere arrivano solo fino al muro di separazione. Vostro padre non si vede.» Si ferma un attimo, poi conclude: «Posso confermare che nessuno ha scavalcato il muro».

«Nelle immagini che avete visto voi» precisa Sam.

«Come ripeto, la mia squadra ha esaminato le riprese video dell'intera serata.» Si mette a sfogliare le pagine nel suo portablocco. «Anzi, abbiamo guardato anche tutte quelle del pomeriggio.»

«Avete controllato quelle del giorno prima?» chiedo.

«Niente fa pensare che ci sia stato qualcun altro nella proprietà il giorno prima che arrivasse vostro padre.»

«Quindi non le avete controllate» deduce Sam.

Osservo il resto della scogliera e l'occhio mi cade sull'antiquato cancello che porta ai grandi scalini di legno, vecchi e traballanti, che scendono a zigzag lungo il dirupo fino alla spiaggia rocciosa venticinque metri più giù.

«Qualcuno potrebbe essere entrato da qui...» dico. «Potrebbe essere salito per la scala, dalla spiaggia.»

«Potrebbe essere entrato solo digitando il codice, quindi dovrebbe trattarsi di qualcuno che vostro padre conosceva.»

«Okay, allora forse era qualcuno che conosceva» dico io.

«Perché una persona che conosceva sarebbe passata dalla spiaggia e avrebbe salito decine di gradini al buio, solo per entrare nella proprietà?»

Sam gli punta l'indice contro e sorride. «Era ora!» esclama. «Questa è la prima buona domanda che sento da lei.»

Il detective O'Brien non gradisce e butta nuovamente l'occhio sul portablocco.

Io raggiungo il varco nell'argine di pietra e scendo sulla spianata dove si trova il cancello, incassato direttamente nella roccia. Tiro la maniglia arrugginita. C'è una piccola serratura sopra l'apertura, un tastierino per sbloccarla.

«Magari la persona che è entrata conosceva il codice, da mio padre o chissà come. C'è qualcosa che registra gli ingressi da questa parte?»

«No. È solo un tastierino, una serratura manuale. Non è collegato al resto dell'impianto.»

Guardo il detective e Sam sul ciglio della scogliera. «Perché?» dico. «Non sembra particolarmente sicuro.»

Il detective O'Brien non riesce a nascondere la crescente irritazione e, con un sorriso tirato, risponde: «Bisognerebbe chiedere a vostro padre. È stata una sua decisione. Come dicevo, mi pare che per lui la privacy fosse la cosa più importante».

«Ha almeno cercato di capire chi potrebbe conoscere il codice?» domando. «Non mi sembrerebbe una cattiva idea verificare chi potrebbe essere entrato da qui. Controllare gli alibi...»

«Solo se si crede che ci siano indizi concreti di un crimine» risponde lui. «E io non lo credo.»

«Be', forse dovrebbe prendere in considerazione l'idea di farlo adesso» dice Sam. «Perché noi qualche dubbio lo abbiamo.»

O'Brien inarca le sopracciglia, come se fosse l'ultima cosa che intende fare (l'ultimissima è continuare a parlare con noi). E anche se non sono affatto convinta che qualcuno sia entrato da queste scale, l'espressione del detective mi convince definitivamente che gli interessa soltanto che il caso resti chiuso. Ecco perché decido di insistere.

«Può dirci qualcosa di più sulle persone sulla spiaggia, detective?» chiedo. «I tre che hanno trovato mio padre: la coppia e il tipo che faceva jogging.»

O'Brien sfoglia il suo blocco e si sofferma sui rapporti dei testimoni. «La coppia, Meredith e Nick Cooper, si occupava della casa dei Velasquez al 2082. Erano lì da qualche mese, mentre la famiglia Velasquez era a casa loro su a Ross» spiega. «E stavano facendo la solita passeggiata serale con il loro golden retriever quando vostro padre è caduto. È stato Nick a chiamare il 911.»

«E il jogger?»

Il detective O'Brien resta in silenzio per qualche istante, come se non volesse rispondere. «Quando la polizia è arrivata, non c'era più.»

Sam e io ci scambiamo uno sguardo eloquente.

«Come sarebbe a dire, non c'era più?» chiede Sam.

«Meredith Cooper era una soccorritrice volontaria, quindi, una volta stabilito che vostro padre non era sopravvissuto all'impatto, hanno deciso che il jogger poteva anche tornarsene a casa; sarebbero rimasti lei e il marito ad aspettare la polizia.»

«Non le sembra sospetto?» fa Sam.

«Chi decide di abitare qui, lo fa perché ama la privacy. E vostro padre era indubbiamente morto, quindi non è che ci fosse qualcosa da fare. Probabilmente il jogger non voleva essere coinvolto.»

O forse era coinvolto. Non faccio in tempo a fermare quel pensiero. Torno sulla spianata, sostenendo il suo sguardo.

«Ma i Cooper non hanno riconosciuto quell'uomo?»

«No, non l'hanno riconosciuto, ma ripeto, non abitano qui. Si occupavano della casa in assenza dei proprietari, quindi...»

«Da qualche mese, però, giusto?» dice Sam. «Ha detto che soggiornavano qui da qualche mese.»

O'Brien annuisce, riluttante, e so che ha colto l'allusione di Sam, anche se non gli va di ammetterlo: c'è qualcosa che non quadra. Se i Cooper portano a spasso il cane ogni sera e quell'uomo fa jogging più o meno regolarmente, è facile immaginare che si fossero già incontrati, prima di quella sera. O che si siano rivisti dopo. È altamente probabile che le persone che vivono lungo questa strisciolina di spiaggia si incontrino più di una volta.

E poi c'è questo: perché non ci avevano ancora detto che una delle tre persone presenti sulla scena, una persona che a quanto pare non è stata riconosciuta dalle altre due, se n'era andata prima di poter essere interrogata?

«Mi pareva che avesse detto di aver raccolto le deposizioni di tutti i testimoni, no?» insisto.

«Forse è quello che ha sentito.»

«È quello che abbiamo sentito entrambi» dice Sam. «Perché è quello che ha detto lei.»

Il detective O'Brien sospira. Letteralmente. «Sentite, ho perso mio padre l'anno scorso. Lo so che state soffrendo» dice. «Ma fin dall'inizio del mio addestramento, ho imparato che quando senti rumore di zoccoli, devi pensare a un cavallo, non a una zebra.»

«Certo. E capisco perché preferisce pensarla così» commenta Sam. «Se viene fuori che un cavallo non è un cavallo, significa che qualcuno non ha fatto bene il suo lavoro. E che questa zona, che è sotto la sua sorveglianza, non è sicura come il valore degli immobili richiederebbe.»

«Ridicolo» sbotta il detective O'Brien.

«Forse. Ma quello che a me sembra ridicolo è che tutti vogliano convincerci che una potenziale vittima abbia dimenticato come muoversi nella sua proprietà» dice Sam. «Per non parlare del fatto che una delle tre persone presenti quella sera pare sia irreperibile. Inoltre, ancora non sappiamo nulla di quanto è successo a nostro padre dal momento in cui un autista l'ha scaricato qui a mezzogiorno, fino alla sera quando è morto dopo una caduta di venticinque metri.»

Vedo Sam stringere le dita, proprio sopra il tutore. E mi piazzo accanto a lui, per fermarlo nel caso saltasse addosso al detective.

«Ma la prego, si senta libero di illuminarci» dice. «Dove sta il cavallo?»

Vite nuove, vite vecchie

Il detective O'Brien saluta seccamente e se ne va.

Sam e io torniamo verso la casa, a passo spedito.

«Dobbiamo trovare il jogger» dice.

Esamino il rapporto della polizia, in cerca di qualsiasi informazione su di lui, e sui Cooper.

«Nel rapporto della polizia ci sono indirizzo e telefono dei Cooper» dico. «Comincerò da lì. Sentiamo cosa possono dirmi di lui.»

Sam tiene aperta la porta a zanzariera. Io lo precedo e salgo sul portico posteriore.

«Vado a cercare nell'ufficio di papà» dice. «Voglio capire perché ha cambiato programma. Stando alla sua agenda, l'evento a New York era per Inez. Non credo che papà avrebbe voluto mancare.»

Inez Reya. La moglie numero tre (l'ex moglie numero tre) e sicuramente la mia matrigna preferita, seppure per breve tempo. Aveva creato una linea di cosmetici olistici che la Noone Properties utilizzava in quasi tutti i suoi centri benessere. Mio padre l'aveva conosciuta così. Fu il più breve dei suoi matrimoni (nemmeno tre anni), ma divenne una delle sue amicizie più importanti. Mio padre era rimasto legatissimo a Inez e alla sua attuale moglie, Elizabeth. E alla loro figlia Luna.

Se Inez aveva organizzato un evento per lanciare i suoi prodotti, di sicuro mio padre doveva aver programmato di essere presente, per darle il suo sostegno. Perché invece aveva deciso di venire a Windbreak?

Sam entra in casa e scompare nel corridoio, diretto all'ufficio di nostro padre. Entro in cucina, la cucina-cambusa, accolta da un'esplosione di luce e aromi ben noti: la salvia nei vasi sui davanzali, sapone al cocco, candele al sandalo sull'isola.

Mi piace l'atmosfera della cucina che, come tutta la casa, è serena e ben poco tecnologica: un forno d'epoca, un lavello da cascina, niente lavastoviglie. Gli occhi mi cadono sullo scolapiatti accanto al lavello. Quasi mi prende un colpo. Quello stupido scolapiatti vuoto mi riporta all'ultima volta che sono stata qui: Jack che dormiva, mio padre che metteva un disco, ma a volume basso, noi due soli, a lavare e asciugare insieme i piatti di quella sera.

Passo il dito sullo scolapiatti, mi appoggio al ripiano e mi concentro. Quindi prendo il numero di telefono dei Cooper. Chiamo, ma mi risponde un segnale strano, come se il telefono non fosse raggiungibile. Chiudo la chiamata e invio una e-mail, sperando che il messaggio li raggiunga più in fretta.

Esco dalla cucina e faccio il giro della casa. Passo davanti alle due camere da letto (la seconda mio padre la usava come ufficio), all'unico bagno completo di tutto e alla piccola toilette. Le pareti sono dipinte di bianco, l'arredamento è sobrio e serio.

Sembra che l'aria pulita della spiaggia attraversi tutta la casa, specialmente la stanza in cui entro per ultima. La mia stanza preferita, il soggiorno, che sembra più una biblioteca improvvisata, con tanto di alti scaffali bianchi intorno al bovindo, la tappezzeria con gli uccelli alle pareti che non incontrava proprio i gusti di mio padre, ma che io adoro.

Per me un progetto inizia sempre con un'immagine centrale. Qualcosa che descriva ciò che uno spazio o una proprietà può diventare, nel modo più organico possibile. Nel mio approccio al lavoro, questo è un principio fondamentale: come procederò a partire da quella immagine? In base alla sensazione che mi trasmette, creo qualcosa che non sia soltanto bello, ma che utilizzi i materiali e gli elementi di design giusti per dare vita a un ambiente che faccia stare bene, che dia speranza.

L'intera casa, la forza affettuosa che sprigiona, è nata dall'idea di qualcuno che si è dato da fare per renderla quello che è adesso.

Mi avvicino alle librerie, colme di splendidi volumi impilati in tutti i sensi. Ci sono solo due scaffali che non traboccano di libri ma sono ingombri di fotografie incorniciate e svariati altri oggetti personali, album di ritagli e un paio di annuari, vecchi diari, vecchie locandine.

Mi avvicino e comincio a sfogliare queste ultime. Non ricordo di essere mai andata a teatro con mio padre, eppure qui c'è una ventina di locandine che ha deciso di conservare: *La cosa vera*, *Lost in Yonkers*, *King Lear*.

Poi passo alle fotografie. Molte, le riconosco: sono foto di me e di mia madre, che aveva anche lei a casa sua, incorniciate. Ce ne sono di Sylvia e dei miei fratelli, di Inez ed Elizabeth con la loro piccola Luna. L'altro scaffale contiene fotografie e ritagli di giornale incorniciati di mio padre al lavoro. Qua e là vedo i miei fratelli. Ci sono anche Grace e zio Joe. Fotografie del team nell'ufficio di New York, articoli di giornale su inaugurazioni di hotel ad Aspen, Whitefish, Cabo San Lucas. Mio padre sorride felice, pienamente nel suo elemento con i suoi figli; e con Grace e Joe, entrambi rimasti al suo fianco per decenni, dagli albori della Noone Properties fino a quando Grace se n'è andata, all'inizio di quest'anno: un attacco di cuore l'ha portata via troppo giovane. E mio padre e Joe si sono ritrovati a gestire l'attività insieme, senza la loro fida consigliera.

Mi chiedo in che modo questo fatto abbia alterato le dinamiche tra zio Joe e mio padre. Anche se, a onor del vero, non so neanche bene come funzionassero prima. Mia madre parlava raramente della società, e io ho seguito il suo esempio. «Devi ricordare solo due cose sulla Noone Properties» mi diceva. «È nata dopo di me. E non c'entra niente con te.»

Naturalmente, potremmo chiamarlo revisionismo storico. Certo, i miei genitori non stavano più insieme quando mio padre trasformò la Noone nell'impero che è ora, ma erano ancora sposati quando lui prese il comando della Hayes. Erano sposati quando furono poste le fondamenta dell'impero, nei primi anni della sua fulminea ascesa. Si erano conosciuti quando mio padre lavorava lì da poco più di un anno, ancora fresco di laurea in economia.

All'epoca mia madre faceva l'insegnante di musica e la turnista. A volte, però, come la sera in cui si conobbero, cantava ai matrimoni con la band di un amico, all'Hayes Hotel di Watch Hill, nel Rhode Island.

Mio padre stava soggiornando da qualche mese nella proprietà, per dirigere una ristrutturazione. Mia madre, sicura di sé con il suo completo dorato, lo vide seduto al bar dell'hotel, una sera. Fu lei ad avvicinarlo. Si sedette sullo sgabello accanto a lui e gli chiese se voleva offrirle da bere.

Mia madre raccontava che lui l'aveva incuriosita: questo giovanotto troppo serio, con una zazzera di capelli biondi, che sembrava fuori posto in un hotel per famiglie. Anche mio padre sentì che lei era fuori posto: sarebbe stata bene sul set di un film. Sulla scena mondiale. Diceva che una delle cose che più gli piacevano di mia madre era che lei si sentiva talmente a suo agio nella propria pelle che la gente voleva solo starle vicino, in qualunque situazione.

Su questo aveva ragione: mia madre aveva una sicurezza che si raggiunge soltanto con la vera conoscenza di sé stessi. Quando si sa davvero che cosa si vuole. E, almeno in quel momento, lei voleva conoscere lui. E non voleva cambiare la propria vita: le piaceva la sua vecchia casa rustica a Croton, le piaceva andare a piedi al lavoro al liceo e spingersi in centro solo per le sedute in sala di registrazione o per uscire di sera, ogni tanto.

Così mio padre subaffittò il suo appartamento nel West Village e si trasferì da lei. Cominciò a prendere il treno ogni mattina fino a Midtown Manhattan (un'ora abbondante di viaggio) e a tornare ogni sera, e non le rimproverò di avergli allungato di due ore la giornata.

E mia madre non lo rimproverò quando il loro matrimonio iniziò a mostrare la corda e lui prese a tornare a casa solo ogni tanto, ricominciando a fermarsi nel suo appartamento del West Village.

E non lo rimproverò quando, poco dopo la morte di Walter Hayes, mio padre iniziò a trascorrere giornate sempre più lunghe in ufficio a Manhattan, e di conseguenza a passare quasi tutte le notti nel West Village. Alla fine, mentre la distanza tra loro cresceva sempre più, spuntò una nuova amica, l'esperta di viaggi di un popolare programma mattutino. La nuova amica di nome Sylvia.

Da ragazza non stavo quasi mai a casa di mio padre e di Sylvia. A lei non interessava granché avere una figliastra tra i piedi, e lo mise in chiaro acquistando un attico per la famiglia (in crescita) sua e di mio padre, in cui non era prevista una camera da letto per me. Una delle poche volte che andai a trovarli, sentii mio padre insistere perché avessi il mio spazio da arredare come piaceva a me, al che Sylvia rispose, senza un briciolo di ironia: «Nella stanza degli ospiti ci sono lenzuola Frette. Se quelle non le piacciono, non posso aiutarla».

Anche se Sylvia fosse stata più accogliente, mio padre avrebbe comunque tenuto separate le sue diverse famiglie. Preferiva concentrarsi su ciascuno di noi, uno per volta, piuttosto che mescolarci tutti, con conseguenze incerte. Gli piaceva venire a trovarmi a Croton quasi ogni venerdì sera, per cenare tutti e tre insieme.

Spesso si presentava all'ora di cena, anche quando ero già grandicella e preferivo passare le serate libere con i miei amici, invece che con lui.

Lui e mia madre passeggiavano lungo il fiume o andavano in macchina a Cold Spring per cenare presto, solo loro due. A volte se ne stavano semplicemente in veranda a chiacchierare.

Non c'era niente di romantico tra loro. Poco dopo la separazione da mio padre, mia madre iniziò a frequentare un altro musicista, Julian. Fin dal primo giorno sembrò molto presa da lui. E l'attaccamento era reciproco. Spesso mi diceva: «Dovevo conoscere tuo padre perché potessimo avere te. Dovevo conoscere Julian per me». Quanto a mio padre, fu lui a sfilarsi per primo dal matrimonio.

Prendo una fotografia di noi tre alla mia laurea – mia madre al centro, con mio padre e me – tutti abbracciati, tutti sorridenti. Osservo quei volti, tranquilli e rilassati, insieme. All'epoca erano divorziati da più di dieci anni, ma a guardarli non si direbbe. Si vede solo quanto sembravano uniti.

Come si spiega, allora? Il desiderio di mio padre di tenere mia madre vicina, anche quando ormai non ero più io la scusa per farlo? Come faccio a capire quel suo bisogno di iniziare nuove vite senza mai allontanarsi da quelle vecchie?

«Oh, santi numi, amore mio» diceva sempre mia madre quando glielo chiedevo. «Sembra quasi che tu non conosca affatto tuo padre.»

Cinquantuno anni fa

La prima volta che Liam incontrò Cory, lei stava uscendo dalla camera da letto di lui.

«Ehi, ciao» disse lei.

Indossava un vestito verde a portafoglio, i capelli ricci le scendevano fino a metà schiena. Lo stupore di vederla lì – quella ragazza bellissima sulla soglia della sua camera – come se quello fosse il suo posto, lo indusse a fare un passo indietro.

«Posso fare qualcosa per te?» le chiese.

«Non lo so, puoi?»

Lei gli sorrise, con gli occhi che brillavano. Certo, era bella, ma non era solo questo: c'era di più, in quel suo sguardo. Gli sembrava di conoscerla. Era così reale. Liam non l'aveva mai vista prima e di colpo si sentì come se non avesse mai vissuto un giorno senza vederla.

«Io sono Cory» disse lei.

«Liam.»

Gli tese la mano e lui la prese, proprio mentre dalla camera usciva anche suo cugino Joe.

«Ehi, vecchio mio» disse Joe. «Lei è Cory.»

«Ho sentito.»

«Si è appena trasferita a Midwood…»

Liam annuì, con gli occhi fissi su Cory. Non degnò di uno sguardo Joe, che si era da poco trasferito a Midwood ed era andato ad abitare a casa sua. Per la precisione, si era stabilito al piano superiore del letto a castello nella stanza di Liam dopo aver passato qualche guaio al suo liceo di Vinegar Hill. Su suo padre non poteva contare. E sua madre (la sorella di quella di Liam) aveva deciso che Joe aveva bisogno di un cambiamento. Aveva bisogno di un'influenza positiva, di qualcuno con la testa a posto. Qualcuno come Liam.

Cory gli stava tenendo ancora la mano.

«Da dove ti sei trasferita?» le chiese Liam.

«Dall'Immaculate Heart, purtroppo.»

«Cioè... *purtroppo* frequentavi l'Immaculate Heart? O *purtroppo* adesso devi stare a Midwood?»

Cory inclinò la testa. «Cos'ha che non va Midwood?»

«Quanto tempo hai?»

«Non molto, a dire il vero. Stavo per uscire.»

Liam si schiarì la gola. «Cory è il diminutivo di qualcosa?» chiese. «È un nome da maschio, vero?»

«Wow! Sei il primo che me lo fa notare» disse lei. Sarcastica, ma non arrabbiata. «È il diminutivo di Cordelia. Che mi piace meno.»

«Cordelia. Quella del *Re Lear*?»

Lei annuì. «Esattamente. Mia madre insegna letteratura al Brooklyn College.»

Questo lo sorprese. «E tuo padre cosa fa?»

«Di solito? Beve.»

Ma lo disse sorridendo. Sorrideva ancora, e Liam si sforzò di non abbassare gli occhi. Come se, smettendo di guardarla, rischiasse di farla scomparire. Cory ritirò la mano, per scostarsi i capelli dal viso. Che sensazione, starle così vicino. Del tutto nuova, per lui. Non c'era altro luogo al mondo in cui avrebbe voluto essere.

«Ti ho già visto» disse lei.

«Come sarebbe?»

«In biblioteca, dopo la scuola.»

Pareva impossibile che lei gli fosse stata accanto e lui non l'avesse notata. Ma considerato quanto studiava lui, forse era possibile. Che cosa aveva detto di Liam la consulente per l'orientamento? Che, in trent'anni di lavoro a scuola, non aveva mai visto uno studente più motivato di lui. Voleva essere un complimento, ma anche il contrario.

Cory, come se avesse sentito i pensieri di Liam, si sporse verso di lui.

«Eri estremamente concentrato.»

«Non ero così concentrato.»

«Non devi mica vergognarti della tua concentrazione» commentò lei. «Joe dice che l'anno prossimo andrai a Yale.»

In quel momento alzarono gli occhi e si accorsero che Joe se n'era andato. Era sceso di sotto o era tornato in camera, comunque era da qualche parte lontano da loro.

«E tu?»

«Sono al secondo anno, quindi... ho ancora un po' di tempo.»

«Ma stai con Joe?»

«Forse. Non lo so.»

Lui annuì. Joe era bello. Troppo bello, a dire il vero. Era già alto quasi un metro e novanta, capelli arruffati, mascella forte, muscoli scolpiti e tutto il resto. Anche per questo si cacciava nei guai. Anche per questo non pensava di doversi sforzare troppo. Non che Liam fosse male: magari non era così alto e grosso, ma aveva la stessa mascella di Joe e gli occhi molto belli, gentili. E aveva un paio d'anni più di lui, certo. Ma non era Joe.

«Dovresti sapere» disse Liam «che Joe ha parecchie ragazze.»

«Anche tu ne hai almeno una.»

Lui la guardò perplesso. «Come fai a saperlo?»

«Era in biblioteca con te» rispose Cory. «Stava cercando di farti smettere di concentrarti.»

Liam si sentì salire il fuoco alle guance. Lui e Christina si frequentavano da quasi due anni. Dopo il diploma, lei aveva intenzione di lavorare con il padre. Cercava di convincere Liam a fidanzarsi, ma a lui non passava nemmeno per la testa. Teneva già un piede fuori dalla porta di quella casa, di quella strada di case tutte identiche, di quella fetta di Brooklyn provinciale, lontana mille miglia da New York City. Il televisore rotto che i suoi non potevano permettersi di far riparare, la vasca mobile in cui suo padre immergeva la spalla bloccata, i suoi compagni di classe che parevano fin troppo felici all'idea di crescere i loro figli nelle stesse strade in cui erano cresciuti loro. Ancora e ancora.

Lui non voleva nulla di tutto questo. La ragione per cui la consulente per l'orientamento scolastico aveva detto che Liam era tanto motivato era che lui, la prima settimana del primo anno, era entrato nel suo ufficio e le aveva spiattellato da subito i suoi piani: avrebbe fatto tutto il necessario per finire in un posto migliore. Per dedicarsi a una vita completamente diversa.

«Starete insieme dopo il diplo...?»

«No» rispose lui, senza lasciarla finire. «Decisamente no.»

Lei rise. «Scusa se ho toccato un nervo scoperto.»

«Ma no, figurati» disse lui. «Solo che non voglio portarmi appresso niente, da qui.»

Lei sorrise, ma cominciò ad andare verso la scala. «Suona quasi come una sfida...»

Lui si voltò. «Dove vai?»

«Devo tornare a scuola. Stasera c'è una riunione per la rivista letteraria. A Midwood non c'è un gran mercato per gli scrittori, quindi...»

Jabberwocky: si chiamava così la rivista letteraria della scuola, giusto? Liam non ne era sicuro. Forse non l'aveva neanche mai sfogliata.

«Cosa ti piace scrivere?»

«Ah, sai... racconti. Commedie. Poesia. Un po' di tutto.»

«Che cosa stai scrivendo adesso?»

«Questo sarebbe un discorso più lungo.»

Avrebbe voluto dirle: «Facciamolo». Voleva sapere tutto di quello che lei scriveva, e qualunque altra cosa lei volesse dirgli. Era inquietante.

«Piacere di averti conosciuto, comunque» disse lei. «Liam.»

Il suo nome, uscendo dalla bocca di lei, aveva un che di definitivo che non gli piacque. La fissò, senza sapere bene cosa dire. Era quasi arrivata alla scala.

«Puoi... ti spiace... aspettare un secondo?» le disse, le parole che si scavalcavano tra loro, veloci e impetuose. E, volendo essere sincero, anche un po' disperate.

Non era in sé, o perlomeno non era quello che aveva sempre creduto di essere, calmo e controllato in ogni situazione. All'improvviso, ciò che lui era veramente si poteva riassumere in un unico concetto: non voleva che lei se ne andasse.

Lei si strinse nelle spalle. «Non voglio arrivare in ritardo.»
«Fanculo il ritardo» disse lui.
Lei rise, di nuovo accogliente.
«Okay» disse. «Diciamo così.»
E, magicamente, Cordelia un passo alla volta si riavvicinò a lui.

Bussare prima di entrare

«Posso darti una mano?»

Quando sento la sua voce sobbalzo, spaventata. Sono così concentrata sulla fotografia dei miei genitori che non mi accorgo dei passi. Non mi accorgo di nessuno alle mie spalle.

Mi volto e vedo Clark, il custode di Windbreak, fermo sulla porta.

«Non volevo spaventarti» dice.

«No, no, figurati. Non ti avevo sentito. Scusa. È che sono un po'...»

«Un po' sulle spine?» finisce lui per me.

Annuisco. «Un tantino.»

Indica l'ufficio. «Stavo parlando con Sam» dice. «Sembra che il detective O'Brien non sia stato di grande aiuto.»

«Hai parlato molto con lui?»

«Ho cercato di evitarlo» dice. Poi sorride e infila le mani in tasca. «Cercavi qualcosa in particolare?»

Rimetto la fotografia sullo scaffale, continuando a guardare il volto di mio padre. «Sì. E non ho ancora idea di cosa sia.»

«Be', io resto qui per un po', se dovesse venirti in mente.»

«Grazie, Clark.»

«Per quel che vale, sono stato sulle spine anch'io. Mi fa star male il pensiero che non ero qui ad aprire la casa, quel giorno. Lui non mi aveva detto niente.»

«Secondo te perché?»

«Non lo so. Dovendo tirare a indovinare... Sapeva che avrei portato i miei nipoti in campeggio e forse non voleva arrecarmi disturbo. Non voleva che mi sentissi in obbligo. Sai com'era fatto...»

Mi chiedo – e non è la prima volta, in questi ultimi giorni – se lo so davvero.

«Pensi sia possibile che ci fosse qualcuno qui con lui quella notte? Questo spiegherebbe perché non ti ha informato.»

Riflette per qualche istante. «Certo, è possibile... Non risulta che sia entrato qualcuno dal cancello principale, giusto? Anche se questa non è necessariamente una prova certa. Ci sono altri modi per entrare e uscire da questo posto. Da qualsiasi posto, se ci si mette d'impegno.»

Annuisco.

«Non è molto più di quello che sai già, credo. Ma, come ti ho detto, ero fuori città» aggiunge, e si stringe nelle spalle. Ma esita. Come se ci fosse ancora qualcosa da dire.

Non faccio in tempo a indagare oltre, che Sam entra di corsa nella stanza, con una grande busta di carta marrone in mano.

«Dobbiamo andare, Nora.»

«Adesso?»

«Sì, adesso.»

È così agitato che sta diventando rosso in faccia.

«Vi lascio un po' soli...» dice Clark, ed esce, contento di sfilarsi.

Torno a guardare Sam. «Stavamo parlando.»

Lui non fa caso a quel che ho detto. «Hai mai sentito parlare di Cece Salinger?»

«Cece Salinger. Cioè la magnate del settore alberghiero?»

Annuisce. «Proprio lei.»

«Perché?»

Invece di rispondere, si è già lanciato nel corridoio, verso la porta.

Gli grido dietro: «Sam, dove andiamo?»

«Da zio Joe» risponde.

Il ranch della speranza

Guido io.

Sam è troppo su di giri, le parole gli escono troppo in fretta e si affastellano l'una sull'altra. Sembra che non stia soltanto cercando di spiegare la situazione a me, ma che voglia cercare di capirla anche lui.

«Cece e papà si conoscevano da molto tempo» spiega. «Lei ha iniziato a dedicarsi agli alberghi quando papà stava rilevando la Hayes, quindi si potrebbe dire che sono cresciuti insieme. Erano su binari paralleli, eppure totalmente diversi. Diversissimi, voglio dire, è ovvio...»

Prendo velocità immettendomi nell'autostrada, verso Santa Barbara. «In che senso?»

«Nel senso che noi siamo piccoli, al suo confronto» dice. «Lei ha più di cento hotel in giro per il mondo. Alberghi grandi, ma davvero curati. I suoi concorrenti principali sono i Four Seasons, il Ritz. Un piccolo richiamo all'architettura locale, ma il servizio è uniforme. L'opposto di come facciamo noi. Di come faceva papà...»

«La più grande catena alberghiera del Paese non mi è nuova, Sam.»

«Be', forse ti è nuovo il fatto che sono quasi andato a lavorare per lei.»

«Cosa? E quando?»

«Gli hotel sono un'attività fondamentale per Cece, ma sono solo una parte del portafoglio del gruppo Salinger» dice. «È attiva in diversi settori. Intrattenimento, editoria, sport. Compresa un'agenzia di marketing sportivo che si chiama Png. Dopo il mio infortunio, mi hanno contattato. Non è raro che reclutino vecchi atleti, quindi non mi ha stupito più di tanto. Non ho pensato che ci fosse un legame con noi, con papà, finché non ho visto la sua reazione quando gli ho detto che stavo pensando di accettare un lavoro lì.»

«Cioè, come ha reagito?»

«Non bene. A quanto pare tra lui e Cece c'è stato qualcosa, in passato.»

Sam apre il finestrino e mi fa segno di prendere l'uscita per La Cumbre Road. «Ti ha detto di non accettare il lavoro?»

«Conosci papà. Non mi avrebbe mai detto di non accettare il lavoro, però mi ha detto di non accettare il lavoro.»

«Come andava tra loro?»

«Cece cercava da molto tempo di entrare nel mercato dei boutique hotel di lusso, proprietà esclusive, massima privacy. A quanto pare, da anni stava dietro a papà perché le vendesse la Noone Properties. Voleva entrare in quel modo nel mercato: usare il suo marchio e tutto il resto. Perché papà aveva capito come farsi strada nel settore. Non è una cosa facile. E probabilmente è per questo che Cece negli anni gli ha fatto delle offerte di acquisizione piuttosto generose.»

«Quindi?»

«Quindi lui ha sempre rifiutato.»

«Non capisco come mai...»

«Purtroppo siamo in due.»

Hope Ranch è uno splendido sobborgo occidentale costiero di Santa Barbara, appena a sud dell'Oceano Pacifico. Collinoso e sereno. Belle case si armonizzano con le querce, sentieri equestri s'incrociano con le strade.

Procediamo serpeggiando lungo Las Palmas e Via Esperanza fino ad arrivare a casa di Joe. È una vecchia, splendida *hacienda* spagnola, contornata da salici piangenti, scuderie e un vialetto circolare in acciottolato, fervente di attività. Vi sono parcheggiati diversi camion, i traslocatori scaricano composizioni floreali e scatoloni di stoviglie e arredi a noleggio.

«Che diavolo succede qui?» chiede Sam.

Scende sul selciato e chiude la portiera del lato passeggero ancor prima che io abbia disinserito la marcia.

Spengo il motore e lo seguo. «Sam, aspetta un attimo. Datti una calmata» gli dico. «Cerchiamo di non perdere il controllo.»

Mi guarda e annuisce come se mi avesse sentito. Vedo perfino che cerca di prendere fiato. Ma poi lo zio Joe apre il portone di rovere. Basta questo – vederlo su quella soglia – e Sam si fa nuovamente rosso in faccia.

«Che cazzo, Joe?»

«Okay, allora perdiamolo» dico sottovoce.

Lo zio Joe supera zigzagando gli uomini e i camion e viene verso di noi. Indossa una muta da sub. Anche se è vicino ai settanta, sembra vent'anni più giovane: i capelli bagnati sono ancora folti, la pelle è abbronzata da qualche decennio di esposizione al sole californiano, la corporatura è forte e asciutta.

Mio padre scherzava spesso sul fatto che in famiglia Joe fosse quello baciato dalla bellezza, ma ho sempre avuto l'impressione che mio padre fosse sempre pronto a dare a zio Joe ogni spintarella possibile. Gli dispiaceva perché, quando erano ragazzi, Joe veniva tenuto in minore considerazione rispetto a lui. Era per tutti quello più problematico, meno motivato, meno brillante. A mio padre non andavano giù, quei paragoni, e in questo era accanitamente fedele a Joe. In questo e in tutto il resto. Dal mio privilegiato punto di osservazione, posso dire che il sentimento era reciproco.

Ci sorride. «Scusate il caos.»

Sam gli pianta gli occhi addosso. «Aveva deciso di vendere l'azienda a Cece? Per quanto ce l'ha tenuto nascosto?»

«Ciao anche a te, Sam.»

Poi Joe si volta verso di me. «Non pensavo che ti avrei vista.»

Si china per salutarmi con un abbraccio che somiglia più a una pacca sulla spalla, ed è alquanto imbarazzante. Oltretutto non è nel suo stile, ma so perché lo fa. Non ci vediamo da quando ho perso mio padre. Da quando l'abbiamo perso entrambi. Perciò ricambio l'abbraccio.

«Come te la cavi, ragazza?»

«Bene. Tu?»

Fa spallucce. «Di sicuro ho passato mesi migliori.»

Sam ci guarda irritato. «Vale per tutti noi. Dove possiamo parlare?»

Joe lancia un'occhiata ai traslocatori e agli uomini che vanno avanti e indietro. «Di qua» dice.

Lo seguiamo nella casa, che è deliziosa: i pavimenti originali in rovere, gli alti soffitti a volta e un cortile a U. Ma dentro, il caos è peggio che all'esterno. Una donna con auricolare e microfono dirige il personale. C'è gente che gira per tutte le stanze.

«Che sta succedendo?» chiedo.

«È per la festa di fidanzamento di vostra cugina.»

Sam sembra perplesso. «È questo fine settimana?»

Lo zio annuisce. «Esattamente. Mi hai risposto che saresti stato in Australia per lavoro, giusto? Come sta andando il viaggio?»

Poi si rivolge a me.

«Non guardare me» dico. «Non sono nemmeno stata invitata.»

«Perché, se ti avessi invitata...?»

Giusta obiezione. Mia cugina Diana è l'unica figlia di Joe e ha dieci anni meno di me. Non avevo neppure idea che Diana si stesse per sposare, né tantomeno che festeggiassero il fidanzamento questo fine settimana. Non abbiamo mai passato molto tempo insieme. Poco dopo aver cominciato a lavorare con mio padre, zio Joe venne in California per gestire l'espansione della Noone Properties sulla costa occidentale, e qui conobbe la madre di Diana, nata e cresciuta a Santa Barbara. Comprarono questa casa e si costruirono una vita qui. Lontanissimo dalla mia a Croton.

La madre di Diana se n'era andata quando la figlia era molto piccola, lasciando a Joe il compito di crescerla da solo. Lo ha fatto con molto amore. Da allora è sempre rimasto scapolo, ma è stato un padre devotissimo. Mio padre mi ha raccontato che Joe, negli anni, ha avuto diverse relazioni serie, ma anche questo è un aspetto della sua vita che non ho mai conosciuto di prima mano.

Joe ci conduce nel cortile, dove troviamo un po' di pace. È contornato da bellissime piante grasse, e al centro c'è un braciere da giardino acceso.

Indica le sedie intorno al braciere. Ci accomodiamo e Sam getta sul tavolo la busta di carta marrone.

«Cosa sta succedendo con il gruppo Salinger, Joe?» chiede Sam. «Perché ho trovato le condizioni per la vendita della Noone Properties?»

«Cece è stata appresso alla Noone per anni. Non potevi non saperlo.»

«Quel che non sapevo è che papà avesse anche soltanto preso in considerazione l'idea, tantomeno sapevo che ci fossero di mezzo gli avvocati e la stesura di possibili piani di acquisizione. Sono stati firmati all'inizio dell'anno.»

«La cosa non si è spinta tanto avanti quanto credi.»

Sam indica la busta marrone, quasi fosse una prova certa. «Davvero? Perché a me sembra abbastanza avanti, cazzo.»

«Va bene. Calmiamoci.»

«Com'è che nessuno me l'ha detto?»

«Perché non c'era niente da dire. Tuo padre e io ne abbiamo discusso e lui voleva che io valutassi se fosse il caso di prendere in considerazione la vendita, ed è quello che ho fatto.»

«E quindi?» incalza Sam.

«Quindi alla fine ha deciso che non voleva farlo» spiega Joe. «Ha cambiato idea...»

«No. È successo qualcos'altro.»

«Non è successo più niente, Sam» dice zio Joe, reciso. Poi fa un respiro profondo, si alza e va al carrello di servizio. Prende una brocca di limonata e riempie tre bicchieri. Si gira e me ne porge uno. «Come ha fatto a coinvolgerti in questa sua missione, comunque?»

«Non è per questo, che sono qui.»

«Ah, no?»

«In realtà Sam è venuto a parlarmi di certe sue preoccupazioni riguardo a papà...»

Sento gli occhi di Sam che mi trafiggono, e lo guardo. Scuote la testa in fretta. Non so – visto che siamo in presenza di Joe – come fare a chiedergli *perché* non dovremmo parlare con lo zio dell'ultima notte di nostro padre, quindi lascio cadere l'argomento e cambio strada.

«Per caso papà ti è sembrato un po' strano, negli ultimi mesi?»

«In che senso, strano?»

«Distratto» dice Sam. «Assente.»

Zio Joe scuote la testa. «Non ho notato niente del genere» risponde.

«Oh, avanti» insiste Sam. «Gli stava succedendo qualcosa.»

Joe si rimette a sedere. Abbassa gli occhi, come se stesse davvero riflettendo sulle parole di Sam, come se stesse cercando di ricordare qualcosa che potrebbe essergli sfuggito sui tormenti di mio padre, su quello che forse lui non aveva voluto vedere.

Ma dietro l'espressione neutra noto il pomo d'Adamo e la vena del collo che pulsano. Come se anche lui faticasse a mantenere la calma. Come se stesse temporeggiando, finché non avrà deciso che cosa è disposto a rivelare.

«Devo dirtelo, Sam» fa Joe. «Credo che tu, col senno di poi, stia immaginando qualcosa che in realtà non c'era.»

«Davvero?» fa Sam.

«Davvero.»

«Allora non stai dicendo la verità.»

Joe mette giù il bicchiere e si sporge verso Sam, verso noi due.

«Ragazzi, vogliamo lasciar perdere, per favore? Qualunque cosa vi siate convinti che gli stesse accadendo, che importanza ha ora? La società adesso appartiene a te e a

Tommy, Sammy. Tutto è bene quel che finisce bene. E tuo padre ti voleva bene...» Mi guarda. «Vi voleva molto bene. E vi voglio bene anch'io. Nessuno ha mai pensato di punirvi.»

«Che diavolo significa?» chiede Sam.

«Significa: smettetela di costruire elucubrazioni sul nulla. So che state soffrendo. Sto soffrendo anch'io. E non voglio fingere di aver sempre capito le scelte di vostro padre. Ma per lui la priorità era che voi ragazzi foste sistemati.»

«Quali scelte, Joe?» chiede Sam.

«Dico in generale.»

«Potresti essere un po' meno generico?» gli chiedo. «Quali sono le scelte che non hai capito?»

Joe scuote la testa. «Non voglio mettermi a disseppellire il passato con voi. Sono cose che non c'entrano niente.»

«Quindi i rapporti tra papà e Cece non hanno a che fare con la sua decisione, in nessun modo?»

Un lampo passa negli occhi di Joe, la mascella si contrae, poi ribadisce: «No, non c'entravano niente».

«Sicuro?» domanda Sam.

Joe si alza e chiude il discorso. «La festa di fidanzamento è domani sera. Venite, se volete. Siete i benvenuti.»

Fa per andarsene, ma io ripenso a ogni parola che ha pronunciato, a ogni frase cauta: ha soltanto detto che la vendita non aveva a che fare con i rapporti di nostro padre con Cece. E nei suoi silenzi sento quello che non ha voluto dire ad alta voce. Non ha detto che Cece e mio padre *non* avevano una relazione. Non ha detto che non c'era nulla, tra loro.

«Di che cosa si trattava, allora?» gli chiedo a voce alta.

Si gira. «Come?»

«Per papà. Se il loro legame non c'entrava niente, dimmi di che si trattava, invece.»

Joe scuote la testa. Ma gli leggo in faccia la tristezza. Sparisce in fretta come è arrivata, ma comunque c'è. Sembra che una minuscola parte di lui voglia dirlo, subito, qualunque cosa sia.

«Di altro» risponde.

Cinquant'anni fa

«Non voglio che stiamo lontani» disse Liam.

«Be', lo spero bene» rispose lei.

Era la sera prima che lui partisse per il college. Erano in camera di Cory, sdraiati sul pavimento, lei con la mano sulla pancia di lui, la testa sul suo petto nudo, sul suo cuore. Il letto era coperto di libri: non avevano sprecato nemmeno un secondo per toglierli di lì. A loro bastava il pavimento, gli bastava essere da soli. La madre di Cory teneva un corso serale all'università. Il padre era fuori con gli amici. Avevano almeno un paio d'ore, ancora. Avevano *adesso*.

«Dico sul serio, Cory...»

«Pensavo che non volessi portarti via niente, da Midwood.»

«Le cose cambiano.»

«Non tanto» disse lei.

«New Haven non è poi così lontana.»

«Per essere uno che ha passato la vita a pianificare la fuga da Midwood, forse avresti dovuto pensarci.»

«Cory...»

Lei si drizzò a sedere e prese il vestito. Era di per sé una piccola ferita, la facilità con cui si allontanava. Come sembrava fredda l'aria, senza di lei.

«Hai detto tu stesso che non vedi l'ora di lasciarti alle

spalle questo posto. Se restiamo insieme, ce l'avrai con me. Non ho nessuna voglia di essere qualcosa o qualcuno per cui nutri risentimento.»

«Non ce l'avrei mai con te.»

Lei si voltò per guardarlo in faccia. «Allora forse è solo una scusa. Forse non mi piaci poi tanto.»

«Dico sul serio.»

Lei si infilò il vestito dalla testa, Liam si tirò su per chiuderle la cerniera. «Anch'io» disse lei. «So come andrà a finire se cerchiamo di stare insieme.»

«Che cosa sai?»

«Ti conosco. E domani sera a quest'ora sarai in un altro Stato, e dividerai la stanza con Charles Theodore Hearst III, che non vede l'ora di presentarti ai ragazzi con cui andava in collegio nel Maine. E anche a lui piace il football, buffo, no? E dovresti proprio andare con lui e il resto del gruppo da Mory's a farti una birra. Più tardi cantano i Whiffenpoofs e c'è una ragazza che secondo lui ti piacerà.»

«Sarei così influenzabile, secondo te?»

«Mi rifiuto di essere una delle cose che ti fanno sentire in trappola» disse lei. «O di mettermi nella posizione di una a cui sentirai di dover mentire. Io voglio essere quella a cui non mentirai mai.»

«Questo lo posso sottoscrivere.»

«Solo che tu vorrai andare al Cape per le vacanze autunnali o fare un viaggio in macchina con il tuo compagno di stanza per Natale. Vorrai fare un mucchio di cose che non c'entrano niente con il tornare a casa da me... allora ti sentirai in colpa, starai male e mentirai, per non far stare male anche me. E io non voglio saperne, di tutto questo.»

«Non ho intenzione di mentirti su niente» disse lui. Ed era convinto.

«Ottimo» disse lei. «Allora è deciso.»

Lui inclinò la testa e la guardò. «Non mi pare che ci siamo accordati sulla stessa cosa.»

«Potremmo evitare di passare la notte così? Tu capisci benissimo quello che ti dico, anche se non vuoi capirlo.»

Liam tacque. Cosa c'era da aggiungere? Lui – come quasi tutti – era trasparente, per lei. Cory aveva capito presto come si fa a leggere nel pensiero. L'aveva imparato per disporre di un meccanismo di difesa, per sopravvivere in casa propria. Anche per questo era così difficile discutere con lei. Era più saggia di lui. La sapeva più lunga di lui. Era speciale e non voleva perderla.

«Sei la persona che preferisco al mondo» disse lui. «Questo non cambierà.»

«Allora non abbiamo niente di cui preoccuparci, giusto?»

Cory si sistemò il vestito e si alzò. Lui la guardò. Non aveva mai conosciuto nessuno come lei. E sospettò che non gli sarebbe mai più capitato, in futuro.

«Andiamo di sotto, faccio un po' di pasta. Ho bisogno di nutrirmi, se vuoi continuare a fingere che domani andrà in un altro modo.»

«New Hampshire» disse lui.

«Cosa?»

«Charles Hearst III è andato in collegio nel New Hampshire, non nel Maine.»

«Vedi?» disse lei. «Ci stiamo già allontanando.»

«E se io volessi di più?»

Lei si chinò, lo guardò negli occhi. «Be', il giorno in cui mi convincerò che ne sei capace, forse lo saremo, di più.»

Tre bugie e la verità…

«Non poteva essere più evasivo di così» commenta Sam.

Ora c'è lui al volante; stiamo uscendo da Hope Ranch diretti alla 101, verso Los Angeles, verso il volo notturno che mi riporterà a casa.

«Sul serio» insiste. «Guardami negli occhi e dimmi che non c'è qualcosa di poco chiaro.»

«Ci sei andato giù pesante con lui, Sam.»

«E allora?»

«Chiunque al suo posto si sarebbe messo sulla difensiva. Credo che in gran parte sia stata solo una reazione al tuo assalto.»

«E quale parte, secondo te?»

Mi volto verso Sam, più sospettosa di quanto sia disposta a mostrargli. L'ho capito, quando guardavo zio Joe e lo incalzavamo: ci stava nascondendo qualcosa, lo proteggeva con tutte le sue forze. La domanda è: quel qualcosa può aiutarci a capire quanto stava succedendo a nostro padre?

«Perché non hai voluto che gli parlassi della notte in cui papà è morto? Non siamo venuti per questo?»

«Certo» dice Sam. «Ma non possiamo parlarne con nessuno. Nemmeno con Joe. Almeno finché non saremo sicuri che lui non c'entra.»

«Caspita. Proprio quando cominciavo a pensare che non sei del tutto pazzo.»

«Non dico che sia probabile.»

«Oh, mi fa piacere che tu non ritenga probabile che nostro zio abbia spinto nostro padre giù da una scogliera.»

Guardo fuori dal finestrino; non voglio assecondare questo livello di follia. Joe ci sta nascondendo qualcosa, è vero, ma non è detto che sia qualcosa di grave, o addirittura di criminale. Esistono spiegazioni molto più semplici. Forse nostro padre non voleva che Sam venisse a conoscenza di alcune scelte del suo passato. Ha sempre mantenuto separati certi ambiti della sua vita. E si è impegnato a proteggere i suoi segreti. E se ci fosse una ragione? Al di là di quello che sappiamo?

Forse Joe vuole continuare a essere fedele a nostro padre, continuando a nasconderci chissà che cosa.

«Pensala come vuoi. Io ti dico che Joe ha i suoi motivi. Sa che papà stava passando un periodo difficile negli ultimi mesi. Chiunque gli sia stato vicino lo sapeva.»

Queste parole mi colpiscono, mi si serra la gola. È orribile che io non sia in grado di dire davvero come se la passasse mio padre nei suoi ultimi mesi, non come avrei saputo fare in altri momenti, non come dovrei.

«Hai visto come si è agitato zio Joe, quando hai accennato alla storia di papà e Cece?» chiedo. «Hai solo gettato l'amo, o hai qualche prova concreta che ci fosse qualcosa tra loro?»

«Gira voce che abbiano avuto una storia molto tempo fa.»

Resto di sasso. «Quanto tempo fa?»

«Un'eternità. Tipo quando erano al college o qualcosa del genere… Non lo so esattamente. Era solo una voce.»

Penso alla faccia di zio Joe quando è saltato fuori il nome di Cece: come se Sam fosse inciampato in un segreto che Joe voleva fingere non esistesse. Ripensando alla sua faccia, sento che forse non si tratta solo di una voce.

Prendo il cellulare e faccio una ricerca su Cece Salinger, ma non c'è molto campo, le immagini non si caricano completamente.

«La sede del gruppo Salinger è a Century City» dice Sam.

Alzo gli occhi dal telefono. «A Los Angeles?»

Annuisce. «Vale la pena fare un tentativo di parlare con Cece, non credi?» dice. «Potremmo provarci, visto che è sulla strada per l'aeroporto.»

Non gli rispondo; il mio silenzio è l'unica risposta che gli occorre.

Sam guarda lo specchietto retrovisore, poi l'autostrada in lontananza. «Come minimo, forse può illuminarci. Non ha motivo di mentire su quello che è successo.»

«Questo non lo sappiamo.»

«Ragione di più per andare a parlarle.»

Siamo sulla 101, subito dopo l'uscita di Summerland, quando chiama Jack.

«Ehilà. Solo un salutino prima che ci invada l'orda dell'ora di cena» dice. «Tutto bene?»

«Sì, stiamo tornando a Los Angeles...»

Guardo Sam, che sta sfrecciando sull'autostrada. Deve aver percepito il mio sguardo, perché anche lui si gira verso di me.

«Chi è?» chiede Sam.

Sam e Jack non si conoscono. Immagino che mio padre gli abbia detto che ho qualcuno, ma non voglio minimamente metterlo a parte della mia vita privata; scuoto la testa, senza rispondergli.

«A che ora atterrate?» chiede Jack.

«Poco prima delle sei.»

«Metterò su il caffè.»

Mi spunta un sorriso, che mi fa sentire al contempo triste e felice. Il desiderio di tornare a casa da Jack, mescolato al disagio che sento nel corpo, nel petto, a questa stessa prospettiva.

Il telefono di Sam vibra: un messaggio in arrivo.

«Merda» fa, mostrandomi lo schermo.

«Ehi, Jack, ti richiamo, va bene? Ti amo...» Chiudo la chiamata e prendo il telefono da Sam. «Qual è il problema?»

«Un messaggio dall'ufficio. Cece non è a Los Angeles. Ma è disposta a parlare con noi, se te la senti di fare un giretto.»

«Dove, esattamente?»

«Santa Ynez.»

«Santa Ynez?»

Esce dall'autostrada e inserisce nel navigatore l'indirizzo di Cece. «Dovremmo essere lì verso le cinque e un quarto.»

Non sono ancora le quattro del pomeriggio. Sono almeno ottanta minuti di viaggio nella direzione opposta a Los Angeles, all'aeroporto, al volo notturno per casa. Comincio a calcolare mentalmente il tempo che ci resterebbe per parlare con Cece, prendere quel volo e arrivare in tempo per quella tazza di caffè.

«Dovremo parlare in fretta.»

Sam fa un'inversione a U. «Stando alla mia limitata esperienza, "in fretta" è l'unico modo in cui parla Cece Salinger.»

Los Alamos, non quella del New Mexico

Facciamo rotta verso nord, passando per il cuore della Santa Ynez Valley.

Prima i cartelli a bordo strada, poi i vigneti cominciano a darci il benvenuto nella costa centrale della California. È una terra del vino per pochi: più rustica della Napa Valley o di Sonoma, con vigneti a produzione limitata, deliziosi ristorantini lungo la strada, il fiume che scorre a ovest verso il Pacifico.

Sam si tiene sulla 154, che è quasi tutta a corsia unica e ci costringe a tallonare furgoni e auto lente nel flusso del tardo pomeriggio. Bene o male arriviamo a superare Los Olivos e i cartelli ci guidano a nord, verso Los Alamos.

Los Alamos. I cartelli risvegliano di colpo il ricordo.

L'anno scorso io e Jack siamo venuti in California del Nord per il matrimonio del suo amico; dopo, abbiamo noleggiato un camper Airstream e siamo scesi lungo la costa. Ci accampavamo ogni sera e Jack preparava cene deliziose attorno a un fuocherello. Facevamo lunghe camminate sulla spiaggia, e Jack mi ha seguito di buon grado nei miei pellegrinaggi ai laboratori di architettura sperimentale del Poly Canyon e al Salk Institute.

Passavamo lunghe ore a fare progetti, con la calma naturalezza che puoi permetterti quando sei insieme alla persona che ami di più. Discutevamo di cose leggere, per esempio se andare insieme al prossimo convegno di architettura a Nashville; o di cose più impegnative, come un possibile matrimonio d'inverno, trovandoci d'accordo sul fatto che non esistesse un posto migliore della casa di mia madre, per farlo, a otto minuti di strada da dove ci eravamo conosciuti in terza media.

È stato un viaggio fantastico. L'ultimo prima della morte di mia madre. L'ultimo in cui fare progetti sembrava una cosa piacevole, senza complicazioni. E prima di scendere a San Diego siamo passati a Los Alamos a trovare uno chef amico di Jack, recentemente – e felicemente – migrato da Los Angeles, ansioso di inserirsi nella prospera realtà della ristorazione locale.

Ora, a otto chilometri dal centro cittadino, Sam svolta in Alisos Canyon Road, una strada lunga e tortuosa tra centri ippici, scuderie e vigneti. Seguendo la numerazione, arriviamo all'indirizzo di Cece, dove un vialetto privato ci porta su per un valico di montagna.

Sulle prime sembra desolato e polveroso, una strada rurale isolata. Ma addentrandoci tra le montagne, siamo rapiti dal crespo terreno collinare dove il cielo colpisce di taglio la terra deserta e copre tutto di un giallo morbido, trasformando il mondo nella sua versione più soave.

In cima al valico giriamo a sinistra e passiamo sotto un arco d'acciaio arrivando a una piccola guardiola. Alle sue spalle si erge, sul ciglio della collina, lo splendido ranch di Cece, tutto vetrate, legno rigenerato ed enormi porte d'acciaio. Il telefono di Sam vibra.

Lui lo guarda e pigia sul freno. «Cazzo.»

«Che c'è?»

«Cece ha appena disdetto.»

«No, davvero?»

Sam scuote la testa e legge dal telefono: «Ha una questione di famiglia da risolvere. Si scusa. Cos'è, uno scherzo?»

Resta in silenzio e penso che voglia fare dietrofront. Ma poi sembra cambiare idea: guarda dritto davanti a sé, ingrana la marcia e va verso la guardiola.

«Che vuoi fare?» sussurro mentre abbassa il finestrino e la guardia esce. Si abbottona la giacca sportiva avvicinandosi al lato del guidatore.

«Buonasera. Posso esservi d'aiuto?»

Sam tira fuori la patente e gliela porge. «Sam Noone» dice. «Cece mi sta aspettando.»

La guardia dà un'occhiata alla patente e gliela restituisce. «Pensavo foste stati avvisati: la signora Salinger è dovuta andare a cena in città.»

«Ah, davvero? Non c'è molto campo, quassù.»

«Spiacente.»

«A essere sinceri, il punto è che abbiamo fatto parecchia strada, ed è una specie di emergenza di famiglia. Non è che qualcuno potrebbe chiamarla e chiedere se c'è un posto dove possiamo parcheggiare, accendere la radio e aspettare che torni dalla cena? Sul serio, le ruberemo solo un minuto.»

«Non credo sia possibile.»

Sam gli sorride. «Be', *deve* essere possibile.»

«*Sam...*» faccio io.

Si gira a guardarmi. «Che c'è? È possibilissimo.»

Gli poso una mano sul braccio e mi sporgo verso la guardia, costringendomi a sorridere.

«Possiamo farle una sola domanda, poi ci togliamo dai piedi?» chiedo. «Quando dice che Cece è andata a cena in città, si riferisce alla città di Los Alamos?»

«Esatto.»

La guardia inclina la testa, guardandomi come se avessi fatto la domanda più stupida che abbia sentito ultimamente. Quindi ci indica una piazzuola in fondo al vialetto, che ci riporterà nella direzione da cui siamo venuti.

«Potete andare laggiù, fare inversione e tornare indietro, grazie.»

«Certo, scusi per il disturbo.»

Torna nella guardiola. «Che diavolo...? Stavo per ottenere qualcosa» fa Sam.

«Non stavi per ottenere un bel niente, ammettilo» dico. «E ho chiesto conferma che sia a Los Alamos, perché ci sono stata. Non è una grande città, c'è solo un corso centrale. In quei pochi isolati possono esserci al massimo quattro o cinque ristoranti.»

«Allora?»

«Allora, se vogliamo trovare una persona che cena lì, non sarà una missione impossibile.»

Sam comincia a fare retromarcia, con il braccio appoggiato allo schienale del mio sedile e gli occhi al lunotto posteriore.

«Questo sarebbe il tuo piano?»

«Be', il mio piano preferito sarebbe di farti tornare dritto all'aeroporto di Los Angeles, perché evidentemente Cece Salinger non ha nessuna intenzione di parlare con noi, ma ho immaginato che avresti trovato questa alternativa meglio di niente.»

«Forse è a cena a casa di qualcuno. O è a casa sua, e la guardia ci ha raccontato solo balle.»

«Già» faccio. «Vuoi tornare all'aeroporto, allora?»

Non ho bisogno di sfogliare il calendario o esaminare il file degli appunti, per sapere cosa ci troverò. Ho un mucchio di lavoro da fare entro domani sera, in vista di una settimana impegnativa. Ho una proposta da preparare per una grossa commissione: una clinica di riabilitazione per tossicodipendenti a Jackson Hole nel Wyoming. E ho Jack. Jack, il cui amore e la cui preoccupazione riesco a sentire anche da quaggiù.

Sam torna verso il valico. Mi sbircia. «Okay. Ma voglio che tu lo ammetta...»

«Che ammetta cosa?»

Imbocca nuovamente la strada principale e va verso la città. «Che non saremmo comunque tornati a casa, stasera.»

Il centro di Los Alamos è più o meno come lo ricordavo. L'intero quartiere commerciale è essenzialmente una striscia lunga quanto Bell Street: tranquillo, discreto, ma anche carico di sorprendente energia. C'è gente che entra ed esce dai ristoranti, famiglie sulle panchine a mangiare gelati serali, un chitarrista solitario che suona Bob Dylan, la musica che sale lungo la via principale illuminata da lanterne.

Diversi locali sono già chiusi a quest'ora – una panetteria, un bar che serve solo il pranzo – ma Sam si infila in un parcheggio davanti al Charlie's Restaurant, che ha una fila di avventori famelici davanti all'ingresso.

Scendiamo dall'auto, entriamo e diamo un'occhiata nel ristorante e nel patio laterale. Dalla faccia di Sam capisco che nessuno degli avventori è Cece.

Proseguiamo a piedi lungo il corso, fermandoci al Full of Life Flatbread, una pizzeria da cui esce un profumo così invitante da farmi brontolare lo stomaco, poi a una piccola vineria sull'altro lato del corso, infine al Babi's Beer Emporium poco più giù.

Niente Cece, da nessuna parte.

«Be', sta funzionando alla grande» sospira Sam.

«Abbi pazienza» replico.

Attraversiamo Centennial Street e i locali aperti si fanno sempre più rari e distanziati, ma ecco un ristorantino sull'angolo. Bell's Restaurant. È molto grazioso. Giardino sul retro, l'ampio portone blu con una finestrella al centro per far sfoggio dell'interno elegante: tavoli d'antiquariato con sedie Windsor, cucina aperta con tanto di pentole di rame, bottiglie di vino e piante.

Sto sbirciando dalla finestrella quando Sam ci bussa sopra.

«Cazzo» esclama.

«Il tuo pugno mi è passato a due centimetri dalla faccia.»

«È lei.»

Indica una donna seduta al tavolo nell'angolo, il più vicino alla cucina. Sta battendo alla tastiera di un portatile; ci sono due persone sedute di fronte a lei, che ci danno le spalle.

Lei è spettacolare, con la lucente chioma argentea e gli occhi grandi dietro spessi occhiali neri, di un'eleganza impareggiabile con una camicia bianca button down, jeans e stivali da cowboy. Più che una magnate alberghiera, sembra una modella di Ralph Lauren.

Si raccoglie i capelli su una spalla e continua a scrivere sul portatile.

«Okay, facciamolo» dice Sam.

Apre la porta blu. Passiamo davanti al tavolino all'ingresso, pieno di fiori e libri, e andiamo dritti al suo tavolo.

Probabilmente si è accorta che la guardiamo, perché mentre ci avviciniamo alza la testa, e a quel punto vede Sam, e lo riconosce.

«Ehi, Cece.»

«Sam...»

Poi si gira verso di me e mi squadra dalla testa ai piedi.

«Che mi venga un colpo» esclama. «La figlia.»

«Forse c'è stato un malinteso?» domanda Sam. «Pensavamo di trovarti su a casa.»

Invece di rispondergli, tiene gli occhi incollati su di me in una maniera che mi sembra un pochino troppo familiare. La guardo a mia volta, mentre Sam fa un cenno verso il tavolo.

«Vi spiace se ci sediamo?» dice.

«Non è proprio un buon momento, Sam. Abbiamo un pastrocchio di lavoro da risolvere.»

«Ah, sì? Il tuo ufficio ha detto che era una questione di famiglia.»

Lei lo guarda e gli sorride, come se trovasse divertenti le proprie contraddizioni e il disagio di Sam. O forse la diverte essere sbugiardata da mio fratello.

«Certe volte succede tutto insieme, no?»

«Certe volte» risponde lui. «Possiamo fare in fretta.»

Lei si strofina le mani; sembra si stia chiedendo come gestire la cosa. Poi si rivolge ai suoi colleghi.

«Potreste darci cinque minuti?»

Si alzano, si allontanano e io e Sam ci accomodiamo davanti a Cece. Lei prende la bottiglia di vino al centro della tavola. La stappa e in un attimo appare un cameriere con due bicchieri, che Cece riempie per noi.

Fa scivolare sul tavolo un bicchiere, verso di me. «Sai... io e te ci siamo quasi incontrate, l'anno scorso» dice.

«Davvero?»

Annuisce. «Già. Ammiro molto il tuo lavoro. So parecchie cose di te.»

Non reagisco e cerco di mantenermi neutrale, anche se

vorrei dirle: «Ah, sì? Perché invece mio padre non mi ha detto niente di te».

«Mi ha molto colpito quello che hai realizzato nella proprietà di Joanna Harrington a Taos» dice. «È una vecchia amica.»

Joanna Harrington possiede un grande ranch di famiglia poco fuori Taos, in New Mexico. L'ho aiutata a ridefinire la proprietà come centro ippico ricreativo.

«Il lavoro che hai fatto con Joanna mi ha impressionato tanto che, quando mi sono trasferita qui, volevo assumerti per casa mia» seguita Cece. «Ho anche chiesto a Joanna di informarsi sulla tua disponibilità. Eri troppo presa, a quanto pare.»

Mi sorride.

«Mi spiace.»

«Ma no, figurati. Quando ne ho parlato a tuo padre, lui comunque ha stoppato tutto. Sai com'era fatto: guai a sconfinare.»

Già, guai a sconfinare: è una buona descrizione. Eppure ho la sensazione che Cece voglia punzecchiarmi... No? Non è questo lo scopo dell'aneddoto che mi ha raccontato? Vuole farmi sapere che conosce mio padre, disarmarmi con questa familiarità. La familiarità che c'era tra loro.

«Sam non mi ha raccontato molto di voi. Come vi siete conosciuti, con mio padre?»

«Quando ero ragazza abitavamo abbastanza vicini. Siamo andati a scuola insieme. Sono anche molto legata a vostro zio Joe.»

Anche.

Ci guarda entrambi. «Sento di dovervi delle scuse per aver scantonato, stasera. Per la verità, vostro zio Joe mi ha chiamato e ho deciso che era meglio non mettermi in mezzo.»

«Non sapevamo che ci fossero due fronti opposti» commenta Sam. «Perciò, grazie dell'ulteriore chiarimento...»

«Non parlerei di fronti opposti.»

«E di che cosa parleresti?»

«Tanto per cominciare, direi che è un po' dura anche soltanto guardarti, Sam» dice. «Somigli troppo a tuo padre.»

Sam trasalisce. E subito lo riconosco sul suo viso, l'effetto che gli fanno queste parole, ora che nostro padre non c'è più. Quel misto di orgoglio e tristezza... l'interruttore del lutto che si accende. Proprio come succede a me quando mi dicono che ricordo tanto mia madre.

Intervengo, spinta da un sentimento che mi sorprende: un istinto di protezione.

«Ascolta, Cece, non vogliamo prenderti troppo tempo...»

«È solo il tempo, che volete prendermi?»

Mi costringo a sorridere. «Certi documenti che abbiamo trovato a Windbreak fanno pensare che nostro padre avesse intenzione di venderti la società» dico.

Lei beve un sorso di vino. «Cosa che poi non ha fatto.»

«A quanto ne sapevo, non aveva mai avuto intenzione di vendere, prima» dice Sam. «Stiamo solo cercando di capire che cosa lo avesse indotto a valutare la tua offerta.»

«Be', non credo di potervi essere di grande aiuto, a questo riguardo. Non mi azzarderei mai a fare ipotesi su nessuna delle motivazioni di vostro padre. Ma stando a quanto avevo sentito, lui non voleva più dirigere la società e il caso ha voluto che io mi facessi avanti al momento giusto. Dopo che mi ero già fatta avanti in molti momenti sbagliati.»

«Come mai la vendita è andata a monte, allora?»

«Ho pensato avesse deciso di lasciare tutto a voi e a vostro fratello.»

«L'ha detto lui?»

«A me non ha mai detto granché, sinceramente. Ho parlato quasi sempre con vostro zio Joe.»
«Come mai?» chiedo io.
Mi guarda. «In che senso?»
«Se conoscevi nostro padre da tanto tempo...»
«Tutti ci conosciamo da tanto tempo. E io e Joe siamo molto legati. I nostri figli sono cresciuti insieme. Mio marito ha ancora una casa sulla stessa via dove abita lui. Il mio ex marito, dovrei dire... Non mi sono ancora abituata.»
Ex marito. Cerco di mostrarmi impassibile, ma prendo nota. E anche Sam, a quanto pare. Lo vedo che mi guarda di sottecchi.
«È recente?» chiede lui.
«Cosa?»
«La separazione.»
«Quale?»
Gli sorride, come se avesse capito quale fattore mio fratello stia cercando di includere nel discorso. La fine della sua relazione c'entrava, in questo quadro? Aveva qualcosa a che vedere con la fine dell'ultimo matrimonio di nostro padre?
«Sarai stata curiosa, però» osservo.
«Prego?»
«A quanto mi ha detto mio fratello, tu e mio padre eravate piuttosto avanti nelle trattative» dico. «Ti è bastato farti una vaga idea delle ragioni che hanno mandato a monte la vendita per rinunciare?»
Mi osserva. È chiaro che la domanda non le piace. Forse perché viene da me, o forse perché non vuole rispondere in ogni caso.
«Stando alla mia esperienza, di solito quando qualcuno si tira indietro non sa perché lo fa. E io cerco di evitare le fonti inaffidabili.»

Prende la bottiglia e versa il vino rimasto a sé e a Sam. «Tra poco dovrò richiamare qui i miei colleghi, dunque volete dirmi la vera ragione per cui siete qui, prima che lo faccia io?»

Sam sta per parlare ma Cece lo ferma.

«Non tu.» Punta la bottiglia verso di me: «Tu».

«Prego?»

«A sentire quel che tuo padre mi ha raccontato di te, un viaggio di centocinquanta chilometri per sentir parlare della sua società è l'ultima cosa che faresti. Quindi, per quanto divertente sia far congetture sul perché abbia deciso di tirarsi indietro dal nostro accordo all'ultimo minuto, vorrei sapere che sta succedendo qui.»

«Abbiamo qualche dubbio sulla caduta di nostro padre» dico. «La notte della sua morte.»

«Che significa?»

«*Nora*» fa Sam.

Cece alza la mano per zittire Sam.

«Che significa?»

Non guardo Sam. Non gli permetto di fermarmi. «Stiamo cercando di capire se fosse davvero solo, quella notte.»

Lei sembra perplessa, ma poi scatta qualcosa che le altera di colpo l'espressione del viso. Paura, forse. O è rabbia?

«Pensate che qualcuno gli abbia fatto del male?»

Sam alza le mani. «No. Assolutamente no. Non siamo saltati a nessuna conclusione» dice, pur essendo proprio lui, quello che ci è saltato per primo.

«Ma questo che cosa c'entra con la sua decisione di vendere la Noone Properties?»

«È quello che stiamo chiedendo a te, direi.»

Ma Cece non sta davvero ascoltando le parole di Sam.

Scuote la testa, come se stesse riflettendo sulle possibili connessioni tra i due fatti.

E sembra sinceramente sconvolta. Tanto sconvolta che mi rendo conto di averle fatto la domanda proprio per questo: per capire se la cosa l'avrebbe sorpresa come ha sorpreso me.

«I rapporti tra vostro padre e me erano piuttosto complicati, ma gli ho sempre voluto bene. Moltissimo...»

Alza gli occhi, addolorati e lucidi.

«Non ci parlavamo da diversi mesi. La situazione l'ha gestita Joe. Ma era strano, da parte di vostro padre, non farsi vivo in qualche modo, non prendere neanche atto della contrattazione. C'è da dire che però tra lui e Joe c'era una dinamica consolidata che non sono neanche in grado di spiegare.»

Si interrompe, quasi volesse dire ancora qualcosa, ma fosse combattuta. Chiude la bocca, come se avesse deciso di tacere. Ma poi si sporge in avanti e parla, suo malgrado.

«Ma, tanto per restare nell'ambito delle cose che farei meglio a tenermi per me, effettivamente vostro padre mi ha cercato. Non ha lasciato nessun messaggio, quindi non so perché. Forse non era niente, però mi ha chiamato. Due volte.»

Sam drizza la schiena. «Quando?»

«La sera in cui è morto.»

Quarantotto anni fa

«Liam?» fece lei.

Lui capì chi era ancor prima di voltarsi. Lo capì dalla voce, ovattata dalla neve, dal vento e dal rumore della strada. Lo capì da come l'aria si era spostata per farle nuovamente spazio, per dare tutto lo spazio a lei, anche se Cory fingeva di aver chiesto il permesso, rimanendo sulla soglia.

Quello era il primo Natale da anni che trascorreva a casa. Aveva evitato di tornare a Midwood per le vacanze. Aveva evitato di tornare a casa per più di due anni. L'unica eccezione era stata alla fine del secondo anno, quando aveva dovuto presenziare al diploma di Joe. Che ovviamente era anche il diploma di Cory. L'aveva vista lì con la toga addosso, il vestito a fiori che spuntava da sotto i risvolti, i riccioli raccolti con un fermaglio coordinato. Era apparsa bella, felice, sicura di sé.

Lui se n'era andato nella direzione opposta perché voleva essere magnanimo, non voleva che quella giornata girasse intorno a loro e ai loro problemi. Ma non era l'unica ragione: era anche per proteggere sé stesso. Sapeva cosa sarebbe successo, se si fossero trovati faccia a faccia. Esattamente quello che stava succedendo ora davanti a questa maledetta liquoreria di Avenue J: sarebbe andato in pezzi.

Lei era infagottata in sciarpona e berretto, coi riccioli

lunghi e ribelli intorno alle spalle. Il cappotto nero era costellato di fiocchi di neve, come pure le bottiglie di vino che spuntavano dalla busta di carta. E, rivedendola, era come se non fosse passato un singolo istante. Dov'era stato lui? Esisteva forse un posto più importante di quello?

«Cory» disse Liam.

«Come stai?»

«Benone. Bene.»

Ma non era vero. Se gliel'avessero chiesto il giorno prima, avrebbe affermato di stare più che bene. All'università se la cavava alla grande, negli aspetti che era possibile quantificare (i voti, le verifiche, le attività extracurricolari) e in quelli più astratti (la corsa quotidiana sotto il sole dal suo alloggio nel campus fino alla biblioteca dove gli pareva incredibile poter studiare come se fosse in una seconda casa).

Quando tornò a guardare Cory, tutto svanì. Ogni cosa. Restava soltanto lei.

«E tu?» le chiese.

«Ah, così.»

Lei scrollò le spalle, con un sorriso forzato. Gli aveva reso molto semplice staccarsi da lei. Nelle prime settimane di college lui cercava di chiamarla e lei non veniva mai al telefono. Ogni tanto immaginava di prendere il treno da New Haven e presentarsi alla sua porta, ma non l'aveva mia fatto. Poi aveva cominciato ad avere troppo da fare, e aveva smesso di immaginarlo. Alla fine, era riuscito a impedirsi del tutto di pensare a lei.

«Mi ha detto Joe che sei al Brooklyn College» le disse. «Come sta andando?»

«Lo adoro.»

«Che ne è stato di Wellesley?»

«Come sarebbe a dire?»

«Credevo ci fosse quel professore con cui volevi studiare.»

«Be', al Brooklyn College ho una borsa di studio completa e posso andare e venire da casa, perciò sembrava più logico...»

Liam annuì.

Lei inclinò il capo e lo osservò. «Sei deluso?»

«Perché dovrei?»

«Perché ti conosco» disse lei. «E credi che avrei dovuto spingermi un po' più lontano invece di limitarmi ad attraversare la strada.»

«Il Brooklyn è un buon college.»

«Nessuno dei motivi a cui pensi tu c'entra minimamente.»

Lui distolse lo sguardo. Non stava andando come avrebbe voluto. Che cosa voleva, lui? In tutta franchezza, voleva prenderle la mano, come se ne avesse avuto il diritto. Voleva chinarsi su di lei e sentire il suo fiato fresco. Voleva abbracciarla e portarla dentro, via dal vento e dalla neve. Come se lei avesse bisogno che lui facesse quelle cose.

«Spese dell'ultimo minuto?» gli chiese Cory.

«Come?»

Lei accennò al negozio di vini. «Joe mi ha detto che stasera date una festa natalizia. Mi ha invitato.»

«Sì... In realtà sono i miei a dare la festa, e non sarà granché. Solo qualche amico loro...»

«Non preoccuparti, non vengo.»

«Non mi preoccupavo.»

«Un po' sì, credo.»

Sorrise, un sorriso vero, stavolta. E lui quasi ci restò secco. Due anni. Quattro mesi. Diciotto giorni. Non avrebbero dovuto smorzare quello che sentiva quando la guardava, quando ammirava quel sorriso?

«Dovresti venire» le disse. «Mi farebbe piacere. Potremmo scapparcene sul tetto, a bere il grog caldo.»

Lei annuì senza rispondere, fingendo di non cogliere la debolezza di quell'invito. Due anni, quattro mesi, diciotto giorni.

«Mi ha fatto piacere vederti, Liam. Stammi bene.»

Tirò su e strinse fra le braccia il sacchetto con le bottiglie, e si girò per imboccare Avenue J verso casa sua. Lui non disse: «Ha fatto piacere anche a me». Perché in realtà avrebbe voluto dire tutt'altro. E cioè che vederla era orribile. Era orribile ricordare quanto gli sembrava sbagliato non vederla ogni giorno.

La guardò allontanarsi, il profilo dei capelli e della schiena, ancora a portata di mano. Lasciala andare. Lasciala andare. Si voltò e aprì la porta della vineria, il riscaldamento e le candele alla menta e la musica natalizia gli diedero la nausea. La campanella sopra la porta. Lasciala andare, cazzo.

Fu allora che udì la sua voce per la seconda volta.

«Però potrei prendere in considerazione un'altra offerta.»

Il sollievo che Liam provò... L'enorme, fottuto sollievo. Si girò. Lei era ferma lì, appena fuori dalla porta.

«Cosa avevi in mente?» le chiese.

Lei scrollò le spalle. «Non voglio andare alla tua festa e non voglio andare a casa mia, per il resto direi che va bene quasi tutto.»

La porta della vineria si chiuse indisturbata alle sue spalle. Niente più riscaldamento. L'aria fredda della sera, e la pelle e le braccia e la faccia di Cory a pochi centimetri da lui.

Le prese il sacchetto di carta e le appoggiò la mano libera sulla schiena, in basso.

«Allora facciamo quasi tutto» le disse.

I vecchi amici sono i migliori

«È tremenda» dice Sam.

«Non mi è sembrata tremenda.»

Lui scuote la testa. «È questo che la rende tremenda.»

Stiamo tornando all'auto, il cielo è scuro e stellato, il corso ormai silenzioso e quasi deserto. Sam è turbato, troppo per essere razionale. Quindi gli prendo le chiavi dalle mani e ripasso il caso punto per punto. Perché nostro padre avrebbe chiamato Cece quella sera? Forse aveva cambiato idea sulla vendita? È possibile. Ma penso che avrebbe adoperato altri canali per riattivare quell'interesse, canali più ufficiali: lo zio Joe.

No, c'era dell'altro. Due chiamate notturne perse. Nessun messaggio. Se è come penso, è stato qualcosa di più personale.

«Sento puzza di bruciato, te lo dico io» fa Sam.

«Che significa, Sam?»

«C'è qualcosa che Cece non vuole farci sapere.»

Mi stringo il golf addosso e rifletto. «Su questo non ti do torto. È stata evasiva.»

«Grazie.»

«Ma quando ho detto che avevamo dei sospetti riguardo a quanto è successo quella notte, sembrava preoccupata, Sam. Sembrava preoccupata per lui tanto che mi sono chiesta...»

«Quanto fossero davvero legati?»

Annuisco. Rivedo il bel volto di Cece, la sua sicurezza, la sua forza. Non ci vuole molto a capire che mio padre potesse essere incantato da tutto questo. Incantato da lei.

«Qualcosa del genere.»

Abbassa gli occhi e apre la portiera dal lato del passeggero. Io mi metto al volante, accendo il motore e i fari. La sento venire a galla, l'eventualità che mi ha sussurrato all'orecchio per tutta la giornata, un'eventualità che spiegherebbe perché nostro padre è andato a Windbreak senza avvertire nessuno. Perché è inciampato e caduto dal bordo di un terreno che conosceva benissimo.

«Non pensi che papà l'abbia fatto volontariamente, vero?» chiedo, prima di riuscire a trattenermi.

Sam mi lancia un'occhiata. «Che sia saltato? Proprio no.»

«Lo so, il detective O'Brien ha detto che hanno escluso un atto di autolesionismo. Ma niente di quello che ha detto mi convince.»

«Idem...»

«Senti, io dico solo che dovremmo parlarne a fondo. Sei tu a ripetermi che papà non era in sé. Inoltre ha modificato il testamento. E adesso veniamo a sapere che ha fatto strane telefonate. Non dovremmo almeno prenderlo in considerazione?»

Sam non parla; vedo che si rigira in testa l'idea. Ogni dettaglio sembra puntare in quella direzione, specialmente dopo oggi. La vendita annullata, l'atteggiamento di sfida di zio Joe, le telefonate a Cece. Le chiamate senza risposta, che forse, fino a questo momento, sono i pezzi più strani di questo puzzle.

Essendo un'architetta, penso spesso in termini di pezzi da far combaciare, come in un puzzle. Col tempo ho imparato che un requisito fondamentale del mio lavoro è la capacità di trovare una soluzione semplice ed elegante che affronti tutte le complessità inerenti a qualsiasi progetto. Che crei armonia tra elementi disparati. Quando trovo la risposta giusta, quasi riesco a sentire il *clic* dei pezzi che vanno a posto, e metto a fuoco l'intero quadro. È così che devo procedere.

Ma stavolta non sento nessun *clic*. Nostro padre aveva la spiccata capacità di risolvere problemi, per questo era tanto bravo nel suo lavoro. Diceva sempre che noi due avevamo in comune quella qualità. Quindi, in fondo, lo so: anche se avesse avuto di fronte un ostacolo che gli sembrava insormontabile, sarebbe stato troppo testardo per arrendersi. Non si sarebbe fermato, finché non avesse creduto di averlo superato.

E poi c'era un'altra cosa che lo avrebbe dissuaso dal fare del male a sé stesso: i suoi figli. E se davvero non fosse riuscito a vincere la tristezza, a superare ciò che lo tormentava, ci avrebbe lasciato delle lettere, una spiegazione, delle istruzioni. Non se ne sarebbe andato così.

«No» fa Sam, che sta arrivando alle mie stesse conclusioni. «Impossibile. Non ci credo. Non è andata così.»

Sono contenta che ne sia convinto anche lui. Mi dà sollievo sapere che siamo d'accordo: qualunque cosa sia successa, non l'ha voluta lui.

Ma non ho neanche il tempo di sentirmi sollevata che vengo travolta da un altro pensiero. Un'eventualità che mi ha ronzato in testa per un po', mettendosi sempre più a fuoco. È un colpo durissimo. È plausibile. È la realtà. Se non lo avessi conosciuto così bene avrei potuto spiegare il suo strano comportamento con la depressione. Ma mio padre era fatto a modo suo.

Mio padre stava combattendo contro qualcosa che forse, per la prima volta, non sapeva come superare.

Menù notturno all'Holiday Inn

Decidiamo di andare al Ranch.

Nessuno dei due vuole tornare a Windbreak o da zio Joe. E Los Angeles è troppo lontana ed è troppo tardi per affrontare altri duecento chilometri abbondanti in auto.

Sono appena passate le nove quando svoltiamo nella lunga strada acciottolata del Ranch. Supero la guardiola e mi dirigo verso il viale circolare di fronte alla reception; accanto alla porta c'è un anonimo cartello con la scritta «Benvenuti».

Sam scende per andare a prendere la chiave della camera. Io resto al volante e osservo l'edificio principale in pietra, illuminato da lanterne, col suo fascino d'altri tempi. Nessun indizio lascia intendere ciò che si cela lì dietro: quarantotto casette coperte di rampicanti, circondate da sentieri di montagna e giardini, graziosamente distribuite su cinquecento acri di terreno.

Mio padre, dopo aver cambiato il marchio Hayes in No-one Properties and Resorts, ha aperto il Ranch. È stato la sua prima nuova proprietà, e il suo modo di annunciare il rinnovamento della missione della società. Non era più una piccola catena alberghiera regionale: questo hotel sulla costa occidentale, l'ammiraglia della sua flotta, era il modello per ciò che voleva ricreare in tutti i suoi alberghi: comfort di lusso e uno stile estremamente originale. Ma soprattutto intendeva rinnovare l'idea stessa di ciò che può essere un piccolo hotel. Ciascun hotel avrebbe mantenuto la specificità che caratterizza le proprietà indipendenti, ma avrebbe anche aderito agli standard globali normalmente assenti nei piccoli alberghi, offrendo gli stessi servizi di strutture tre volte più grandi.

E lui intendeva fornire al tempo stesso ciò che neppure i più grandi alberghi di lusso erano in grado di dare: una privacy assoluta e totale. Nessuna proprietà avrebbe avuto più di cinquanta camere, e ogni hotel avrebbe seguito il principio cardine del ritiro e del rifugio, ma un ritiro in cui tutte le esigenze dell'ospite fossero previste e soddisfatte. Così me lo descrisse mio padre (una delle poche volte in cui ne parlammo): voleva offrire l'occasione di scomparire dalla propria vita per un po'. O di diventare completamente un'altra persona.

Quanto mi piacerebbe, in questo momento, essere qui per un soggiorno di quel genere! Ma pare che non avrò questa fortuna. Benché questo hotel sia stato fondamentale per la vita lavorativa di mio padre (o forse proprio per questo), sono stata qui solo due volte: la prima, con i miei genitori, poco prima che mi annunciassero la loro separazione; l'altra per il secondo matrimonio di mio padre, con Sylvia. Per ragioni completamente diverse, ma in ugual misura, in ognuna di quelle occasioni ho provato lo stesso tipo di paura che sento ora.

«Tutto a posto» fa Sam, tornando alla macchina.

Aveva telefonato prima che arrivassimo e alla reception c'erano le nostre chiavi ad aspettarci. C'è un solo cottage libero per noi due. Fortunatamente ha due camere da letto. In realtà è già una bella fortuna aver trovato posto, solo perché questa settimana nel nostro cottage c'è stato un corto circuito e manca ancora la corrente.

Sam mi passa la mappa e ci avviamo a piedi verso il nostro rifugio, tra le luci bianche appese alle querce e le magnolie arancioni che costeggiano i sentieri. L'aria notturna, tenera e viva, mi aiuta a concentrarmi.

«In altre circostanze, una vacanza così mi farebbe davvero bene» dice lui.

Poi apre la porta con la chiave e si fionda dentro per accaparrarsi la camera da letto migliore.

Io mi fermo nell'ingresso e guardo il soggiorno. D'accordo, manca la luce, ma hanno acceso il caminetto e le candele, quindi non entriamo nel buio pesto. Ed è difficile non immaginare di essere arrivata in una specie di rifugio: l'aroma confortante del fuoco, le luci soffuse.

È diverso dall'altro cottage in cui ricordo di essere stata da piccola, e anche diverso da quello dove sono stata qualche anno dopo per il matrimonio di Sylvia con papà. Però c'è la stessa atmosfera intima e rustica, che strizza l'occhio al movimento Arts and Crafts, arricchita di arredi e oggetti d'antiquariato che la rendono più simile a una vera casa che a una stanza frequentata da numerosi visitatori.

Ora che sono qui da adulta, lo capisco. Capisco perché la gente possa aver voglia di scomparire qui per un po'.

Mando un messaggio a Jack per dirgli dove sono, e che alla fine non riuscirò a prendere quel volo notturno. Poi lascio il telefono sul tavolino e vado in bagno a fare una doccia e finalmente cambiarmi, dopo diciotto ore.

Quando torno in soggiorno, Sam è seduto accanto al fuoco, in pullover e pantaloncini da corsa, con il tutore in vista sul polso. Sarà per la situazione in cui ci troviamo, ma mi sembra lui da bambino, pronto a giocare nella Little League, con il borsone da baseball troppo grande per il suo corpo.

Mi siedo sul divano di fronte a lui, mi guarda e mi fa un cenno col capo.

«Ancora nessuna notizia dai Cooper» dice.

«È un domanda?»

Scuote la testa. «Non proprio. Ho sbirciato il tuo telefono mentre facevi la doccia.»

«Faccio finta di non aver sentito.»

Mi appoggio ai cuscini morbidi, incrociando le gambe, e vedo i vassoi coperti sul tavolino tra di noi.

«Che cos'è tutta questa roba?»

«Ho ordinato la cena mentre eri sotto la doccia» mi dice.

Toglie i coperchi dai vassoi.

«Panini con lattuga e pomodoro, e birra.»

Guardo il vassoio, senza riuscire a nascondere la sorpresa. Sono uguali ai panini che mio padre preparava per me, e per Sam, le rare volte che ci trovavamo entrambi a casa di nostro padre. Può sembrare un panino strano, ma da bambina mi piaceva un sacco come lo preparava mio padre (che poi era come mia nonna lo preparava a lui): fette di pomodoro spesse su pane rustico grigliato, lattuga croccante, maionese e sale grosso.

«Era il mio preferito, da bambina.»

«Lo so, l'ho ordinato apposta» dice. «Io bevo solo la birra.»

È una tale – e sorprendente – gentilezza, il fatto che sappia quanto mi piaceva e che addirittura l'abbia ordinato per me, che non so come reagire.

«Non posso credere che te ne sia ricordato.»

«Come potrei dimenticarlo? A te e a papà piaceva il panino più stupido del mondo» dice. «Vi perdevate tutte le cose migliori! Che fine ha fatto il bacon? E il tacchino?»

Gli sorrido. «Papà diceva sempre che la nonna non poteva permetterseli» dico. «Perciò è diventato bravissimo a fare un panino senza.»

«Carina, come storia» commenta Sam. «Ma un cheeseburger è meglio.»

Prendo il panino e mi chino per dare un morso, chiudendo gli occhi per assaporarlo a dovere. La prima gioia di questa giornata folle. È perfetto: una miscela ideale di croccante, salato e dolce. Non servono altri ingredienti.

Sam prende una manciata di patate fritte alla cipolla, aggiunte dal servizio in camera. Poi si apre una birra e si mette comodo.

«Stavo pensando» comincia. «Secondo te può valere la pena di riprovare a parlare con Joe domani?»

«Non credo che ci porterebbe molto lontano» dico. «Qualunque cosa sappia, non ha intenzione di parlarne.»

«Già, lo credo anch'io» dice.

Sto ancora cercando di capire perché. Forse zio Joe vuole proteggere mio padre? O proteggere sé stesso? È disorientante doversi fare queste domande proprio riguardo all'amico più intimo di mio padre, la sua roccia. Mio padre non aveva un legame così forte con nessun altro, certamente dal punto di vista professionale, con l'eccezione forse di Grace, o forse del suo consulente legale. La faccia del suo avvocato mi viene in mente prima del nome: occhi azzurri come il ghiaccio, capelli lisci pettinati all'indietro. Lavorava con mio padre da meno tempo di Grace e Joe, ma comunque da parecchio. Certamente era stato lì abbastanza da conoscere cose che noi ignoriamo.

Jonathan. Si chiama così. Immagino che il patto di riservatezza tra avvocato e cliente chiuderebbe qualsiasi discorso con lui ancor prima di cominciare, ma credo che con Grace sarebbe stata un'altra storia.

«Ho pensato spesso a Grace da quando è morta» dico. «E... non so. Vorrei che ci fosse ancora. Non posso giurare che ci avrebbe illuminati, ma scommetto che ci avrebbe aiutato, potendo.»

«Non la starai sopravvalutando un po'? Grace mi piaceva, ma anche lei non era esattamente collaborativa.»

«Non mi ha mai dato questa impressione.»

«Be', scusami se sottovaluto le quattro volte che l'hai incontrata, ma anche se ci fosse ancora, dubito che parlerebbe con noi.»

Questo mi sembra un commento fuori luogo. Forse non avevo visto Grace così spesso, ma sicuramente mi era capitato diverse volte, nel corso degli anni. E lei era sempre stata aperta con me. Ma non faccio in tempo a decidere se mettermi a discutere, che il mio telefono comincia a ronzare. Lo prendo dal tavolo: sullo schermo c'è il nome della fidanzata di Sam, Morgan.

Tengo il telefono sollevato per mostrarlo a Sam.

«Non rispondere» dice lui. «Sta solo cercando di contattare me.»

«Come fai a saperlo?»

«Perché ho già evitato di risponderle tipo otto volte.»

«Qualsiasi cosa stia succedendo tra voi due, io non voglio mettermi in mezzo.»

«Per questo ti ho detto di non rispondere.»

Silenzio la suoneria e rimetto il telefono sul tavolino, mentre Sam si apre una seconda birra.

«Che succede, Sam?»

«Che vuoi dire?»

«Chi è l'altra donna?»

«Morgan.»

«No. L'altra.»

«Morgan è l'altra» dice.

Lo guardo perplessa. «Non ti seguo.»

«Sono stato con un'altra persona per molto tempo, prima di cominciare a uscire con Morgan. Taylor, si chiamava. *Si chiama*. Ci siamo lasciati circa nove mesi fa...»

«Cos'è successo?»

«A quanto pare non era sicura che io fossi in grado di impegnarmi.»

«Quindi ti sei fidanzato con Morgan per dimostrare che potevi impegnarti?»

«Be', se la metti in questi termini...»

So che sta cercando di prenderla alla leggera, ma capisco che non si sente leggero affatto. E nemmeno io. Mi sento pesante. Tutte queste domande su mio padre mi assillano, come capita con le faccende che si rivelano peggiori di quanto pensavi.

Sam apre un'altra birra e me la porge. Ne bevo un lungo sorso.

«Papà ha detto che ti sposi anche tu.»

«Sì, è vero.»

«E ne sei felice?»

«Molto» dico.

Mi calma, la spontaneità della mia risposta. Non dovrei averne bisogno, ma è un buon promemoria del fatto che la mia sicurezza riguardo a Jack è sempre salda.

«Che fine ha fatto il ragazzo con cui stavi prima? Quello che aveva un figlio. Era un veterinario, vero?»

«Un cardiologo pediatrico.»

«Cani… bambini. Sempre vicini alla terra.»

Gli sorrido.

«Elliot, giusto? Sembrava… un tipo orgoglioso.»

Si erano incontrati una volta. Per caso. Sam stava entrando in casa di mio padre mentre io ed Elliot stavamo uscendo.

«Perché mi chiedi di lui?»

«Ha chiamato mentre eri sotto la doccia.» Alza due dita. «Due volte.»

«Non è come pensi.»

Lui scrolla le spalle. «Non penso niente, solo che ha chiamato due volte.»

Non voglio pensare a Elliot che chiama due volte. Non voglio addentrarmi in quello che so essere vero: Elliot non dovrebbe chiamarmi, e di sicuro non con questa insistenza, proprio no. Sposto il cibo per sedermi sul bordo del tavolo, dalla parte di Sam. Così posso guardarlo dritto negli occhi.

«Sam, non sono affari miei» dico. «La tua relazione con Morgan. Ma nove mesi sono pochi per uscire insieme, fidanzarsi e trasferirsi a Brooklyn.»

«Com'è che si dice? Quando lo sai, lo sai.»

«E tu lo sai? Perché mi pare proprio che tu abbia appena detto il contrario.»

«Ho detto che probabilmente è meglio non risponderle, adesso» fa. Poi si schiarisce la gola e beve un altro sorso di birra. «Ma, per la cronaca, non mi dispiacerebbe se tu…»

«Se io cosa?»

«Li facessi diventare affari tuoi» conclude. «Comincio a pensare che una mano mi farebbe comodo.»

È così serio che mi coglie di sorpresa. Non so se sia una novità successiva alla perdita di nostro padre (queste sue emozioni profonde, sincere) o se sia sempre stato così. In ogni caso, pare che qualcosa sia cambiato in lui, una specie di terremoto che lo ha portato a fare esattamente l'opposto di quello che gli ho sempre visto fare. Sta cercando di avvicinarsi a me.

Il desiderio di accoglierlo, di offrirgli qualcosa che somigli alla protezione, arriva forte e rapido.

Mi sporgo verso di lui. «Speravi che questo discorso arrivasse al punto in cui ci rendiamo conto di essere sulla stessa barca?»

«Quale barca sarebbe?»

«Quella che sta affondando.»

Ride. «Immagino di sì.»

Tira il velcro del tutore, se lo toglie, ruota le dita e le allunga. Tenendosi stretto il palmo della mano.

«Sai, non sarebbe stato male se io fossi stata più presente, quando eravamo piccoli» dico. «Se papà non avesse sentito il bisogno di...»

«Tenerci separati?»

Annuisco. Sa, come lo so io, che mio padre non conosceva un modo migliore per dedicarsi a noi. Era più facile per lui concentrarsi su ciascuno di noi separatamente, piuttosto che cimentarsi nell'impresa di unirci; anche se questo significava che, cercando di far tutti contenti, spesso deludeva qualcuno. Ho capito tutto questo, e negli anni l'ho accettato, perché mi sono resa conto che non doveva essere facile – e forse era anche frustrante – sforzarsi di dare soltanto il meglio di sé a ognuno di noi.

Ma adesso comincio anche ad avere qualche sospetto: forse c'erano delle altre ragioni, se aveva deciso di non mescolare tra loro le vite dei suoi figli. Forse pensava che se fossimo usciti dai nostri rispettivi angoli, avremmo cominciato a parlare. E ne sarebbe emersa una qualche rivelazione che lui non era pronto a guardare in faccia, o che non voleva fosse scoperta dai suoi figli. Una versione di sé che doveva mantenere segreta.

«Penso che lo facesse più per sé stesso che per noi» dico. «Ma questo non migliora le cose.»

Alza gli occhi su di me, sostiene il mio sguardo. «Quando arriviamo al momento in cui mi dici cosa devo fare?»

«Non posso dirti cosa devi fare, Sam.»

«Bene. Allora forse è giusto che papà ci abbia tenuti separati.»

Poco dopo le due di notte, mi alzo dal letto.

Prendo la coperta e vado a sedermi sul terrazzino. Stanotte la luna è chiara, il cielo così sgombro di nuvole che riesco a vedere oltre le colline, fino all'Oceano Pacifico che luccica all'orizzonte.

Scatto una fotografia con il cellulare, mettendo a fuoco il brillio che arriva da quell'oceano lontano. Le linee blu sfiorano la metà inferiore dell'inquadratura.

La mia professoressa all'università, quella di cui ora possiedo la casa, teneva un seminario sulla neuroarchitettura. Mi è rimasto impresso l'inizio della sua prima lezione: ci ha spiegato che gli edifici possono nuocere alla salute delle persone. O migliorarla. E ha scritto alla lavagna una domanda che si poneva sempre all'inizio di ogni progetto, per essere sicura di raggiungere quel secondo risultato: da dove arriva la felicità?

Per me, il punto di partenza è la luce, l'angolazione da cui si espande, il luogo in cui si concentra. Il punto fermo per la costruzione di qualsiasi spazio. Certo, io non ho avuto niente a che fare con la definizione di questo spazio, ma per un momento mi rende felice immaginare che sia stato progettato proprio a partire dal punto in cui sono seduta, intorno a questa vista, pensando al momento in cui qualcuno ne avrebbe avuto bisogno.

Perché è a questo che continuo a pensare: cosa succede se si perde il proprio punto di riferimento? Da quando sono morti i miei genitori, ho la sensazione di ritrovarmi fuori asse. E di non riuscire più a recuperare la strada. Ammesso che esista ancora.

Penso alla domanda che mi ha fatto Sam su Jack. Penso alla mia risposta, confortante e autentica. Sì, voglio sposarlo. Voglio stare con lui e continuare ad amarlo. Ma se questo fosse vero e allo stesso tempo però non potessi fare nulla per l'altra parte di me, quella che mi tiene isolata, quella in lutto, che soffre, che al momento sta dietro un muro invisibile che non è in grado di valicare? Che è incapace di raggiungere lui, di raggiungere *noi*?

Guardo il telefono e mi concentro sulla fotografia, il fiotto di luce, la bellezza tenera e gentile.

Jack probabilmente è già in piedi, starà andando al ristorante per iniziare i preparativi della mattina. Voglio chiamarlo. Voglio finire il discorso di prima. Ma... e se mi chiede come sto? Non vorrà certo una risposta generica. Vorrà sentire qualcosa di onesto. *Sto bene. Mi sento sola. Ogni volta che sento la tua voce ho paura, mi chiedo come e quando perderò anche te.*

Quindi, non chiamo. Sparo un messaggio con fotografia allegata.

Poi spengo il telefono e mi decido a muovermi.

Vado in giro per la proprietà. Il silenzio è inquietante, anche per essere notte fonda. Non si vede nessuno in giro. Passo accanto ai giardini e agli agrumeti, giro intorno a uno stagno di ninfee, le lanterne sulle querce nodose mi rischiarano il cammino. Mi ritrovo nell'area della reception. L'unico cottage illuminato.

Il receptionist notturno è dietro il banco, in camicia button down e pantaloni. Mi rivolge un cenno col capo mentre attraverso la zona giorno. La stanza è silenziosa, le luci basse. Un fuoco scoppietta nel camino di pietra.

Sopra il camino ci sono fotografie incorniciate alla parete. Articoli di giornale sulla proprietà. In tutti gli alberghi di mio padre c'è un angolo come questo, dedicato alla storia della proprietà, e di solito c'è una leggenda dietro ciò che rende il luogo unico e particolare.

Comincio a leggere gli articoli, mi soffermo su un servizio del *Santa Barbara News-Press*, in cui si annuncia la vendita del ranch a mio padre. Aveva acquistato il terreno da coltivatori di agrumi che raccoglievano in media 500.000 limoni e arance all'anno. Lui voleva trasformarlo in un boutique hotel. Prometteva di preservare quasi l'intera superficie.

Più in basso sulla parete scorgo l'unica fotografia che ritrae me, a sei anni, con mio padre che mi porta sulle spalle, non molto lontano dal punto esatto in cui mi trovo ora. La prima volta che sono stata qui, poco prima che i miei genitori si separassero. Mia madre non c'è, nella foto; forse lo sapeva già. Forse sapevano già entrambi cosa sarebbe successo.

«È rimasta uguale» mi dice.

Mi giro e vedo il receptionist notturno che esce da dietro il banco e viene verso di me.

«Scusi?» dico.

Lui indica la parete, la mia fotografia. «È rimasta uguale a quando era piccola» dice.

«Crede?»

Mi giro e guardo la fotografia. Poi guardo di nuovo lui, che si avvicina e si ferma accanto a me, con le mani in tasca.

«Suo padre mi parlava di lei. E dei suoi fratelli. Dopo aver cenato in cantina veniva da me e giocavamo a carte.»

«A cosa giocavate?»

«Gin rummy. Ogni tanto a poker, ma con i pretzel al posto dei soldi.»

Gli sorrido. Che strano – e che bello – venire a sapere questa cosa adesso. Immaginare mio padre seduto qui, nel cuore della notte.

«E lei è…?» gli chiedo.

«Carmy.»

«Lavora qui da molto?»

«Da molto, sì.» Indica la fotografia. «Era bello lavorare per una brava persona come suo padre.»

«Non è una cosa che mi dicono spesso.»

«Certo, era un duro. Negli anni ho visto molti uomini licenziati per non aver preso sul serio il loro lavoro» dice. «Ma lui te lo diceva francamente. E non è che si sentisse superiore. Ricordo che una sera, mentre stavamo giocando a carte, il gabinetto si era otturato. L'idraulico tardava ad arrivare, un po' troppo per suo padre, quindi è entrato lì dentro e si è messo a sturare quell'affare da solo. Quando è uscito era tutto bagnato di acqua del wc e puzzava un tantino di merda. Ha dovuto farsi prestare una camicia per poter finire la partita.»

Mi scappa una breve risata. «Ma che schifo!»

«Sì, be'… Era fatto così, no? E dal mio punto di vista, era davvero generoso. E onesto. Dovevi lavorare sodo per guadagnarti il suo rispetto, ma una volta che ci eri riuscito, si faceva in quattro per te.»

«In che senso?»
«Qualche anno fa mia moglie ha avuto una gravidanza difficile. Lui mi ha dato nove mesi di ferie pagate. Perché potessi stare a casa con le bambine.»

Tira fuori il telefono e inizia a scorrere le foto. «Hanno appena compiuto tre anni» dice. «Ma all'inizio erano così piccoli, poco più di un chilo e mezzo. E lui continuava a giurarmi che sarebbe andato tutto bene. Mi mostrava le foto dei suoi fratelli: quanto erano piccoli, come sono diventati.»

Poi mi porge il telefono, ansioso di mostrarmi le sue gemelle, e quanto sono grandi e forti adesso.

Lo prendo e guardo le foto delle sue bambine, che sono deliziose – anzi, di più – e felici. Comincio a sfogliare altre loro fotografie. Altri pezzi della storia di quest'uomo.

Penso a mio padre, qui, che gli mostra i miei fratelli. La sua storia. Tutti vogliamo sfoggiare la nostra storia, no? Come fosse una prova. Li abbiamo aiutati a sopravvivere. Sopravvivranno.

E, proprio ora, mi rendo conto.

Comincio a tremare, con il suo telefono ancora in mano.

«Qualcosa non va?» mi chiede. Perché devo averla stampata in faccia, l'ansia che cresce.

«Forse non è niente» dico.

Ma gli restituisco il telefono e lo saluto in fretta, per tornare di corsa al cottage.

In soggiorno, trovo una torcia nel guardaroba e controllo il rapporto della polizia per sincerarmi di aver ragione.

Poi vado dritta in camera di Sam e lo scuoto per svegliarlo. «Dov'è il suo cellulare?» chiedo.

Si stropiccia gli occhi. «Cosa? Di che stai parlando?»

Gli indico il rapporto della polizia.

«Hanno recuperato il portafoglio, gli occhiali e una penna dalla tasca anteriore. Ma non il telefono» dico. «Perché non aveva con sé il telefono?»

«Già, non lo so...»

«Ha chiamato Cece quella sera, giusto? Questo lo sappiamo. Sappiamo che aveva con sé il cellulare. A Windbreak l'hai visto da qualche parte?»

«No... nel suo ufficio non l'ho visto» risponde. «Possiamo chiedere a Clark di ricontrollare, ma non credo che fosse lì.»

«Può darsi che l'abbia portato via un'onda, sulla spiaggia» dico. «O che sia finito sulla scogliera durante la caduta.»

Si drizza a sedere, riflettendo. «Oppure l'ha preso qualcuno.»

Guardo di nuovo il rapporto della polizia e poi mio fratello. Sento che si sta facendo avanti, la cosa che mi ronza in testa da un po'; viene verso la luce. L'eventualità che devo guardare negli occhi, perché possiamo fare un passo avanti.

«Forse non hai tutti i torti» dico.

«Certo che no. Su cosa?»

«Sostieni che papà non avrebbe venduto la società. Che non avrebbe mai deciso di vendere così, dal giorno alla notte...»

«Non so mica se avevo ragione, su questo, in effetti...»

Lo interrompo.

«Abbiamo guardato la cosa dalla prospettiva sbagliata» dico.

«Okay...»

«E se non fosse stata una sua scelta? E se, per qualche motivo, papà fosse stato costretto a vendere?»

Scuote la testa, perplesso. «Costretto... In che senso?» dice. «La società andava alla grande. *Va* alla grande.»

«Ma non è possibile che stesse succedendo qualcosa di cui tu non eri a conoscenza? Qualcosa che gli imponeva di andarsene all'improvviso? Questo spiegherebbe tutto: l'assenza di papà, le sue stranezze.»

Mi guarda. «Tipo cosa?»

«Non lo so ancora. So solo che abbiamo parlato di lui con tante persone e sento che, però, non ci possiamo fidare di nessuno.»

«Attenta, sembra un discorso che potrei fare io.»

«Be', zio Joe, Cece, il detective O'Brien... Mi pare che tutti abbiano un proprio fine nascosto, come se fossero disposti a mostrarci solo un pezzetto di un puzzle che non vogliono lasciarci risolvere. Questa è l'unica cosa di cui sono sicura.» Taccio per qualche istante. «Cercando di parlare con loro non arriveremo da nessuna parte.»

«Okay. Con chi dovremmo parlare, allora?»

Penso a Carmy. Penso alle fotografie di mio padre alla parete. Si presentava sempre nello stesso modo: intelligente, entusiasta e solido. La versione migliore di sé stesso. E quella era anche l'unica versione di sé che mi mostrava: a pezzi, a scompartimenti, mi permetteva di vederlo. Ma cos'era, invece, che voleva tenere per sé? Cos'era che non voleva far sapere a nessuno dei suoi figli? E perché?

«Nora, con chi dovremmo parlare?»

«Con papà.»

SECONDA PARTE

L'architettura appare per la prima volta nel momento in cui la luce del sole colpisce un muro. La luce del sole non sapeva cosa fosse, prima di colpire un muro.

Louis Kahn

Non tutte le strade portano a casa

Mentre sorvoliamo il Colorado, elaboriamo un piano.

Sui tavolini reclinabili apro il testamento di mio padre e il rapporto della polizia, Sam intanto accende il portatile e lo piazza in modo che anch'io possa guardare lo schermo.

«La società ha molti file in condivisione, perciò posso accedere anche da remoto. Vedi? I calendari e la pianificazione sono tutti condivisi. È così che ho saputo degli incontri con gli avvocati...» Indica una data sullo schermo. «E qui c'è quell'evento di Inez, del mese scorso...»

«Quindi tutti gli impegni di papà venivano condivisi qui?» domando.

«Non tutti, ma molti sì. Sicuramente qualsiasi cosa fosse in conflitto con eventi importanti che riguardavano la Noone. Forse sul suo computer c'è una raccolta più completa.»

Accenno al portatile di Sam. «Aveva un portatile anche papà?»

«Sì. Ce l'hanno tutti i dirigenti.»

«E sarebbe in ufficio?»

«Dovrebbe essere lì» risponde lui. «Di sicuro non era a Windbreak. Ho frugato dappertutto, in quell'ufficio. E ora l'ha fatto anche Clark.»

Passa in rassegna i messaggi ricevuti di recente. Clark ha

inviato diverse foto dell'ufficio di mio padre a Windbreak, insieme all'inventario dettagliato degli oggetti che si trovano ancora nella sua scrivania e sugli scaffali. Ci ha confermato quel che sospettavamo: il cellulare di nostro padre non è nemmeno a Windbreak.

«Allora, supponiamo di non riuscire a trovare fisicamente il suo telefono» dico. «Dove avremmo più probabilità di recuperare il backup dei dati del cellulare? C'era un server aziendale? Si potrebbe scaricare sul suo computer di lavoro?»

Sam scuote la testa. «Non lo so. Se fosse sul network aziendale, dovrei poter accedere da qui, invece niente.»

«Chi potrebbe accedervi?»

«Al suo portatile personale? Zio Joe, probabilmente. Ma quello è un vicolo cieco, come hai visto.»

Annuisco, e cerco di ripassare in rassegna i membri dell'entourage di mio padre, i suoi consiglieri fidati: Joe, che non parla, almeno non con noi; Grace, che non c'è più. E mi torna di nuovo in mente il legale di mio padre. Jonathan non ha lavorato con mio padre tanto quanto Grace e Joe, ma sicuramente è stato con lui abbastanza a lungo da conoscere cose che noi ignoriamo.

«Che mi dici di Jonathan?»

Sam scuote la testa. «Inespugnabile.»

«Perché? Per via del segreto avvocato-cliente?»

«Per dirne una. Poi, ogni volta che sfioro un argomento riguardante papà, mi ripete che non c'è niente di interessante che io già non sappia...»

«Sono affermazioni antitetiche.»

«Esatto.»

Scrolla le spalle e torna al computer.

«È un avvocato ed è bravo. Se è al corrente di qualche

informazione delicata, non la rivela. Insomma, Jonathan ha fatto cambiare la serratura all'ufficio di papà quando lui era morto da un giorno, e sono in pochi ad avere la chiave.»

«Non è un'esagerazione?»

«Jonathan è esagerato. Ecco perché è bravo nel suo lavoro.»

Inserisco un appunto sul rapporto di polizia riguardo al cellulare di mio padre e al suo computer.

«Tommy potrebbe aiutarci mettendo una buona parola, forse.»

«E perché, secondo te?»

«Non so. Sono entrambi avvocati. Di certo è una cosa che li lega.»

«Cosa prova la gente per Tommy, di solito?»

Mi giro a guardarlo. «Okay. Adesso basta con le insinuazioni velate. Che sta succedendo tra voi due?»

«È in cantiere, su a nord. Stiamo finendo di costruire una nuova proprietà nella Columbia County.»

«Non è quel che ti ho chiesto.»

Non risponde. Non mi guarda nemmeno.

«Perché ci sono tanti segreti in questa famiglia?»

«Non lo so» dice lui. «Facciamo quello che ci ha insegnato il passato.»

«Che significa?»

Sam torna a guardare il suo portatile. «Niente di tutto questo è cominciato con noi» dice.

Quarantatré anni fa

«Non voglio più parlarne» dichiarò Cory. «Non c'è più niente da dire.»

«Perché no?»

«Lavori cento ore alla settimana. Non sentirai nemmeno la mia mancanza.»

«La sento in questo preciso momento. Mi manchi già.»

Stavano gironzolando per la libreria Strand, Cory esaminava il tavolo con i nuovi arrivi. Sfogliava i libri, cercando di ignorare Liam e il discorso che, come lui sapeva, lei non voleva affrontare.

Cory aveva ragione: lui stava lavorando moltissimo. Era alla Hayes da tre mesi e aveva fatto più ore di quante in genere se ne fanno in un anno. Nessuno capiva neanche perché avesse accettato quell'impiego.

Aveva lavorato per il periodo estivo alla Bain Consulting, e tutti erano convinti che avrebbe accettato un posto fisso lì, con tutti i vantaggi annessi: alloggio a Midtown Manhattan, stipendio iniziale a sei cifre. Ma alla Bain avevano assegnato a Liam un progetto che aveva cambiato le carte in tavola. Era stato incaricato di analizzare un grande gruppo alberghiero, con resort a tre e quattro stelle in tutto il mondo, più di milleduecento proprietà. Suo compito era trovare il modo di tagliare i costi, licenziare il personale in esubero, proporre cambiamenti in ogni ambito in maniera che tutto funzionasse con maggiore efficienza; vale a dire, spendendo meno. Apportare miglioramenti non era una loro priorità.

Quell'incarico gli fece capire che non era nel posto giusto. Gli fece conoscere un settore che lo interessava, ma gli mostrò che, se fosse stato lui a gestire quegli alberghi, la sua strategia sarebbe stata esattamente all'opposto.

«Avanti, Cory. Non puoi dirmi che non ci sono buoni corsi di scrittura a New York» disse.

Cory prese una copia di *Hotel New Hampshire* e l'aggiunse alla pila di libri che teneva tra le braccia, già ingombre, e che comprendeva una nuova copia di *A piedi nudi nel parco.* Aveva dato a Liam la sua copia originale, gli aveva regalato un mucchio di testi di Neil Simon. Lei adorava Neil Simon.

«La University of Southern California ha uno dei migliori programmi di scrittura del Paese» disse lei. «Mi daranno una borsa di studio completa e potrò concentrarmi interamente sulla scrittura. Non dovrò fare la cameriera o la babysitter.»

«Me l'hai detto.»

«Ed è solo per un anno» aggiunse.

«Il tempo è solo una convenzione, dopotutto, no?»

«Perché la fai così tragica?»

«Perché sì. Non sarà solo un anno.»

«Come fai a saperlo?»

«Chi mai sarebbe così stupido da lasciarti andare?»

Lei lo ignorò, continuando a guardare i libri. Lui le si avvicinò, le cinse le spalle e l'attirò a sé.

«Cory...»

«Ti spiace metterti in coda alla cassa mentre io finisco qui?» chiese lei. «Non voglio che facciamo tardi al cinema. Indiana non aspetta noi per salvare l'Arca dell'Alleanza.»

«E se ci sposassimo?»

«Sposarci?»

Lei rise, così forte che la donna all'altro lato del tavolo dei nuovi arrivi fece un salto indietro.

«Lo trovi così divertente?»

Cory disse «Scusi» alla donna muovendo solo le labbra. Poi si appoggiò a Liam. «Per favore. Il matrimonio non ha salvato i miei genitori. Non salverebbe noi.»

«Cosa ci salverebbe?»

«Chi ha detto che abbiamo bisogno di essere salvati?»

«Voglio stare con te.»

«Tu stai con me. E io sto con te. Nei modi che contano davvero.»

«Oh, per carità. Non cominciamo.»

«Testimoni delle nostre vite» disse lei. «Questo era l'accordo.»

«Vorrei non averti mai mostrato quella poesia...»

«...Nessun tira e molla, nessuna promessa che uno potrebbe dover infrangere. Solo due persone che si conoscono. Che si amano. Che si ascoltano. Migliori amici. Amanti. Comunque tu voglia chiamarlo, è quel che siamo sempre stati. Non potremmo mai perderci.»

«E perché il matrimonio dovrebbe essere incompatibile con tutto ciò?»

«Non lo è. Non per tutti. Ma per una certa persona che ora mi sta davanti, rovinerebbe ogni cosa. Non sei ancora pronto. Non lo sei, nemmeno lontanamente, per il tipo di matrimonio che voglio io. E stando alla mia limitata esperienza...»

«Pensi che con più esperienza la smetteresti di sermoneggiare tanto?»

Lei gli sorrise. «Penso che si possa cercare di chiudere

in cassaforte il reciproco impegno con documenti legali e promesse. È umano desiderare quel tipo di sicurezza. Ed è anche umano combatterla. Perché quell'impegno è tutte queste cose ed è molto di più. E noi abbiamo la fortuna di avere il molto di più.»

«La fai troppo complicata» disse lui.

«Sei tu che la fai complicata» ribatté lei. «Io sto attenta. Se dobbiamo sposarci, sarà per un altro giorno. Se provassimo a farlo oggi, sai quanto me che non funzionerebbe.»

«Perché no?»

«Tanto per cominciare, vado all'università a quasi cinquemila chilometri da qui.»

«Forse.»

«Di sicuro» dice lei. «Ma, a parte questo, non avrei più ciò che ho ora. Tutto il bello.»

«Che sarebbe?»

«Tu.»

Lei lo guardò con un tale amore, una tale comprensione che per un breve, fulgido momento, lui le credette.

Cos'è che amava ripetere, Cory? La fedeltà è la persona a cui racconti le tue storie. Se lui non avesse mai smesso di ascoltarla, alla fine lei si sarebbe convinta che l'unica cosa che lui voleva veramente era stare qui (con lei)? Che non si sarebbe mai sentito in trappola? Che in realtà era ciò che lo faceva sentire libero?

«E se ti dicessi che ho un anello?»

«Hai un anello?»

Lui annuì. Lo aveva in tasca. Lo teneva spesso in tasca. Una semplice fascia. Niente di strabiliante, ma era quello che aveva da offrire. Per dimostrare che avrebbe saputo dimostrarsi all'altezza delle sue promesse. E sostenere entrambi.

«Ti direi che non ho bisogno di un anello. E, se tu insistessi, ti ricorderei che saresti terribile come marito.»

«Ah, grazie.»

«Non c'è di che.»

Lui la baciò sul collo, tenendole una mano sulla nuca. «Allora… ci penserai?»

Lei si mise a ridere, premendogli la guancia sul viso. «Richiedimelo quando la risposta giusta sarà sì.»

«E se non volessi aspettare così tanto?»

«Allora butta pure via quel tuo anello.»

Delirio in Eleventh Avenue

Mentre vado verso la fila dei taxi all'aeroporto JFK, il telefono si mette a vibrare.

Guardo lo schermo: il chiamante è anonimo. Rispondo e sento una voce che non riconosco.

«Nora? Sono Meredith Cooper.»

Meredith Cooper, quella che ha trovato mio padre sulla spiaggia. La soccorritrice. La moglie. Guardo Sam e metto il telefono in vivavoce, in modo che senta anche lui.

«Meredith, molte grazie di aver richiamato...»

«Certo, sono felice di essere d'aiuto. Ma devo avvertirla: siamo in Toscana e il cellulare funziona malissimo, potrebbe cadere la linea.»

La voce è gracchiante e mi perdo una parola su tre. Comincio a ringraziarla per aver cercato di aiutare nostro padre, per essere stata con lui anche quando nessuno avrebbe più potuto aiutarlo. Ma o lei non mi sente per via della connessione difficile, o non vuole perdere tempo, perché inizia a parlarmi sopra.

«Ne ho discusso con mio marito» dice. «Abbiamo cercato di ricordare qualche dettaglio specifico su quel jogger. A dire il vero eravamo concentrati su vostro padre. Ma ricordiamo entrambi che era un bianco, alto. Portava pantaloni cargo verdi e una felpa. Qualcosa del genere.»

Sam mima con le labbra: «Per fare jogging?» Stavo pensando la stessa cosa.

«E non l'avevate mai visto prima?» chiedo.

«No, mai. Stavamo lì solo da un paio di mesi, ma è una comunità piccola...»

«Vi capita spesso di vedere le stesse persone?»

«Be', portavamo fuori il cane tutte le sere all'incirca alla stessa ora. La gente è abitudinaria.»

Io e Sam ci guardiamo, come se questo dimostrasse qualcosa. Se non altro, dimostra che quell'uomo – che il detective O'Brien e la polizia non sono riusciti a rintracciare – di solito non passava di lì alle otto e mezzo di sera.

«Se aveste una fotografia, potrebbe essere d'aiuto?» chiedo. «Sareste in grado di riconoscerlo?»

«Forse» risponde. «Non lo so. Era piuttosto buio.»

Sam fa il gesto di portarsi un telefono all'orecchio, e mima con le labbra: «Il cellulare di papà».

Colgo il suggerimento e annuisco.

«Posso chiederle solo un'altra cosa? Per caso ricorda di aver visto il cellulare di mio padre?»

«No, in realtà non...» Si interrompe, riflette. «Sono quasi sicura che non fosse nella tasca della giacca. Quando l'ho toccato sul petto, credo che l'avrei sentito con le mani.»

«Mi è stata davvero utile. Grazie. Mi scusi per la stranezza della domanda.»

«Ma no, si figuri. Non ci sono domande strane, quando si è in lutto» dice lei.

Mi tocca profondamente la verità di queste parole. E la gentilezza. Poi, mentre sono seduta lì col fiato mozzo, il collegamento si interrompe, la linea cade e Meredith Cooper non c'è più.

Lo Starrett-Lehigh Building, sede della Noone Properties, è sempre stato uno dei miei edifici preferiti di West Chelsea.

È molto apprezzato, in particolare negli ambienti della neuroarchitettura, per lo stile espressionistico, che si vede di rado negli edifici industriali. Lo spazio crea uno stato d'animo, un'emotività, coinvolge con le sue finestre orizzontali continue, l'alternarsi dei parapetti di mattoni e di cemento, le ampie rientranze, l'incredibile muratura in mattoni. Tutte le scelte progettuali si fondono insieme per diventare quello che riesci a percepire solo entrando: un grosso edificio di New York che avrebbe tutte le ragioni di mostrarsi impersonale e che invece riesce a trasmettere un senso di benessere.

La sede della Noone Properties si trova ai due piani più alti. Sono uffici open space con finestre a tutta altezza che si affacciano sulla West Side Highway e sul fiume Hudson, a due passi. Il sole del tardo pomeriggio, lento e bianco, stende un velo delicato sull'acqua.

Siamo seduti nell'ufficio di nostro padre, che è ancora intatto, come se lui fosse appena uscito alla fine della giornata di lavoro. Invece è passato più di un mese dall'ultima volta che ha messo piede qui dentro. C'è un grande tavolo da riunioni al centro della stanza, svariati premi per l'attività alberghiera ancora incorniciati alle pareti, il suo computer acceso. Io e Sam ci stiamo davanti.

L'assistente dello zio Joe qui sulla costa orientale fa su e giù fuori dalla porta dell'ufficio, minuta ma agguerrita; vorrebbe che ci sbrigassimo e non riesce a nasconderlo. Non la biasimo. Non la smette di guardarci attraverso il vetro, perciò non è azzardato supporre che Joe si aspetti da lei un rapporto dettagliato su ciò che abbiamo fatto qui.

Comunque, Sam continua a scorrere i file sul desktop di nostro padre. Cerca qualsiasi informazione relativa a Cece o alla vendita, intanto che aspettiamo Nate, il tecnico informatico della Noone Properties. Nate dovrebbe portarci qualche risposta sul cellulare di nostro padre: quali materiali sono salvati nel cloud, e dove si trova il suo portatile scomparso.

Sam scuote la testa. «Non c'è nessun indizio in queste e-mail» dice. «E nemmeno nei promemoria interni che ho trovato.»

Si avvicina di più allo schermo.

«Non sembra che ci sia materiale scaricato dal suo cellulare. Non riesco a trovare messaggi condivisi né fotografie o sms.»

La cosa non mi sorprende più di tanto. Da come Sam aveva descritto il sistema, sospettavo che sul desktop di nostro padre avremmo visto le stesse cose che erano sul portatile di Sam.

«Okay, non ho grandi notizie...» dice Nate.

Alzo gli occhi e lo vedo rientrare in ufficio, picchiettando sul suo tablet. Si siede di fronte a noi alla scrivania.

«L'ultima volta che il telefono di vostro padre si è agganciato a un ripetitore è stato diciotto giorni fa a Santa Barbara, in California.»

Nate gira il tablet verso di noi.

Santa Barbara, California. È vicina a Carpinteria, ma non è Carpinteria. Che ci faceva lì il telefono di nostro padre? E perché era acceso diciotto giorni fa, quasi due settimane dopo la sua scomparsa? Se il telefono si fosse rotto durante la caduta, o fosse finito nell'oceano, avrebbe smesso allora di inviare segnali. Ciò significa che o è sopravvissuto alla caduta e qualcuno glielo ha sottratto... o lo ha portato via da Windbreak.

In ogni caso, pare che lo abbia qualcuno che non dovrebbe averlo. Sam drizza la schiena, e mi chiedo se lo stia pensando anche lui.

«Allora, se dopo la sua morte il telefono era ancora collegato, c'è un modo per accedere a quell'attività?» chiedo.

«In teoria sì, ammesso che ci sia stata davvero dell'attività. Ma dovrebbero intervenire le forze dell'ordine, con mandati e altra roba al di sopra delle mie competenze.»

«E il suo portatile?» domanda Sam.

«Qui in sede non c'è» risponde Nate. «E la sicurezza ha appena confermato che non è nemmeno nel suo appartamento di New York.»

Il portatile e il telefono, gli unici due oggetti materiali che potrebbero gettare un po' di luce su questa storia, sono anche le uniche cose che mancano nel suo ufficio, apparentemente intatto. Non può essere una coincidenza, che queste cose preziose (che lui considerava le più personali) non si trovino da nessuna parte.

«Le attività non dovrebbero essere state salvate nel cloud, da qualche parte?» chiedo.

«Dovrebbero, sì» conferma Nate. «Se riuscite a tornare indietro nel tempo e chiedere a vostro padre di autorizzare quella modalità di salvataggio. Le possibilità alternative di archiviazione sono state disattivate su sua richiesta personale.»

«Quindi ci stai dicendo che non esiste nessun backup del suo telefono?» chiede Sam.

«Non posso dire che non esista. Ma per quanto riguarda l'archivio aziendale, è così. Per il suo telefono e il portatile, ha chiesto che venissero sospesi tutti i salvataggi esterni e la condivisione di file sulla rete aziendale.»

Sembra intenzionale. Deve essere intenzionale, è chiaro che voleva tenere certe cose solo per sé. E a questo punto mi torna in mente Sam sull'aereo, con il suo portatile aziendale, che mi parla di tutto ciò che c'era lì dentro. Comincio a chiedermi se non ci sia un altro modo per scovare quelle informazioni.

«Solo per il suo portatile?» chiedo.

Nate mi guarda negli occhi. «Che cosa?»

«La condivisione dei file è stata disattivata solo per il suo computer personale o per tutti i computer della rete?»

«Sembra che i portatili dal quinto al decimo siano tutti collegati alla rete. Compreso quello di Tommy e il tuo, Sam.» Alza gli occhi e fa un cenno col capo a Sam. Poi continua a cercare. «Ma... sì, è così: il backup dell'archivio e la condivisione dei file sono stati disattivati dalla rete aziendale non solo per il portatile di vostro padre.»

«Per quali altri?» chiedo.

«Vediamo... disattivato per i portatili uno, due, tre e quattro» dice. «Il portatile uno era di vostro padre. Il secondo era di Joe, il terzo apparteneva al consulente legale e il quarto era di...»

Io e Sam ci arriviamo nello stesso istante.

«Grace» dice Sam.

«E se quei computer fossero collegati tra loro? Potrebbero avere accesso ai suoi file» dico a Sam.

Lui chiede a Nate: «Il portatile di Grace è ancora in azienda?»

«No. Le è stato recapitato a casa insieme a tutti i suoi effetti personali...»

«Ma quello non si può davvero definire "personale", no?» osserva Sam. «È di proprietà dell'azienda.»

«Be', a quanto pare vostro padre non ci teneva troppo, alla distinzione» dice. «Ma Terry può esservi più utile, per i dettagli.»

«Terry era l'assistente personale di Grace» mi spiega Sam. «È andata in pensione dopo la sua morte.»

Nate tocca il suo tablet. «Qui dice che Terry è a Burlington, nel Vermont. Non c'è un indirizzo e-mail, ma ho un numero di telefono e un indirizzo fisico.»

Sam si alza. «Mi manderesti le sue informazioni di contatto? Grazie. Telefono e indirizzo.»

Lo guardo. «Ti prego, dimmi che non andiamo nel Vermont.»

«Dipende, se lei risponde» dice Sam.

Quindi va verso la porta. Io e Nate lo guardiamo andar via e Nate si volta verso di me.

«Sta scherzando, vero?» mi chiede.

Il mio telefono vibra; abbasso gli occhi e vedo un messaggio di Elliot.

Tutto bene?

Non l'ho richiamato. E neanche Jack, a dire il vero. Ho mandato un rapido messaggio a Elliot, dicendogli che l'avrei chiamato più tardi. Ma a Jack devo molto di più di mezza riga di messaggio. Con Jack non ho parlato, se non per pochi istanti, in macchina, sulla strada per Santa Ynez. Ventiquattr'ore fa. Una vita fa.

Sospiro e mi alzo anch'io. «Se sta scherzando? Non sarei così ottimista.»

Tutte le strade portano a Cece

Terry risponde.

Ci conferma subito che tutti gli effetti personali di Grace, dispositivi elettronici compresi, sono stati spediti a casa sua e di suo marito a Brooklyn.

Io e Sam camminiamo in fretta lungo la Tenth Avenue, verso la più vicina stazione della metropolitana.

«La domanda è: quanta confidenza pensi che le abbia dato papà?» gli chiedo.

«Molta più che a me, a quanto sembra. Ma... la stessa che dava a zio Joe? Non so. Direi che un tempo era così, certo...»

«Mi pare di sentire un *ma*.»

Sam scuote la testa. «Be', lei ha avuto problemi al cuore qualche anno fa, e credo abbia avuto un infarto. Prima di quello che... quello che l'ha uccisa. Non era niente di grave, ma dopo quell'episodio Grace ha fatto un deciso passo indietro rispetto alla compagnia. Ha continuato ad aiutare papà per certi aspetti creativi e di branding, ma non so quanto fosse coinvolta nelle attività ordinarie. Credo che Joe intervenisse più spesso, almeno nella pratica.»

«C'era tensione tra loro?»

«Tra Joe e Grace? No, non direi proprio.»

«Non si contendevano l'attenzione di papà?»

«Penso che tu ti stia confondendo con me e Tommy.»

Trattengo un sorriso.

«Perciò, in teoria, se quei computer erano collegati, lei avrebbe potuto accedere a quel qualcosa di cui nessuno vuole parlarci...»

«In teoria. Certo.»

Prendiamo a sinistra, verso la metro. Si sta alzando il vento, le raffiche fredde della prima sera.

«Tu che rapporti hai con suo marito?» m'informo.

«Ben pochi. L'avrò visto tre o quattro volte.»

«E lo vedi bene, quest'incontro?»

Scendiamo le scale della stazione. «Peggio di così non credo comunque che possa andare» risponde.

L'appartamento di Grace si trova in una palazzina Beaux Arts a Brooklyn Heights.

Si tratta di un edificio di rilevanza storica. Non è distante dalla Promenade, con la vista ininterrotta del porto di New York e dello skyline di Manhattan, eppure si annida tra le più famose case *brownstone* di Brooklyn Heights.

Conosco bene il palazzo. Jack ha un amico che abita al quinto piano, pochi mesi fa siamo stati a cena da lui. Non credo che il portiere mi riconosca, ma ci saluta cordialmente e ci manda subito all'ottavo piano, citofonando al marito di Grace solo quando siamo già sull'ascensore.

Arrivati al piano, il marito ci sta aprendo la porta con un sorriso.

Ha un'aria familiare, e questo mi lascia perplessa. Sono sicura di non averlo mai incontrato prima. Ho conosciuto la figlia di Grace, ma lui non mi è mai stato presentato. Non solo mi è familiare, ma è un gran bel tipo, in jeans e camicia di flanella, asciutto, forte e virile, con quegli occhi castani che ti perforano. Che stanno perforando me, al momento.

Stringe la mano a Sam e ci fa entrare nell'ingresso: qui

la nebbia comincia a diradarsi. Sembra di essere entrati nello studio di un artista, più che in un appartamento. Il soggiorno è ingombro di attrezzatura fotografica e le pareti sono coperte di bellissimi ritratti.

Ecco perché mi è così familiare: non l'avevo mai incontrato, non lo conosco di persona, ma lo conosco lo stesso. È Paul Turner, il (famoso) fotografo. All'università, una mia amica aveva le pareti della stanza completamente tappezzate delle sue foto di copertine di riviste. Ho visto sue mostre all'International Center for Photography e al Brooklyn Museum. Suoi poster adornano le pareti di vari appartamenti su cui ho lavorato, compreso quello dell'amico di Jack, qualche piano più sotto.

Saluto con un cenno del capo, azionando il cervello a pieno ritmo per nascondere la confusione: Paul Turner era il marito di Grace? Mi pare strano non averlo saputo prima. Ma d'altronde perché avrei dovuto saperlo? Turner è un cognome comune. E non è che di solito chiedessi a mio padre con chi erano sposati i suoi colleghi.

«Non ci siamo mai incontrati, credo» mi dice ora. «Piacere, Paul Turner.»

Mi sorride e si passa le dita tra i capelli. E io prendo nota. Porta la fede al dito. Grace non c'è più da quasi un anno ormai, e lui ha ancora l'anello.

Non so se abbia visto che l'ho notato, ma infila la mano nella tasca posteriore.

Provo a cambiare discorso, in caso se ne sia accorto. Magari il fatto che l'abbia notato lo ha messo a disagio. Ma io ho pensato che fosse una cosa molto tenera. Gentile. Qualcosa di simile alla fedeltà.

«È un piacere conoscerla» dico. «Non mi pare che Grace mi abbia mai detto che abitava qui.»

«Be', in realtà non ci abitava. Stavamo a Pierrepont. Questo era soltanto il mio studio. Ma poco dopo la sua dipartita ho cominciato a stare quasi sempre qui...» Si ferma, come riflettendo. «Sono otto mesi, ormai.»

«Un nuovo inizio» dico.

«Qualcosa del genere.»

Si schiarisce la gola, gli si mozza la voce anche soltanto a nominarla, e l'ultimo posto in cui vorrei trovarmi è qui davanti a un marito in lutto, con la fede ancora al dito, all'inizio di una serata con cui non c'entriamo niente.

«Sentite, ragazzi, mi dispiace molto, vi ho detto che potevate passare, ma mia figlia è in città e mi ha appena chiamato, per cui dovremo fare davvero in fretta. È incinta di cinque mesi; quando chiama, io arrivo.»

«Certo...» fa Sam. «Ci chiedevamo solo se ha ancora qui le cose dell'ufficio di Grace.»

«I documenti della compagnia?»

«Terry ci ha detto che quando hanno sgombrato il suo ufficio, hanno mandato a lei il computer di lavoro di Grace.»

Inclina la testa e osserva Sam. «Il suo portatile, dice?»

«Esatto» risponde Sam.

Paul ci guarda entrambi. «Posso chiedere perché lo volete?»

«Il cellulare di nostro padre non si trova» dico. «Grace potrebbe avere avuto accesso ai materiali che erano su quel telefono. Foto di famiglia, messaggi, certe altre comunicazioni che crediamo di particolare valore ora che lui... non c'è più.»

«Perché queste cose dovrebbero trovarsi sul suo portatile?»

«A quanto sembra, Grace lavorava spesso sul portatile da casa, soprattutto quando aveva cominciato ad andare meno in ufficio» spiega Sam. «E secondo il tecnico, il suo portatile potrebbe aver condiviso file che non erano sul computer centrale della compagnia.»

«Be', se non erano sul computer centrale, non ci sarà stata una buona ragione?»

«Perché erano cose personali» dice Sam.

Paul scuote la testa. «Non capisco. Quindi state cercando delle fotografie private? O dati aziendali?»

«Il punto è» fa Sam «che non vogliamo crearle problemi, ovviamente...»

«E perché questo dovrebbe crearmi problemi?»

Non mi piace come guarda mio fratello e mi affretto a intervenire.

«Credo che Sam stia cercando di dire che non sappiamo cosa ci sia sul portatile. Ma vorremmo vederlo con i nostri occhi. Ci rendiamo conto che è una richiesta un po' strana...»

«Appena un po'.»

«Non è proprio questo il punto» dice Sam.

Paul incrocia le braccia e, con tono sempre più irritato, dice: «Se state chiedendo di accedere a un effetto personale di mia moglie, lo è di sicuro».

«In realtà quello è un computer aziendale, perciò non so perché si trovi qui, tanto per cominciare» dice Sam.

«Dico solo questo: di qualunque cosa si tratti, non voglio essere coinvolto, d'accordo?»

«Se desidera un risarcimento, saremo lieti di rimpiazzare il computer.»

Paul ride. «Non voglio i vostri soldi.»

«Che cosa vuole?»

«Be', adesso voglio augurarvi la buonanotte, così posso prendere la metro e non far aspettare mia figlia al gelo.»

Getto un'occhiata a Sam. Sta andando tutto storto, e sta andando sempre peggio.

«Capisco. Lo capiamo *entrambi*. Mio fratello teme soltanto – in effetti lo temiamo tutti e due – che possa essere successo qualcosa di brutto a nostro padre. E non riusciamo a ottenere risposte da nessuno, riguardo al periodo precedente alla sua morte.» Mi fermo. «E Grace... Io pensavo di Grace tutto il bene del mondo, e se c'era una persona che poteva sapere cosa gli stava succedendo, credo che fosse lei.»

A queste parole, lui si ammorbidisce. «Capisco. E probabilmente è vero.»

Poi mi fa un piccolo sorriso, lo sguardo triste, sincero.

«Forse, prima di andare, potrebbe darci una mano per una cosa in particolare: Grace ha mai detto che Cece Salinger era interessata a comprare la compagnia?»

Lui cerca di non reagire, ma gli leggo in faccia la sorpresa. «Tutte le strade portano a Cece, eh?»

«Cioè?» chiedo.

«Sarebbe un discorso lungo e non ho tempo. Ma... sì, Grace ne ha parlato, a un certo punto. Ha detto che Cece era interessata, ma mi è parso di capire che vostro padre non voleva. Che tutto era stato sistemato molto tempo fa.»

Mi guarda negli occhi. E capisco che non ha intenzione di imbarcarsi in questo lungo discorso, né stasera né in futuro. Quindi, che altro sapeva Grace di Cece? Da come lui mi sta guardando, sorge improvvisa quest'altra domanda.

«A dire la verità, non ho tenuto con me buona parte dei suoi documenti di lavoro, telefoni, computer, eccetera. Non mi sono portato appresso quasi niente da Pierrepont. Era più facile non dover affrontare tutte le cose che mi ricordavano lei.»

Mi guardo intorno: l'ingresso, il soggiorno adiacente.

Sopra la mensola del caminetto ci sono fotografie di famiglia: la figlia Jenny, Grace che la tiene in braccio neonata, uno scatto delle loro nozze. A prima vista mi verrebbe da dire che non ha problemi con le cose che gli ricordano sua moglie. E che forse mi ha mentito. Ma posso esserne sicura? Magari le piccole cose che si è portato fin qui sono quelle di cui non può fare a meno. Dei frammenti di una vita vissuta insieme.

«Capisco che la morte di vostro padre sia stata sconvolgente» dice. «Lo è stata anche per me, davvero, e non è che lo conoscessi così bene. Ma credo di non averlo nemmeno, quel portatile. Come ho detto a Tommy, Joe ha chiesto di avere la maggior parte delle cose di Grace dopo che l'ufficio le aveva spedite qui, e io gliele ho mandate...»

«Ehi» lo ferma Sam. «Ne ha parlato con Tommy? Quando, esattamente?»

Paul torna a guardarci entrambi. «Credo proprio che dovreste chiedere a vostro fratello.»

Il cellulare di Paul ronza e sullo schermo appare il nome di Jenny, sua figlia. La figlia di Grace. Lui ci guarda ancora.

«Il punto è questo» dice. «Grace lavorava sodo e non parlava molto del suo lavoro quando era a casa. Se non per dirmi due cose: voleva bene a vostro padre. E lo considerava un brav'uomo, a prescindere da come ne parlava la gente. Ecco, mi diceva questo.»

Lo guardo, assimilando il senso di quelle parole.

«Il problema è che mi diceva anche un'altra cosa: di non fidarmi dei suoi figli.»

Quindi torna alla porta d'ingresso, la tiene aperta e aspetta che usciamo.

Se devi andare giù, vai fino in fondo…

«Di sicuro si riferiva a voi due, non a me» dico.

Stiamo scendendo in ascensore, Sam è già al telefono e cerca di parlare con Tommy.

«Ti sembra il caso di concentrarsi su questo?» reagisce. «E poi Grace non avrebbe mai detto una cosa simile. Il marito voleva solo liberarsi di noi.»

L'istinto mi dice che Sam ha ragione. Ma perché Paul era così ansioso che ci togliessimo dai piedi? È solo perché era in ritardo per l'appuntamento con la figlia, o c'è qualcos'altro che non ha voluto dirci?

Dal telefono di Sam, sento il segnale della segreteria telefonica di Tommy. «Ehi, perché parli con Paul Turner?» dice Sam dopo il *beep*. «Che cazzo sta succedendo, Tommy?»

Chiude la comunicazione, scuotendo la testa.

«Puoi cercare di calmarti?» gli dico.

«È proprio tipico di Tommy. Lavoro con questa gente e nessuno vuole dirmi niente. Papà aveva segreti di ogni tipo e adesso zio Joe che fa? Ruba i cazzo di computer portatili?»

«Non sappiamo se ce l'ha lui.»

«No, ma conosco mio fratello. E se ha cercato Paul, significa che aveva in mente qualcosa.»

L'ascensore si apre e Sam attraversa l'androne. Devo quasi correre per stargli dietro.

«Hai parlato con Tommy dell'incidente di papà?» chiedo. «Magari è arrivato fin qui come ci siamo arrivati noi.»

«No, non gli ho detto niente sull'argomento. Mi avrebbe solo dato del matto. E poi, a Tommy interessa solo quello che riguarda Tommy. Probabilmente tu pensi la stessa cosa di me, lo so.»

«Questa è grossa, come accusa.»

«In sostanza, dobbiamo parlare con Tommy di persona.»

«Non hai detto che è su al Nord?»

Annuisce. «A nord dell'Hudson. Ma saranno tre ore di macchina, al massimo.»

«Ah, così poco?»

«Se guido io, ci arriviamo in poco più di due. Dovremmo andare domattina presto.»

«Sinceramente, non muoio dalla voglia di farmi scarrozzare da te.»

Sam ha gli occhi stralunati e sembra esausto. E a me pare che questa missione – dettata in parte dal suo desiderio di strappare gli occhi a suo fratello – sia in realtà secondaria, rispetto a quello che stiamo cercando di capire.

«Senti, questa è una faccenda tra voi due. A me qui interessa unicamente sapere che cosa è successo a papà quella sera.»

«Solo che è tutto collegato.»

Lo è davvero? Comincio a fare un po' di conti, ricapitolando quello che abbiamo scoperto. Nostro padre stava per vendere la società a qualcun altro, cosa che non aveva mai neppure preso in considerazione in vita sua. Poi, per ragioni ignote, ha fatto retromarcia e ha deciso di lasciare la società ai suoi figli. E otto giorni dopo, ha fatto due telefonate a una sua vecchia amante ed è caduto da una scogliera che conosceva come le sue tasche.

Se tutto era collegato, chi avrebbe avuto motivo di trovarsi sulla scogliera con lui quella sera? E chi avrebbe avuto motivo di essere lì, se non era tutto collegato?

«Cos'è quella faccia?» chiede Sam.

«Pensavo» dico. «Pensavo la stessa cosa di te.»

Mi guarda perplesso. «Di che parli?»

«Hai detto che Tommy è sempre disposto ad aiutare solo Tommy, e che probabilmente io penso lo stesso di te» spiego. «È vero, lo pensavo. E mi sbagliavo.»

Usciamo nelle vie della città e Sam annuisce in fretta. Cerca di fare l'indifferente, ma capisco che per lui è importante.

Domani dovrebbe cominciare un'altra settimana lavorativa. Ho in programma una videoconferenza a proposito di una grossa commissione a Sag Harbor. Ho un sito da ispezionare e un pranzo, deciso da tempo, con uno studio di progettazione di interni con cui collaboro spesso. Non permetto mai a tanto lavoro, giornate intere di lavoro, di accumularsi così. E ho Jack. Jack è la cosa più urgente; stare lontana da lui mi è sembrata addirittura la scelta più facile, questo fine settimana. Come se desiderassi solo che fosse «facile», come se non volessi altro che evitare di affrontare i problemi tra noi. Di scervellarmi su come tornare al nostro spazio comune. Al nostro modo normale di esistere. Alla profonda intimità che tra noi è sempre stata naturale.

Ma la richiesta d'aiuto di Sam mi arriva come un'onda sonora, come un allarme. E non posso ignorarla.

«Devo trovarti sotto casa mia ad aspettarmi domattina alle nove e mezzo, chiaro? Altrimenti la chiudo qui.»

La pressione che ha tra gli occhi si sgonfia, la sua energia si risveglia, gli spunta un sorriso.

«Ci sarò, col motore acceso» dice.

Sto per svoltare in Clark Street, verso la metropolitana, quando sento la voce di Sam.

«Allora confessi che comincio a piacerti?»

«Buonanotte, Sam.»

«Un pochino?» mi grida dietro.

Scuoto la testa, senza voltarmi.

«Come vuoi!» aggiunge. «Possiamo anche non dircelo.»

Luna purpurea a Ditmas Park

La casa è buia, quando arrivo.

Sono le dieci di sera, Jack è ancora al ristorante. Invece di entrare nella casa vuota, mi stringo nel cappotto e mi siedo sui gradini davanti all'ingresso. A quest'ora il quartiere è silenzioso, sereno. Gli Usher portano a spasso il cane ma i miei vicini sono quasi tutti in casa, le finestre illuminate da chi sta ancora cenando, dalle abat-jour, dal blu dei televisori accesi.

Una delle ultime volte che mio padre è venuto a trovarmi a Ditmas Park, è stato di sera tardi, poco più di un anno fa, non molto dopo la morte di mia madre. Due mesi esatti. Contavo ancora i giorni, allora. Non ho smesso di contarli.

Mio padre stava tornando da un evento a Midwood. Ed era un evento raro: non ci andava spesso, né volentieri.

Mi aveva mandato un messaggio dandomi appuntamento allo Sheet Music, ma ero ancora al lavoro, quindi aveva detto che sarebbe venuto da me e mi avrebbe portato un po' di Sheet Music a casa.

Ci sedemmo sui gradini e ci dividemmo un'abbondante porzione di torta salata alle fragole bevendo champagne in tazzoni da caffè.

«Stiamo festeggiando qualcosa?» gli chiesi.

«Se c'è una cosa che ho imparato è che lo champagne non ha bisogno di scuse» rispose mio padre.

Gli sorrisi.

«Ma se proprio vuoi un motivo, stasera sarei dovuto andare alla rimpatriata con i compagni di liceo.» Scrollò le spalle. «Poi mi sono ricordato che non sono più obbligato ad andare dove non voglio.»

Risi. «Allora vale la pena di festeggiare.»

Mentre mangiavamo mi chiese a cosa stessi lavorando e gli raccontai per filo e per segno della mia commissione in Connecticut. Era una Clinica della memoria che stavo realizzando insieme a un geriatra specializzato. Il nostro obiettivo era creare uno spazio strutturato che favorisse l'orientamento, alleviando la confusione. Volevamo seguire i dettami dell'architettura biofilica, per fare in modo che tutti e trenta gli ospiti fossero strettamente connessi alla natura, immersi in un ambiente luminoso e rasserenante.

Temevo di annoiarlo, ma lui continuava a farmi domande, voleva conoscere ogni dettaglio. Versava altro champagne e poneva altre domande. Era il suo modo di fare: non avrebbe potuto essere più orgoglioso del mio lavoro. Non si stancava mai di informarsi su tutto ciò che era importante per me.

Ma quella sera c'era dell'altro. Avevo la sensazione che mio padre volesse dirmi qualcosa; arrivava a un pelo dal dirmelo, ma poi si fermava.

Mi chiesi se c'entrasse col fatto che in quel periodo lo tenevo a distanza; forse cercava un modo per entrare in argomento. Ma non mi pareva fosse quello. Sembrava continuamente sul punto di comunicarmi una bella notizia, qualcosa che lo rendeva felice.

Non gli feci pressioni. Anche se non voleva ancora dirmelo, qualunque cosa fosse a dargli gioia, gli bastava poterne godere, insieme a me. Ma ora vorrei avere insistito. Cosa darei per sapere che gli passava per la testa!

Prendo il cellulare dalla borsa. E clicco sul suo nome senza darmi il tempo di pensarci.

Elliot risponde al primo squillo.

«Ti fischiavano le orecchie?» dice. «Austin parlava di te a cena, stasera.»

«Davvero? E cosa diceva?»

«Voleva che ti ricordassi il suo saggio di pianoforte di martedì.»

Sento una fitta nel petto ripensando all'ultimo saggio di Austin, la scorsa primavera, il suo intenso raccoglimento sull'ultimo brano. C'era mio padre con me, teneva in grembo una grossa scatola di biscotti. Orgoglioso.

«Ci sarò» dico.

«Allora sei tornata?»

«Sono tornata.»

«Che ci facevi in California?»

«È una lunga storia.»

«Ho lasciato Austin da sua madre» dice. «Ho tutto il tempo che vuoi.»

Sento che si mette comodo e abbassa la voce, come se si fosse sdraiato. E me lo immagino lì, col braccio dietro la testa, le lunghe gambe penzolanti dal letto, gli occhiali sul comodino.

«Posso chiederti una cosa, prima? Ti ricordi l'ultima volta che hai visto mio padre?»

«E questa da dove salta fuori?»

«Fa parte della lunga storia.»

Riflette per qualche istante. «Abbiamo cenato insieme, cinque o sei settimane fa.»

Raddrizzo la schiena. Che Elliot e mio padre si siano

visti di recente non è strano. Si incontravano spesso, nel palazzo. Ed erano rimasti in ottimi rapporti. Poco dopo la fine della mia storia con Elliot, mio padre mi chiese se la sua amicizia con lui mi disturbasse. Per me non era un problema. Quando mio padre lasciava entrare qualcuno nella sua vita, come aveva fatto con Elliot, non gli piaceva sbatterlo fuori.

«Un momento» faccio. «Due settimane prima di morire, quindi?»

«Più o meno. Perché?»

«Ti ricordi di che cosa avete parlato?»

«Di cosa abbiamo parlato?»

Cerco di essere più specifica, di chiarire a me stessa che cosa voglio sapere. «Avete parlato anche del suo lavoro?»

«Non molto. Nora, che succede?»

«C'è qualcosa che non quadra nel modo in cui è morto, quindi sto solo cercando di... seguire ogni pista per capire cosa mi sfugge. O cosa mi è sfuggito.»

«Okay...» Sento il tono preoccupato. «Be', di sicuro tuo padre mi ha chiesto di Austin. Abbiamo un po' parlato di quello che succedeva in ospedale. Mi pare mi abbia chiesto di un mio paziente...»

«Per caso ha detto se c'era qualcosa che lo turbava?»

«Non è che parlasse molto di sé stesso. Sai com'era tuo padre. Voleva sapere come me la passavo io.»

Questo è vero. Mio padre amava concentrarsi sempre sulle persone che erano con lui, specie quelle che gli erano più care. Ma adesso, improvvisamente, non credo più che questa fosse l'unica ragione del suo silenzio. Dubito di poterlo spiegare a Elliot, o spiegargli che mi sembra sempre di essere sul punto di afferrarlo, quello che mi sfugge riguardo a ciò che stava succedendo a mio padre, alla fine.

E che sono sempre più sicura che se riesco a capire questo, tutte le altre cose che voglio sapere di lui seguiranno a ruota.

«Posso chiederti un'altra cosa? C'è qualcuno in ospedale da te che studia i modelli di caduta? Un patologo, per esempio, che potrebbe dare un'occhiata al referto di un'autopsia e aiutarmi a stabilire se una persona è caduta o è stata spinta?»

«Questo discorso ha preso una piega strana» dice.

«Ehilà...»

La voce di Jack mi fa sobbalzare e lascio cadere il telefono. Mi volto e lo vedo fermo sulla soglia, tra la porta aperta e la zanzariera. Ha i capelli arruffati, i piedi scalzi. La casa alle sue spalle è buia, e dal punto in cui sono seduta sui gradini del portico, Jack somiglia troppo a un'ombra.

«Cazzo» faccio. «Mi hai fatto quasi prendere un colpo.»

«Non volevo. Vengo in pace.»

Raccolgo il telefono e chiudo la chiamata senza salutare. «Credevo fossi ancora al ristorante» dico.

Lui esce sul portico e viene a sedersi sul gradino accanto a me. «Ho chiuso presto» dice. «Volevo essere qui quando tornavi.»

Sto ancora cercando di riprendere fiato quando il telefono mi vibra in mano e sullo schermo riappare «Elliot». Rifiuto la chiamata mentre Jack guarda il telefono che ho in mano, poi torna a guardarmi in faccia. Senza dire niente.

«Mi spiace» dico. «Sono solo un po' nervosa.»

«Me ne sono accorto.»

Mi bacia sulla spalla, si accosta di più a me. Mi giro per osservarlo: la maglietta stropicciata, gli occhi velati, i segni del cuscino sulla faccia. La mia faccia preferita. Allungo la mano e la tocco.

«Ti sei addormentato sul divano?» chiedo.

«Penso, forse.»

«Solo forse?»

Appoggia il viso alle mie dita, sorridendomi. E sembra tanto felice semplicemente di condividere con me quel sorriso, per un momento di intesa sincera.

«Com'è andata a Windbreak?»

«Be', comincio a pensare che forse ha ragione Sam.»

«Davvero?» fa lui.

Annuisco e, dopo averlo detto a voce alta, sento che l'idea si solidifica.

«Lo so, tu pensi che sia solo il dolore del lutto a parlare.»

«Non direi questo...»

«Cosa diresti?»

«Penso che tu stia facendo quello che hai bisogno di fare. Scoprire quello che hai bisogno di scoprire.» Si ferma e riprende con voce ancora più bassa: «Cosa stai scoprendo?»

Sto scoprendo che forse mio padre nascondeva qualcosa. E sto cercando di capire che legame ci sia tra questo e le strane telefonate, su un telefono che ora non si trova, e un misterioso jogger che forse se ne è impadronito. E poi, ecco, tutto il resto della storia.

Sto scoprendo che c'è un motivo se continuo a figurarmi il momento prima che mio padre precipitasse. E in nessuna delle scene che immagino si trovava lì da solo.

Guardo Jack e non dico nulla di tutto ciò. Mi limito alla parte che non ho bisogno di scoprire. La parte che conosco con certezza.

«Sono stata una figlia pessima, alla fine.»

«Nora...» fa lui. Sottovoce. Gentile. Sostiene il mio sguardo, come a giurarmi che è vero il contrario, e io combatto le lacrime lì lì per traboccare.

Ma lui non discute. Non cerca di convincermi che ho

torto. Invece si accosta di più a me: mi tocca la gamba con la sua gamba, la spalla con la sua spalla, porta la mano dietro la mia schiena per sostenermi il capo, con dita forti e rassicuranti.

Lo sento. Lo sento sotto le sue dita, che pulsa come un cuore. Quel piccolo, tenero germe, quella cosa che vive tra di noi. Il promemoria, vivo e tangibile, che noi due ci apparteniamo.

Trasalisco, per difendermi dall'intensità del contatto, ancor prima di sapere che lo sto facendo. È qualcosa di primordiale, un bisogno di respingere questa intima vicinanza. Qualcosa in me che si chiude.

Jack se ne accorge e reagisce, tira via la mano, quasi a scusarsi. E a questo punto il telefono ricomincia a vibrare e di nuovo appare «Elliot» sullo schermo.

Lo butto nella borsa, lo spingo via da noi. «Pensavo di averlo spento» dico.

Jack ride brevemente.

«Ma certo, Nora.»

Si tira indietro, si allontana. Ma mi guarda negli occhi ancora un momento, un breve e terribile stallo. È peggio di un rimprovero. Non lo sto forse implorando di rimproverarmi per la telefonata, per averlo allontanato, per quello che mi sto giocando?

«Di' a Elliot che lo saluto» fa.

Poi si alza e torna in casa.

The Acres

Arrivati nell'alta valle del fiume Hudson, intorno a noi è tutta campagna.

Spedisco un'e-mail mentre superiamo placidamente ponti su ruscelli e uffici postali, bandiere americane e case mobili in acciaio. Il terreno è in gran parte coperto di neve vecchia. Abbasso il finestrino quanto basta per far entrare almeno un filo di quella fredda, frizzante aria invernale: nonostante questa, il sole ci inonda.

Venendo qui abbiamo fatto un po' di telefonate, nella speranza di trovare qualche paio d'occhi fidati che possano esaminare il rapporto della polizia e l'autopsia. E l'indagine incompleta del detective O'Brien. Non ho voluto richiamare Elliot, come se servisse in qualche modo a rimediare al discorso di ieri sera con Jack. Come se aiutasse a riaffermare la mia fedeltà. Ho invece chiamato una neuroscienziata con cui collaboro spesso, per chiederle se poteva indicarmi qualche esperto di cui si fida. Mi ha messo in contatto con un neurocriminologo, il quale mi ha consigliato due patologi forensi.

Mentre Sam guidava, ho inviato loro per e-mail tutte le informazioni che ho: il reperto autoptico e il rapporto della polizia, la mappa della proprietà di Windbreak e anche la relazione del geologo sul dirupo. Ho inoltrato le traballanti conclusioni dell'inchiesta di O'Brien, su cui spero possano gettare una luce imparziale.

«C'è una cosa che mi tormenta da ieri sera» dico.

Sam si gira a guardarmi. «Solo una?»

Gli sorrido.

«Paul ha avuto una reazione piuttosto intensa, sentendo nominare Cece» continuo. «Forse c'entra con il motivo per cui Joe non voleva che parlassimo con lei.»

«Cioè?»

«Zio Joe era evidentemente preoccupato che lei ci dicesse qualcosa su papà che non dovevamo sapere. E continuo a pensare che forse Grace, a un certo punto, abbia detto la stessa cosa a Paul... Dobbiamo tenerlo a mente, quando arriveremo da Tommy.»

«Perché? Che cosa c'entra con Tommy?»

«Secondo me è la prima domanda che dobbiamo fargli.»

Sam svolta in una lunga strada di ghiaia che ancora esibisce una grande insegna: «Meleto di Rose Valley».

Sotto è appesa un'insegna di legno molto più piccola, che annuncia in stampatello scuro THE ACRES.

Passiamo accanto a un'azienda agricola, con tanto di meleto e un grande pollaio, circondata da diversi sentieri escursionistici.

Sam si ferma in una piccola rotatoria e spegne il motore. Scendo dall'auto e osservo l'ingresso principale, con il bel vialetto di ghiaia e l'enorme porticato aperto, con un prato centrale subito oltre.

Il porticato è ancora in fase di costruzione, ma l'ossatura è impressionante: travi di rovere alte sei metri, arredamento con struttura in legno e grandi alberi da interno, il tutto organizzato intorno a un focolare centrale.

Ma la cosa più spettacolare è il panorama: la distesa del

prato centrale e il crinale, e la proprietà è costellata da bungalow in acciaio e legno, in fasi di costruzione più o meno avanzate. Immagino il gran lavoro che stanno facendo in quei bungalow, rivestiti in legno di recupero, i tetti a due spioventi sfalsati. E sono notevoli anche così incompleti. Sono rustici e discreti, si inseriscono nel territorio senza disturbarlo.

Tutta la costruzione mi colpisce per questo. Non è dissimile da un progetto a cui ho lavorato non lontano da qui, a Woodstock, New York. È una tenuta di famiglia, i cui proprietari mi hanno chiesto di dare un tocco moderno alla casa colonica settecentesca presente nella proprietà. Ho creato diversi edifici in stile vernacolare, un braciere centrale comune per le riunioni di famiglia; un perfetto, pacifico ritiro tra i monti Catskill.

«Ti ricorda Woodstock?» mi chiede Sam.

Mi volto verso di lui. «Come fai a saperlo?»

Sam mi porge un casco di protezione. «Papà ha mostrato a tutti la fotografia della tua proprietà apparsa sul *Record* durante la prima riunione di progettazione. E ha detto: «Qualcosa del genere».

Mi metto il casco, mentre sento le sue parole dentro il petto. L'orgoglio che mio padre provava per me, per tutti noi, era incrollabile, anche quando non eravamo lì presenti. Se fossi stata lì, sarei riuscita a dirgli che era merito suo, se gli piaceva ciò che io costruivo? Che sono diventata l'architetta che sono anche osservando il suo lavoro? Per lui era una gioia costruire spazi densi di significato. Era una gioia far funzionare le cose, metterle al posto giusto. Non credo che sarei il tipo di artista che sono, senza quell'influenza. Non gliel'ho mai detto. L'ho attribuito a mia madre, alla sua attenzione al ritmo e alla bellezza. Ma era anche lui. Era lui. All'improvviso, il pensiero che non me lo sentirà mai dire è una nuova ferita.

Sam indica un bungalow più grande (e completato) verso il lato del prato, e andiamo da quella parte.

«Quella è la Ridge House» dice. «Tommy alloggia lì.»

«Il tempo è quasi scaduto.»

«Per cosa?»

«Per spiegarmi cosa sta succedendo tra voi due, prima che lo vediamo.»

Scuote la testa, come se non ci fosse niente da spiegare. «Non ti ho detto che praticamente non ci parliamo da circa sei settimane?»

Lo guardo incredula. «No, non me l'hai detto.»

Fa spallucce. «È complicato. Non credo che sia stato particolarmente felice di sapere che papà aveva lasciato il comando a entrambi. E non solo a lui.»

«Gliel'hai detto, che saresti venuto, vero?»

Sam sale i gradini del bungalow, due alla volta.

«Non precisamente.»

«E almeno *imprecisamente*, Sam?»

Prima che mi risponda, la porta si apre e appare la moglie di Tommy, Kira. La bella Kira, che è anche parecchio incinta.

Ci guarda entrambi. «Che diavolo ci fate voi due qui?»

Lancio un'occhiata a Sam, che mi ignora.

«Tanto per cominciare,» dice Sam «tuo marito è un bugiardo.»

«Dimmi qualcosa che non so» risponde Kira.

Poi si fa da parte per lasciarci entrare.

«Come ti senti, Kira?» chiedo.

«Come se mi portassi dentro due bambini di due chili. Pensavo che i gemelli saltassero una generazione.»

«Non sempre» dice Sam.

«Ah, dici?» fa lei.

Si volta di nuovo verso di me, mi scruta da capo a piedi. «È passato un po' di tempo.»

È vero. Non vedevo Kira dal matrimonio con Tommy, sei anni fa. Ho assistito alla cerimonia, ma poi sono sgattaiolata via prima della festa. (Il saluto gelido della madre di Tommy e Sam, quel pomeriggio, è stato sufficiente a ricordarmi che in realtà la mia presenza era richiesta soltanto alla cerimonia.) Stavano insieme dall'ultimo anno di college, e l'unica conversazione che abbiamo mai davvero avuto si è svolta nei primissimi tempi, quando Kira si è accorta che la madre di Tommy disprezzava me quasi quanto lei. Era una cosa a cui Kira non era abituata e che non riusciva a capire. Era un'artista, una giovane stilista di successo, autosufficiente e innamorata di Tommy. Un'ingiustizia, che Sylvia non fosse ben disposta! Per un nanosecondo, questo aveva acceso in Kira un interesse per me.

«Sembri diversa» mi dice ora. «Sei incinta anche tu?»

Di certo ora non ci tiene più a essere mia amica.

«No» rispondo con un sorriso forzato.

«Immagino che tu non voglia figli.»

«Non direi questo.»

Non mi dilungo sull'argomento. Non ho intenzione di parlare di gravidanze pianificate con mia cognata, soprattutto in un momento che sembra particolarmente complicato. Jack e io discutevamo spesso di quanto entrambi desiderassimo un bambino. Parlavamo di un figlio, dei miei sogni di espandere lo studio, dell'apertura di un secondo ristorante per Jack. Discutevamo di tutto ciò che riguardava il futuro. Finché non ho cominciato a temere che porti sfortuna confidare che i giorni si distendano davanti a me in quel modo, confidare che continuino a scorrere ininterrotti.

«Be', concepire questi due è stato un incubo» dice Kira. «Quindi, se posso darti un piccolo consiglio...»

«Non preoccuparti» la interrompo.

«Io mi darei da fare al più presto» continua lei, ignorandomi. «Senza offesa, ma ti resta meno tempo di quanto ne avessi io.»

Quindi torna verso la zona giorno.

Sorrido a Sam. «È incantevole.»

Sam si lascia sfuggire una risata. E la seguiamo nell'altra stanza, dove si siede accanto alla finestra. Alle sue spalle, il crinale ininterrotto è illuminato, con le alture e gli alberi che si stagliano sulla valle nascosta, senza nuvole.

«Qui si gela. Non ce la faccio.»

«Il panorama non è male, se non altro» dico io.

Lei chiude gli occhi e si stringe addosso una coperta. «Non me ne frega niente.»

Non mi sembra di migliorare la situazione complimentandomi con l'interior design di questo bungalow e, per estensione, con quello che sarà lo *zeitgeist* di The Acres, di cui Kira è almeno in parte responsabile. È la direttrice dell'interior design della Noone Properties, e questo posto porta la sua firma dappertutto: mobili di recupero, pezzi antichi e stampe botaniche, tutto luminoso, vivido e opulento, come il crinale che mette in risalto.

Kira si tocca la pancia e sospira. «Ci sono delle bottiglie d'acqua nel frigo. Non ho da offrirvi niente, a parte i lecca-lecca allo zenzero.»

«Volevamo solo parlare con Tommy» dice Sam.

«Stanno cercando di completare i lavori al parco giochi naturale. Sai almeno dov'è, Sam?»

È un'evidente frecciatina, e lui la liquida con una risata. Kira insinua che dovrebbe starci lui, rintanato qui, invece di lei e Tommy. O, se non altro, Sam dovrebbe stare lì e fare la sua parte di lavoro. Forse è vero. In ogni caso, Sam è intelligente a lasciar perdere. Se Kira la pensa così, è un pensiero filtrato attraverso la persona che la metterebbe in quei termini: Tommy. Non sarà Sam a convincerla che si sbaglia.

«Portati una mappa.»

«Ho un'idea abbastanza chiara di dove devo andare» dice lui. «Grazie, comunque.»

«Non fare l'eroe, Sam, cazzo. La mappa della proprietà è nella cassa sulla veranda. Mi spiace rovinarti la sorpresa, ma è una bella camminata.»

Poi chiude gli occhi, come a dire che con noi ha finito. Così esco dal bungalow e Sam mi segue.

Chiude la porta alle nostre spalle. «Wow!» fa. «Era da un po' che non mi trattava così bene: si preoccupa che non mi perda.»

Sorrido. «Ah, era questo?»

«Chiaro. E poi, hai visto, si preoccupava anche per te.»

Lo guardo, perplessa.

«Ha ragione. Non è che stai ringiovanendo.»

Smetto di sorridere. «Molto divertente.»

«Solo per dire. Forse dovresti mettere una pezza alla storia col veterinario. Suo figlio ti piace davvero…»

«Prendi la mappa» dico.

Parchi giochi di svariate forme e dimensioni

Kira non ha torto. I sentieri della proprietà non sono ancora stati tracciati e non è una passeggiata facile, specialmente al vento e al freddo, passando per tratti boscosi, su alture ripide, finché non troviamo la strada per il parco giochi naturale.

Nonostante il freddo, siamo entrambi sudati e sfiatati quando superiamo l'ultima altura e raggiungiamo la radura, dove sta lavorando una squadra di operai edili. Stanno costruendo una teleferica tra gli alberi, una parete da arrampicata incastonata in un alto macigno, una pedana elastica fissata a terra.

Troviamo Tommy proprio alla pedana. In piumino smanicato e jeans, ci sta saltando sopra e parla con un operaio.

Da lontano può sembrare che si diverta. Ma per quanto ne so di lui, Tommy non crede nel divertimento. Probabilmente sta cercando di approfittarne per fare un po' di esercizio, mentre lavora. Perché Tommy crede in questo: raggiungere uno scopo.

Alza gli occhi, vede che ci avviciniamo. Ed è frastornante, come sempre. Quegli occhi, così simili ai miei, che mi guardano. Quella faccia, uguale alla mia.

«Questa poi. Che ci fate qui? E insieme?» esclama. «Mi verrebbe da dire che è morto papà, ma questo è già successo da un po'.»

Scuoto la testa, già stanca di lui. «Che ridere, Tommy.»

Fa un mezzo sorriso. «Volevo solo rompere il ghiaccio. Kira mi ha scritto che voi due siete sul sentiero di guerra per qualcosa. O ha capito male? Siete solo venuti a vedere come sto? A farmi le condoglianze?»

«Piantala, Tommy» interviene Sam. «Perché cazzo parli con Paul Turner di Cece Salinger?»

Tommy guarda Sam. «Chi te l'ha detto?»

«Chi me l'ha detto?» fa Sam. «Non cambiare discorso!»

Tommy guarda Sam negli occhi e smette di sorridere. Poi scende dalla pedana e mi dice: «Ci serve un posto un po' più appartato, se volete affrontare questo argomento».

«Fai strada» dice Sam.

Tommy indica il camper Airstream; saliamo gli scalini e lo seguiamo all'interno. È caldo e angusto, un termoventilatore è acceso al massimo. Tommy si leva il piumino smanicato, ha macchie di sudore sotto le ascelle.

Prende una bottiglietta di kombucha e siede alla sua scrivania di fortuna, lasciando che ci troviamo spazio da soli sul divano incassato, ingombro di faldoni e altre innumerevoli casse di kombucha.

«Prima che vi incazziate,» dice «papà non era il tipo da raccontarmi queste cose. Ho scoperto solo un paio di settimane fa che aveva intenzione di vendere a lei.»

«Come?» chiede Sam.

«C'era uno degli avvocati che parlava con Joe dopo la lettura del testamento e ho sentito che diceva qualcosa su Salinger, allora ho iniziato a indagare. Un paio di persone della cerchia più ristretta di Cece mi hanno confermato la vendita.»

«E non hai pensato di dirmelo?»

«Cosa vuoi che ti risponda?»

«Potresti spiegarmi perché non hai pensato di dirmelo, tanto per cominciare.»

Sam non stacca gli occhi da quelli di Tommy e vedo passare tra loro quel cocktail di rabbia, affetto e risentimento. Il tacito accordo per cui loro due saranno sempre dalla stessa parte ma in qualche modo, come ora, anche il contrario.

«Davvero vuoi farmi storie, adesso? Sei stato completamente assente, cazzo.»

«Da quando papà è morto? Penso sia comprensibile» dice Sam.

«Da allora è stato molto peggio, certo. Ma se dobbiamo essere onesti, siamo onesti. Qui tu non sei esattamente il partner che dici di voler essere.»

«Che stronzata» fa Sam. «A te piace credere che sarebbe giusto stare qui senza di me.»

«Non è vero e lo sai. Sei bravissimo nel tuo lavoro, quando decidi di esserlo.»

«Non farmi arrossire.»

Tommy scuote la testa, come se non avesse proprio tempo da sprecare per convincere Sam di questa verità. E io non lo so se sia sincero ma mi accorgo che Sam è in un profondo imbarazzo. E decido di mettere fine a tutto questo.

«Non c'è bisogno di affrontare questo argomento ora, Tommy» dico. «Stiamo soltanto cercando di capire che cosa stava succedendo a papà.»

«Non so nemmeno che cosa ci fai qui, Nora.»

«A dire il vero, siamo in due.»

Mi guarda e si ammorbidisce.

«Papà stava passando qualcosa che non sappiamo. Che nessuno di noi sapeva...» dico.

«C'entravano i suoi rapporti con Cece, forse?» chiede Tommy.

C'entra il fatto che potrebbero averlo assassinato, forse.

Annuisco. «Tra le altre cose.»

«Be', per quel che può valere, Joe mi ha detto – categoricamente – che qualunque cosa sia successa tra loro, risale a moltissimo tempo fa.»

«Allora... com'è che sei andato a cercare Paul Turner?» domando.

Dalla scrivania tira fuori una copia della rivista *Forbes*: in copertina c'è Cece Salinger che ci guarda a braccia conserte.

Mi passa la rivista, ha piegato l'angolo di una pagina. «Questa è di cinque mesi fa. Pagina ottantatré.»

Apro la rivista alla pagina segnata e mi trovo davanti una grande fotografia di Cece che passeggia in un piccolo vigneto nella sua proprietà di Los Alamos, quella da cui io e Sam siamo stati scacciati l'altroieri.

Leggo i titoli di ogni sezione. Parlano del successo enorme di Cece, di come sta rinnovando l'immagine del gruppo Salinger dopo il divorzio, in particolare nel settore *lifestyle*. Osservo attentamente la foto e la didascalia in neretto, che leggo ad alta voce: «Il prossimo capitolo della Salinger sarà dedicato al suo portafoglio di strutture ricettive e resort, che promette esperienze esclusive in ritiri di lusso».

«Leggi più giù» dice Tommy. «Le ultime righe della pagina.»

«Salinger è restia ad approfondire i discorsi sulla sua vita privata, ma ha confermato di aver progettato personalmente la sua nuova casa per sé e il suo attuale partner, che timidamente descrive come un vecchio amico. "Ma di questo parliamo un'altra volta", conclude Salinger, rifiutando di entrare in dettagli personali.»

«Vi ricorda qualcosa?» chiede Tommy.

«Potrebbe essere papà» dice Sam.

«E questo che c'entra con Paul Turner?» domando.

«Indovinate chi è il fotografo del servizio...»

Alzo gli occhi e incrocio quelli di Tommy.

Annuisce. E io aggiungo questa informazione all'elenco crescente di cose che non quadrano, all'apparenza, ed esistono in quello spazio strano a metà tra sgradevole e bizzarro.

«Bella coincidenza» commenta Sam.

«Lavora spesso per la rivista, a quanto pare. Comunque ho pensato che potesse avere qualche idea su quello che succedeva tra papà e Cece. E nessun interesse personale a tenersela per sé.»

«Hai avuto qualche conferma da lui?»

«Non quelle che mi aspettavo. Mi è sembrato confermare che, stando al poco che sapeva, qualunque cosa ci fosse stata tra Cece e papà era storia antica. Sembrava certo che, se era vero che aveva dei rapporti con qualcuno nella società, quella persona non fosse nostro padre.»

Sam lo guarda perplesso. E in questo momento metto insieme i pezzi.

«Cece e zio Joe, intendi?» chiedo.

«È quello che gli ho chiesto» dice Tommy.

«Paul ha detto che stavano insieme?»

Tommy scuote la testa. «A lasciarmi perplesso è quello che *non* ha detto, quando gliel'ho chiesto.»

«Cioè?»

«Che mi sbagliavo.»

Trentanove anni fa

«Rachel mi piace moltissimo» disse Cory.

Erano seduti in una paninoteca vicino all'ufficio di Liam a Midtown e si dividevano una fetta di torta al cocco. Cory faceva scorrere il dito sul bordo del tazzone del caffè.

Era tornata a casa. Si era nuovamente trasferita a New York, di nuovo a Brooklyn. Un anno era diventato tre anni e mezzo, proprio come lui aveva previsto. E non era neppure tornata perché volesse stare lì, ma perché sua madre era malata e suo padre era fuori uso e qualcuno doveva prendersi cura di loro.

Quel qualcuno era lei, evidentemente.

La scuola di specializzazione le piaceva parecchio. Le piaceva il laboratorio di scrittura, le piaceva passare la giornata con persone felici di parlare di libri, teatro, poesia. Le piaceva l'appartamento che divideva con altre due studentesse. Era una vecchia caserma dei pompieri trasformata in sottotetti open space con enormi soffitti a volta e una grande libreria che occupava l'intera parete del soggiorno. Fu la prima fotografia che gli mostrò: una sterminata libreria bianca che ospitava tutti i suoi volumi, tutti i testi universitari, tutti i libri usati che si accaparrava ogni fine settimana.

Ce l'aveva scritto in faccia, quanto le pesava essere tornata a casa dei suoi. Ma che alternative aveva? La pensione di sua madre non bastava. Suo padre era disoccupato. A Cory mancavano tre semestri per completare il PhD e, pur avendo iniziato a scrivere diversi libri, era ben lontana dal finirne qualcuno. Trovare un posto da insegnante era un'impresa praticamente impossibile. Come pure un qualsiasi lavoro nell'editoria, a New York: e nel settore, in ogni caso irraggiungibile, pagavano anche poco, almeno all'inizio.

Lei non aveva tempo per quella faticaccia. Aveva sostenuto un colloquio presso l'agenzia di marketing per cui lavorava la sua amica Sally. Sarebbe diventata copywriter. Loro erano contenti di poter dire ai clienti che lei aveva un master, e probabilmente lo avrebbero gonfiato fino a farlo diventare un PhD. In fin dei conti, facevano marketing. In sostanza, lei avrebbe fatto un bel po' di soldi per prendersi cura dei suoi genitori al meglio. Al resto, ci avrebbe pensato dopo.

Liam allungò la mano verso di lei sopra il tavolo. Vederla infelice lo straziava. Ma non sapeva che cosa fare per rimediare. Cory non voleva il suo aiuto, comunque. Lui non era un artista. Quella pulsione gli mancava. Sapeva che lei, in un certo senso, si era sentita più a proprio agio nel discutere della situazione con Rachel, anche se Cory e Rachel si erano appena conosciute. Rachel sapeva che cosa significasse abbandonare la propria arte (o almeno abbandonare l'idea che la propria arte potesse essere anche un mezzo di sostentamento) e cercare di costruirsi una vita diversa. Questa sintonia tra loro era una delle tante ragioni per cui andavano d'accordo. D'accordo sul serio. E questo, in qualche modo, rendeva le cose più difficili a Liam.

Ora Rachel era andata a prendere il treno per tornare a Croton, ed erano rimasti loro due soli. Cory e Liam. Cory continuava a evitare il suo sguardo, gli occhi incollati a quel dannato tazzone, per non lasciare che lui si intrufolasse troppo.

«Posso disdire il matrimonio» le disse.

«Non essere ridicolo. Lei è adorabile. Mi piace. E soprattutto, piace a te. Se vuoi sposarla, c'è un motivo.»

«Non pensavo che saresti tornata.»

«Invece eccomi qui.»

«Cory…»

«Non chiamarmi Cory. Mi fa pensare a mio padre.»

«Che posso dirti? Le vecchie abitudini sono dure a morire.»

Lei sorride suo malgrado.

«Lascia che ti aiuti, con i tuoi genitori» disse lui.

«Offerta già fatta, e già rifiutata.»

«Sei proprio cocciuta.»

«Forse» replicò lei. «Forse è vero.»

Cory scrollò le spalle e cercò di sdrammatizzare, ma era impossibile, tra di loro.

Lui sapeva, anche se lei non lo avrebbe detto, che non si trattava soltanto della piega che aveva preso la sua vita. Forse c'era anche qualcos'altro che lei stessa non avrebbe saputo ben definire. Era talmente abituata a sentire le sue proposte di matrimonio, che non pensava mai al giorno in cui avrebbe smesso. E lui non voleva smettere di chiederglielo. Come avevano fatto ad arrivare a questo punto?

«Sei tornata per un motivo ingrato, e mi dispiace davvero, ma…»

«Ma cosa?»

«Sono anche contento che tu sia tornata. È da egoista, lo so. È la cosa più da egoista che possa dire.»

«Sei solo sincero. E poi lo capisco.»

«Davvero?»

Finalmente lo guarda negli occhi. «Non possiamo più stare lontani per così tanto tempo.»

«No» disse lui. «No, non lo faremo mai più.»

«Ma che cosa faremo?»

Lui fu sul punto di dire qualcosa ma lei lo fermò scuotendo la testa.

«Non volevo una risposta. Non è quello che cerco.»

«Che cosa cerchi, allora?»

Lui le prese la mano, avvolse il palmo morbido tra i suoi.

«Adesso?» fece lei. «Dell'altra torta.»

Solo le deviazioni portano a casa

«Cece e Joe» dice Sam. «Cazzo. Certo.»

«Forse comincia a spiegare qualcosa» dico.

«*Forse?*»

Stiamo tornando a piedi verso l'edificio principale e la macchina. Il vento e il freddo mi bruciano le guance, la pelle.

Sam prende il telefono e si mette a cercare. «Cece Salinger e suo marito, sposati da trentun anni, divorziano definitivamente.»

Mi guarda.

«È di otto mesi fa. I tempi combaciano» dice. «Probabilmente Joe ha convinto papà a vendere alla sua bella...»

«Quando mai qualcuno ha convinto papà a fare qualcosa?»

«Il punto è che questo spiegherebbe anche perché papà era così strano nell'ultimo paio di mesi, specialmente se zio Joe gli ha tenuto nascosta la relazione. Davvero un orribile tradimento, dopo tutto quello che papà ha cercato di fare per lui.»

Guardo Sam, chiedendomi di quale tradimento stia parlando: Joe che convince nostro padre a vendere la compagnia a una persona a cui era legato? O, prima ancora, Joe che si lega con Cece? In ogni caso, sembra un bel salto... e forse è il salto sbagliato. Perché anche se Paul (e Tommy) avessero ragione sul legame tra zio Joe e Cece, chi può dire che mio padre non ne fosse al corrente? Che razza di storia intensa doveva avere avuto con lei mio padre, per indurre Joe a tenergliela nascosta?

Superiamo un'altra collina e il parcheggio appare in lontananza. Sam tende le mani per prendere le chiavi.

«In questa storia non c'è niente che ci dica chi c'era con papà sulla scogliera quella sera» osservo.

«Non ancora. Ma se Joe e Cece lo hanno tenuto nascosto a papà, dovremmo chiederci che cosa stanno nascondendo a noi adesso.»

«Già, ma allora perché Cece avrebbe ammesso di aver ricevuto le telefonate di papà la sera in cui è morto? Non ci spronerebbe a fare esattamente quello che stiamo facendo, cioè *più* domande su di lei, invece che *meno* domande?»

Lui scuote la testa, come se io rifiutassi di vedere qualcosa che ho proprio sotto il naso.

«Forse lei sapeva che ci saremmo arrivati comunque.»

«Non fila, Sam. E non fila rispetto alla sensazione che mi ha dato quando l'ho guardata.»

«Cioè?»

Penso alla tristezza che le ho letto negli occhi per non aver risposto a quelle chiamate. Soprattutto perché erano la sua ultima chance.

«Voleva davvero bene a papà.»

«Possono esserci entrambe le cose.»

Sam apre la portiera e sale in macchina.

Non voglio irritarlo ulteriormente, perciò salgo anch'io e chiudo la portiera. E mi astengo dall'esprimere quest'altro pensiero: *Se davvero ci sono entrambe le cose, quanto sono state pericolose per nostro padre?*

Sam appoggia le mani sul volante, col motore spento.

«Non voglio fare a gara a chi conosceva meglio papà» dice. «Lungi da me, davvero. Ma avendo lavorato con lui ogni giorno, io e Tommy abbiamo capito qualcosa che a te, forse, ancora sfugge.»

«Cioè?»

«Questa società era tutto, per lui.»

«Non credo sia così semplice.»

«Be', non è molto più complicato» afferma. «Tutti quelli che gli erano vicini lo capivano. La gioia quando era sul sito di un progetto, la concentrazione assoluta quando inaugurava una nuova proprietà. Anche quando stava semplicemente in ufficio... Dico solo che si sente. Quando una persona si anima. In quei momenti, papà era sempre stracolmo di vita.»

Guardo Sam e all'improvviso mi sento strana. Davvero mi è sfuggito completamente, quello che in qualche modo Sam ha saputo vedere?

Stringe il volante fra le mani. L'auto ancora ferma.

«E Tommy non si sbaglia nemmeno su quell'altra cosa...» riprende Sam.

«Quale altra cosa?»

«Non sono stato molto in me, ultimamente» dice. «Vuoi sapere perché?»

«Ti offendi se dico di no?»

«Ah, ah. Voglio farti vedere una cosa.»

«No, grazie.»

«C'è da fare una piccola deviazione, a dire il vero.»

«La faccenda va peggiorando.»

A questo punto, accende il motore e ingrana la marcia.

Attraversiamo il fiume Hudson e viaggiamo per poco più di un'ora, fino alla città di Kingston.

Upper Kingston. Che somiglia più di un poco a un set cinematografico, specie con le luci invernali e le decorazioni natalizie ancora appese.

Kingston è stata la prima capitale dello stato di New York, e l'architettura si incastra alla perfezione con la sua storia: un'incredibile miscela di casette coloniali in pietra, edifici pittoreschi, balconi in ferro battuto. Anche se sono qui contro la mia volontà, riconosco che è un mondo molto interessante e unico.

Appena attraversato il centro della città, ci ritroviamo nuovamente in piena campagna: banchetti di frutta e verdura chiusi, salici piangenti e camper prendono possesso del paesaggio.

Sam accosta sul ciglio della strada accanto a una vasta tenuta con frutteti e colline alberate. Uno stemma argentato sopra il vialetto d'ingresso recita «Fitzgerald-Grove Stone Fruit».

«Perché ci fermiamo?» chiedo.

Sam indica davanti a noi. «Qui è dove papà voleva costruire The Acres» dice. «La fattoria Fitzgerald.»

«Okay...»

«Duecentottanta acri, i più begli aceri da zucchero, tre diversi tipi di frutteto. Mele, pesche, ciliegie. E devi credermi se ti dico che sono le pesche più buone che tu abbia mai assaggiato.»

«Cosa sta succedendo adesso?»

«Sono io che ho trovato la fattoria. Dopo mesi a passare in rassegna ottanta fattorie su e giù per la Hudson Valley,» racconta «sono arrivato quassù per cercare di farmi vendere la proprietà, e la famiglia non era particolarmente interessata, cosa che all'inizio capita spesso, ma poi quasi sempre si ricredono quando sentono come papà organizza gli acquisti delle proprietà. L'ottanta per cento del terreno viene conservato, garantito. Manteniamo in loco una piccola azienda agricola funzionante, che possono gestire loro, se vogliono. E naturalmente possono restare nella loro casa. Dalla costruzione sono esclusi cinque acri che resteranno sempre a loro. E nessuno gli chiederà di andarsene o trasferirsi. Inoltre, si ritrovano con più soldi di quelli che guadagnerebbero occupandosi di tutta la fattoria per una vita intera.»

Tace per qualche istante.

«La loro figlia, che viveva qui, fa l'avvocata e si è convinta abbastanza in fretta, ma gli altri fratelli non volevano saperne, quindi alla fine la famiglia ha rifiutato. Ma è così che ci siamo conosciuti.»

«Non ti seguo.»

«Taylor. Sto parlando di Taylor. Questa è la tenuta della sua famiglia.»

Mi giro per guardarlo. «La tua ex?»

«E questa non è nemmeno la parte più folle. Ci eravamo già incontrati prima, con Taylor. Ci eravamo conosciuti quando facevo l'allenatore di baseball alla Hotchkiss. Le regole della scuola volevano che tutti gli allenatori dovessero anche insegnare, perciò io tenevo questo corso facoltativo di scienze, psicologia dello sport. In sostanza, spiegavo a un gruppetto di ragazzi come rimanere mentalmente forti dentro e fuori dal campo.»

Gli sorrido.

«Comunque, la nipote di Taylor era nella mia classe. Una studentessa modello, super brillante. Taylor veniva a trovarla spessissimo. E non so come spiegarlo esattamente… È solo che… mi ha conquistato subito. Ma non volevo essere il prof inquietante che ci prova con la zia di uno dei miei ragazzi, quindi non feci nulla. E poi ci siamo incontrati di nuovo, anni dopo, in una veste completamente diversa. Quante probabilità ci sono?»

«Non molte, immagino.»

«Esatto.»

Si dirige verso il vialetto.

«Cosa stai facendo?»

«Ti mostro la proprietà. È favolosa. C'è un lago.»

«Sam.»

«Un laghetto, diciamo.»

«È inquietante.»

«Perché? Io e Taylor siamo in ottimi rapporti. E comunque lei non è qui. È al lavoro. Si occupa di diritto di famiglia. Brillante e piena di fascino.» Guarda l'orologio sul cruscotto. «È ancora in tribunale.»

Si volta verso di me e negli occhi gli spunta un'idea, come un'ispirazione.

«Vuoi conoscerla?»

«Sam…»

«Andiamo.»

Ci dirigiamo verso il centro, la neve ricomincia a sollevarsi.

Superiamo la Senate House e il tribunale della contea di Ulster, Sam arriva in fondo al corso principale – panetterie, librerie e caffè – e svolta in una strada più tranquilla, dove parcheggia davanti a una casa di mattoni grigi, con una piccola targa dorata con la scritta «Fitzgerald Law Llc», unico segno che si tratta di uno studio legale.

Sam scende dall'auto. «Vuoi la ciambella più buona del mondo?» mi chiede.

«Che ci facciamo qui?»

«Uscirà dal tribunale a momenti. Spero di batterla sul tempo. Aspetta lì, nel caso.»

Indica i gradini d'ingresso.

«Sotto la neve?»

«Non fare la bambina. Vengono giù due fiocchi.»

Sam sparisce in fondo alla via. Io scendo dall'auto e mi siedo sui gradini, osservando la strada intorno a me. C'è un altro studio legale, una chiesa, un gruppo di deliziosi bimbetti usciti da scuola che passano in bicicletta.

Mi sposto su un gradino più alto, protetta dall'aggetto, e inizio a scorrere i messaggi sul telefono. Jack mi ha lasciato un breve vocale e mi ha scritto qualche messaggio: stava andando al ristorante, voleva chiedermi come stesse andando, e a che ora sarei tornata a casa.

Vorrei tanto parlare.

È come una coltellata nel petto: so che ne abbiamo bisogno, e non vorrei averne bisogno.

Comincio a rispondere quando mi arriva un'e-mail. È uno dei due patologi forensi. Per la precisione, è l'assistente: mi fa sapere che il suo capo è impegnato a testimoniare a un processo a Seattle fino alla fine della settimana. Dopo proverà a contattarmi.

Poi, rapido come se n'era andato, Sam torna con un sacchetto di ciambelle fresche e tre bicchieri di roba arancione.

Si siede accanto a me, mi porge una ciambella e un bicchiere. «Tisana al mango» spiega. «Taylor ci inzuppa la ciambella.»

«L'idea fa un po' schifo.»

«Da che pulpito...» fa lui. «Ne prendo atto, signorina lattuga e pomodoro senza neanche un po' di formaggio.»

Gli sorrido e prendo la tisana.

«Non ci credo» dice una voce.

Alziamo gli occhi e vediamo una donna che viene verso di noi dalla parte del tribunale.

Taylor. Ha un viso fresco, è carina... e un po' arruffata. I capelli bagnati sono raccolti in uno chignon, il lungo piumino le pende dalle spalle e tiene tra le braccia una tonnellata di fogli sciolti, nonostante la borsa da postino in pelle.

Sam fa un largo sorriso, illuminandosi in volto.

«Stavo proprio pensando a te, Samuel» dice lei.

«Cosa pensavi?»

«Non certo che ti avrei trovato seduto sui gradini.»

Lei lo osserva attentamente e vedo che inizia a capacitarsi. Sam seduto lì davanti a lei, quello che significa. Ma è difficile concentrarsi sulla sua reazione, dato che non riesco a sentire altro se non quello che sta succedendo a Sam, a mio fratello. Nelle ultime settantadue ore non ci siamo praticamente mai separati, eppure è la prima volta che lo vedo con questo tipo di sorriso. Con questo tipo di gioia.

Si alza per salutarla come si deve, rosso in viso, gli occhi lucidi, le spalle tirate indietro. Come se volesse soprattutto una cosa: fare colpo su di lei.

«Siamo appena arrivati da The Acres...» dice lui.

«Non tanto lontano?» fa lei.

«No, non tanto.»

«Ma nemmeno così vicino» continua lei.

Mette le sue carte nella borsa, allunga la mano e gli sfiora una guancia.

«Va tutto bene?»

Poi abbassa lo sguardo, lo fanno entrambi, come se si accorgessero solo ora che c'è qualcun altro seduto lì.

La saluto con la mano. «Ciao. Scusa, non volevo origliare. Sono la sorella.»

«Ah, quella normale.» Mi fa un sorriso caloroso e autentico. «Be', era ora...»

Sam apre il sacchetto di ciambelle calde e glielo porge. «Ho pensato di portare un po' di vettovaglie.»

«Oh, caspita, grazie» fa lei. «Sembra quasi che sapessi quanto ne ho bisogno, oggi.»

Tira fuori una ciambella dal sacchetto, la immerge direttamente nella tisana e la fa girare, poi le dà un morso deciso.

«Il mio caso sta andando a catafascio» dice. «L'avvocato della controparte è partito al saccheggio. Gente di città, capito?»

«Non lo sei anche tu, adesso?» chiede Sam.

Lei si blocca a metà boccone. «Già, credo di sì.»

Guarda Sam e si stringe nelle spalle con aria di scusa, chissà perché. Poi gli si accosta.

«Mi dispiace molto per tuo padre, Samuel. Avrei voluto contattarti appena ho saputo che l'avevi perso, ma allo stesso tempo... non volevo contattarti.»

Lui la guarda, e per un attimo sembra che stia per dirle quella cosa che non voleva lasciarmi dire a nessuno: che sospetta di non averlo semplicemente perso, ma che qualcuno l'abbia portato via.

Ma Sam all'ultimo momento cambia idea e fa un sorriso forzato.

«Grazie di aver voluto» dice. «E di non aver voluto.»

Lei annuisce. E si scambiano uno sguardo, uno sguardo lungo, dal quale devo allontanarmi. Perché sulla faccia di mio fratello c'è tutto. Possiamo chiamarla vulnerabilità, o desiderio. Ciò che lei significa per lui, lo porta scritto ovunque. Forse è troppo anche per Taylor, perché si schiarisce la gola e spezza l'incanto.

«Devo proprio entrare» dice.

«Okay...»

Mi alzo, cercando di semplificare questa uscita di scena per cui Sam, chiaramente, non è pronto. Mentre Taylor sembra averne bisogno.

«È stato un piacere conoscerti» dico.

Lei si china e mi poggia una mano sulla spalla. «Anche per me» dice, abbassando improvvisamente la voce, tra noi due sole.

«Stai attenta, con lui» dice.

È un soffio velocissimo: per un attimo penso di aver sentito male. Ma so che non è così. Vorrei chiederle cosa intende... Forse vuol dire che Sam è fragile, e che dovrei stare attenta con lui per questo? O vuol dire che Sam è astuto, e dovrei usare cautela con lui? Forse entrambe le cose.

Non faccio in tempo a chiederglielo; sta già guardando Sam.

«Mi mancherai» gli dice.

Poi lo bacia sulla guancia.

E via, se n'è andata.

Ancora una cosa da fare

Invece di tornare in macchina, Sam va a piedi.

Cerco di stare al passo quando svolta in Green Street, poi si infila in Crown Street. Sembra sappia dove vuole andare e procede a passo di corsa finché non ci arriva: entra dritto nel Rough Draft Bar & Books, evidentemente una via di mezzo tra una libreria e un bar, visto che Sam supera gli scaffali con i libri e va al bancone a ordinare due birre Ipa.

«Non la voglio» dico.

«Bene, visto che sono tutte e due per me.»

Mette sul bancone un biglietto da venti, prende dal barista i due bicchieri e li porta a un tavolo per due.

«Al ritorno guido io, allora.»

Lui cambia argomento. «Che ne pensi di lei?»

«Che importanza ha?»

«Sono curioso.»

Ma non lo è, in realtà. È talmente pazzo di lei che qualunque cosa dicessero gli altri non avrebbe la minima importanza.

Quindi cerco di capire che cosa mi stia davvero chiedendo. Cerco di capire cosa mi stesse suggerendo Taylor. *Stai attenta, con lui.*

«Penso che se non vuoi chiudere con lei, forse non è troppo tardi» dico.

«No. È troppo tardi.»

Il suo tono definitivo mi sorprende.

«Come puoi esserne così sicuro?»

«Si è sposata due settimane fa, per dirne una.»

«Cosa?»

Annuisce. «Con un amico di suo fratello maggiore. Lei dice che il rapporto tra loro è cambiato in quel senso solo dopo che noi due ci siamo lasciati, ma non so. Non so cosa intende per "in quel senso". Lui è un ortodontista di nome Sherman. Fa triathlon e suona la batteria in una band locale. Ed è vecchio, cazzo. È più vecchio di te.»

«Grazie.»

«Vuoi conoscerlo? Il suo studio è dietro l'angolo.»

«No, non voglio.»

«Ha figli adolescenti e lei vuole bene a quei ragazzi, e vuole bene a lui. Mi aveva detto che non avrebbe mai lasciato la fattoria, invece si è trasferita a casa sua.» Si interrompe, poi riprende. «Credevo di essere io il problema, sai? Che la nostra famiglia fosse troppo incasinata per lei, o che non le andasse di dover vivere in città, o che avessi aspettato troppo prima di chiederle di sposarla... ma mi sbagliavo.»

«Cioè?»

«Era per tutte queste cose e per nessuna» dice. «Lei voleva lui, ecco tutto.»

Mi pare di sentire il suono di qualcosa che si spezza, dentro di lui. Quello che ha perduto. E che, a quanto pare, non è sicuro di aver mai avuto.

Due settimane fa. Sam ha dovuto fare i conti con questo strazio due settimane fa... una ventina di giorni dopo aver perduto nostro padre. Quando da troppo poco aveva deciso che la morte di nostro padre non era quel che sembrava.

Gli faccio la domanda, dolcemente.

«Allora... perché hai voluto fermarti qui?»

«Non posso farci niente. Lei è sempre il posto dove voglio fermarmi.»

Sam guarda fuori dal finestrino.

È perso nei suoi pensieri. E chiaramente non gli interessa parlare.

Mi concentro sulla guida, ha cominciato a nevicare più forte, una coltre riveste la campagna, il parabrezza si appanna. Andiamo piano, ma non voglio esaurire il tempo. Non voglio far scendere mio fratello dall'auto senza essergli stata accanto. E a volte questa è una cosa che si fa in silenzio. Ma a volte bisogna dirgli l'unica cosa che nessun altro è riuscito a dire.

«Anche a te la gente dice che papà è sempre con te?»

Tiene gli occhi fissi sul finestrino e non risponde.

«Perché a me lo dicono in continuazione. Che lui è con me. Qualche volta sentirlo dire mi aiuta, ma altre volte mi ricorda soltanto quanto mi sento sola da quando non c'è più, come se per tutta la vita avessi avuto sotto di me questa rete di sicurezza invisibile, che adesso è sparita...»

«Frequentiamo gente diversa, credo.»

«Voglio solo dire che quando siamo in lutto non prendiamo sempre le decisioni migliori» dico.

«Cosa intendi esattamente? Che oggi non sarei dovuto venire a trovare la mia ex sposata?»

«Proprio così. E anche che forse non è il caso di mandare inviti a nozze finché non sarai sicuro di volerlo fare davvero.»

Si gira a guardarmi. «Pensavo avessimo stabilito che non sei la persona più adatta a darmi consigli.»

«Non è proprio un consiglio, è più un'osservazione.»

Con perfetto tempismo, il mio telefono si mette a vibrare. Sullo schermo appare una notifica del calendario: «Elliot/ Austin». C'è il saggio di pianoforte di Austin. Domani mattina alle 11.30, al Village Auditorium. Giro il telefono, ma Sam ha fatto in tempo a scorgere il nome di Elliot.

«Un'osservazione, dicevi?»

«Anch'io devo fare ordine nella mia vita. Credimi, lo so. Ma questo non significa che abbia torto.»

«Bene. Quindi la tua osservazione è che non dovrei voltare pagina, perché abbiamo perduto papà?»

«No» rispondo. «La mia osservazione è che penso tu ti stia accontentando di una vita che non vuoi davvero.»

Cerco la maniera di spiegargli quello che vedo quando lo guardo. Quello che mi è stato evidente anche quando ho visto Tommy guardarlo.

«Penso che in realtà non vuoi lavorare per la società. Di sicuro non vuoi dedicarle la tua vita.»

«Sono bravo nel mio lavoro.»

«Ne sono certa. Ma farlo per i motivi giusti è un'altra cosa.»

«Di che parli?»

«E se io ti giurassi che a papà non è mai importato che tu resti nella società? Vorresti ancora starci? Perché te lo dico io, non è mai stata una questione di lavoro, nella società o con lui: gli importava soltanto di averti vicino.»

«Non puoi saperlo...» dice.

«E invece lo so. E so anche che non si può perdere all'infinito, a un certo momento bisogna smettere di puntare forte. L'incidente, la rottura con Taylor. E adesso, papà. Quand'è che deciderai di aver perso abbastanza?»

«Questo sarebbe il tuo discorsetto esortativo?»

«Dico soltanto, con la massima gentilezza, che secondo me Morgan fa parte di quello stesso desiderio, di sentirti su un terreno solido. Ma ho paura che per noi sia diventato impossibile sentirlo ancora molto solido.»

Sam ha un'aria afflitta, come se questo discorso spalancasse in lui qualcosa che in realtà non vuole toccare. E lo capisco. Mi trovo nella sua stessa posizione. In questo senso, se non altro, gli sono vicina. Quando hai perso troppo e troppo in fretta, pare inimmaginabile rischiare di perdere qualcos'altro.

«Io credo, fermamente, che quando agiamo in preda alla paura prendiamo decisioni sbagliate. E mi sembra che il Sam meno impaurito speri ancora in qualcosa di diverso.»

«E cosa, esattamente?»

«Una vita diversa.»

Mi aspetto che ribatta. Mi aspetto che mi dica che ho torto e che sto di nuovo perdendo il filo. Invece non risponde. Apre il finestrino, fissa le luci della statale.

«Sai, non molto dopo che avevamo cominciato a frequentarci, Taylor mi ha chiesto com'era giocare a baseball» dice. «Io mi sono lanciato in una lunga spiegazione su papà che allenava la mia squadra della Little League quando avevo cinque anni, le partite fuori casa di tutta la mia infanzia, il fatto che a dodici anni sapevo che il baseball era l'unica cosa che volevo fare nella vita.»

Si gira a guardarmi.

«Ma non avevo capito che lei non voleva la biografia, la storia; mi chiedeva che sensazioni provavo quando giocavo. Nessuno me l'aveva mai chiesto prima, ecco perché non capivo.» Scuote la testa. «E ogni volta che la vedo, vorrei dirle che adesso ho la risposta, come se questo cambiasse qualcosa.»

«Bene. Dillo a me.»

«Mi dava un senso.» Si stringe nelle spalle. «Sembra infantile, lo so. Dava un senso alle cose, non all'esistenza in generale, certo, ma mi forniva delle risposte. Mi confermava che il presente era lì, e che io lo stavo vivendo. Come riuscirò ad arrivare fin laggiù, a portare a casa il risultato? La risposta era sempre a portata di mano. Dopo l'incidente, sono andato in giro a cercare di ritrovare dappertutto quel tipo di certezza. Non so. Stando con Taylor mi sembrava di esserci arrivato molto vicino...»

Ci rifletto svoltando sulla Henry Hudson Parkway, con il New Jersey che si pavoneggia al di là del fiume, Upper Manhattan in vista.

«E adesso non lo sai più» dico, infine.

«Che cosa non so?»

«Penso che quando se n'è andata tu ti sia sforzato di provare a te stesso quanto la vostra storia fosse importante, per te. Ma magari lei non era quella giusta, non come pensavi tu.»

Lui sospira. «Che schifo di viaggio.»

Rido, e lui torna a guardare dal finestrino, mentre appaiono i primi indizi di Harlem e il brillio delle luci di New York City, in lontananza, filtra dal parabrezza. Scorgo qualcosa sul suo viso, una tristezza che non riesce a scacciare.

«Non so come fosse per te, ma con me papà non è mai stato propenso a dare consigli sentimentali, e non mi stupisce, dopo tre divorzi. Ma quando io e Taylor ci siamo lasciati, mi ha portato fuori a cena e abbiamo bevuto un po' troppo, e ci ha tenuto a dirmi che le occasioni non sono infinite.»

«Le occasioni di fare cosa?»

«Di rimediare agli errori che hai commesso.»

È una verità che colpisce duro.

«Papà ha detto questo?»

Annuisce. E io cerco di immaginare nostro padre che pronuncia quelle parole. Lui evitava di esprimere opinioni sulla nostra vita privata. Perciò mi chiedo se si riferisse alla vita di Sam o se non fosse stato l'alcol di troppo, a farlo parlare tra sé ad alta voce. In tal caso, cosa pensava di aver sbagliato nella sua vita? A quali errori non aveva ancora saputo rimediare?

Scuoto la testa; non so come fare a capirlo. «Papà non mi sembra il tipo.»

«Ecco perché me ne ricordo.»

Trentaquattro anni fa

«Lui ti piace. Si vede.»

Cory aveva un nuovo ragazzo. Lo avevano incontrato, guarda caso, proprio davanti al palazzo dell'ufficio di Liam. Cory e il ragazzo uscivano da una matinée di *Lost in Yonkers*, la nuova commedia di Neil Simon. Che Cory ci avesse portato lui, significava qualcosa. E significava qualcosa che lui stesse tergiversando, tentando inutilmente di spiegare perché non gli era piaciuta? Faticava a concentrarsi su qualunque cosa non fosse la mano di quel tipo che cingeva la vita di Cory.

Due giorni dopo si trovarono per pranzo a Central Park. Lei non gli raccontava granché.

«E lui vuole sposarsi?»

«Nessuno ne parla ancora, a parte te.»

«Pensavo che non credessi nel matrimonio.»

«Non è quello che ho detto. Non ho mai detto questo.»

«Eppure lo hai detto.»

«Ho detto che il matrimonio non è la cosa che poteva salvare noi due. Un documento legale, quella roba lì. L'unica cosa che salva due persone è quella che salva sempre due persone.»

«Ovvero?»

«Farsi vivi.»

«Io mi faccio vivo» disse lui.

«Esatto. Quindi di che ti preoccupi?»

Cory si distese sull'erba, con il sole che le batteva sul viso e le splendeva sulle spalle scoperte, sui capelli. Lui, seduto, la guardava.

«Come fai a stare con uno che non ama Neil Simon?»

Lei si coprì gli occhi con il braccio. «Potrei sbagliarmi, ma mi pare ci siano persone che rimangono insieme sopravvivendo a cose peggiori.»

«Cory...»

«Nessuno mi chiama più Cory. È un vecchio soprannome.»

«Okay, d'accordo, qualunque sia il tuo nome» disse lui.

Lei rise.

«Per quanto io detesti ammetterlo, lui mi sembra un brav'uomo» disse Liam.

«Lui non pensa lo stesso di te.»

Lei scrollò le spalle, come se non fosse un argomento pertinente. Infatti non lo era. Poi tolse il braccio dagli occhi e si sollevò sui gomiti. Lo guardò negli occhi.

«Il fatto è che... non gli ho mai mentito. Riguardo a noi due, non gli ho nascosto niente. Penso solo... che sarebbe giusto per lui, e anche per me, che io e te trovassimo una modalità nuova per il nostro rapporto.»

«La troveremo.»

Non esitò. Non avrebbe mai esitato. Dopotutto era questo che facevano l'uno per l'altra. Si inventavano una soluzione utile per poter continuare ad avere un posto nelle rispettive vite. Anche se lui sapeva – e non lo sapeva anche lei? – che in realtà avrebbe dovuto essere il contrario. Si potrebbe obiettare che era proprio così, per gli aspetti che più contavano.

E comunque, non era quello il punto. Il punto, per quanto riguardava Liam, erano soltanto loro due. Qualunque cosa Cory volesse – qualunque spazio volesse fargli occupare nella sua vita –, lo avrebbe trovato lì. Sempre.

«Voglio solo che tu sia felice» disse lui.

Lei si sporse a toccargli la faccia. Prima con il palmo, poi con il dorso della mano.

«Dai, non cominciare a dirmi bugie, adesso.»

La persona che ero

Quando torno a casa sono le undici di sera e in camera da letto la luce è accesa.

Apro la porta d'ingresso e poso il borsone, prendo un bicchiere d'acqua in cucina, mi siedo al tavolo da disegno. Scorro le e-mail della giornata e rispondo a quelle che sembrano più urgenti. Riprogrammo qualche incontro, calmo qualche cliente, per quanto sia possibile con un messaggio inviato a tarda sera.

Bado a muovermi in fretta. Ma quando arrivo in cima alle scale, la luce in camera si spegne. E quando entro, Jack è sdraiato dalla sua parte e mi volge le spalle.

Entro in bagno in punta di piedi e mi lavo. Mi tolgo i vestiti. Mi infilo nel letto, accanto a lui. È un sollievo essere a casa, dopo il freddo. È un sollievo essere al suo fianco.

È ancora sveglio, lo so. Lo sento, nello spazio tra un respiro e l'altro. Lo sento sul suo corpo. Forse vuole solo evitarmi un discorso che nessuno dei due ha voglia di fare. Ma a me pare più che altro una verifica – un ultimo controllo – per vedere se sarò io ad affrontarlo. Per la prima volta, dopo tanto tempo. Se valicherò il confine.

Anche agli inizi, ho attraversato quella linea senza equivoci. Come per istinto. Volevo soltanto essergli più vicina.

Lo voglio ancora, ma non tanto da sconfiggere la parte di me che insiste a rimanere immobile.

Non mi piace aver ripensato agli inizi. Stando alla mia esperienza, di solito succede quando ti stai avvicinando a una fine che non desideri. Perché esiste un legame così intricato tra gli inizi e le fini? Forse perché non sono opposti tra loro. In realtà condividono il medesimo dna. Sono le due cose che tutti cerchiamo di raddrizzare.

Comunque sia, non mi sposto verso di lui.

Comunque sia, è così che si comincia a franare.

Sogno mio padre.

Se avessi una fede diversa – se mi concedessi di avere una fede diversa – direi che si tratta di una visita, più che un sogno.

Sento il suo odore. Quel suo aroma. Menta, caffè fresco e bosco, grazie al sapone che usava sempre. Nel sogno porta i jeans (che indossava di rado) e si è fatto crescere la barba.

Allungo la mano, la tocco. È incolta, soffice, lunghissima. Sembra una cosa che non gli appartiene. Ma lui mi dà un bacio sulla fronte. Ed è proprio lui.

«Ciao, amore mio» dice.

Credo che ci troviamo all'asciutto, ma l'acqua irrompe e ci copre le caviglie, sale verso le ginocchia. Siamo sulla scogliera insieme. A Windbreak. E mio padre mi prende per mano e comincia a camminare verso il precipizio.

«Papà?» dico. Lo tiro indietro, verso di me. «Papà, non farlo.»

«Vicinissimo» dice. «Era vicinissimo.»

Dico: «Sono così contenta di non averti perso».

Dice: «Quasi, Nora-nu. Mi hai quasi perso».

Dice: «Non perderti anche questo».

Cento strade portano all'addio

Al mattino trovo Jack in cucina.

Mi aspetta in jeans, senza camicia, i capelli ancora bagnati dopo la doccia. Solo a vederlo ho uno slancio d'amore, desidero andare da lui, passargli le dita fra i capelli, restare vicina alla sua pelle. Ma sento anche il peso del silenzio di ieri sera, della sua richiesta di parlare, a cui non ho risposto, e mi accorgo che in questo momento nemmeno lui sta venendo da me.

Mi siedo al bancone e lui mi mette davanti un tazzone di caffè bollente e un piatto di toast alla cannella da mangiare insieme.

«Mi fa piacere che tu abbia dormito un po' di più. Ne avevi bisogno» dice.

Rimane dall'altro lato dell'isola. Ma si sporge quando stringo fra le mani la tazza e bevo un sorso di caffè. Si sporge verso di me.

«Allora vai in centro, oggi?»

«In centro?»

«Non hai il saggio di Austin, stamattina?»

«Come fai a saperlo?»

Sembro sulla difensiva più di quanto dovrei… Forse perché lo sono.

«Il nostro calendario.»

Scuoto la testa. «Scusa. Sì, gliel'ho promesso...»
«L'hai promesso ad Austin?»
È una domanda e non lo è. «Sì, Jack. L'ho promesso ad Austin.»
Annuisce e fa per dire qualcosa, ma si ferma. E a quel punto sento che dovrei farlo io per lui.
«Al saggio vado per sostenere Austin, non per Elliot.»
«Davvero?»
Me lo chiede con un tono non tanto giudicante o di sfida, quanto curioso.
«Allora di Elliot non mi dici niente?»
Aspetta una risposta. Una risposta vera. Ma credo sappia anche che la risposta non ci porterà in un posto migliore. Non adesso. E forse è per questo che si schiarisce la gola e continua a parlare.
«Senti, devo solo dirti che ho preso una decisione» fa. «Ho deciso di dare una mano a Becker.»
Impiego qualche istante a elaborare le sue parole. Becker è la sua amica della scuola di cucina, quella che ha il ristorante a due stelle Michelin nella California del nord e che ha chiesto a Jack di gestire il suo locale mentre lei è in congedo di maternità.
Jack ha deciso di accettare. A quasi cinquemila chilometri da qui.
«Cercavo un buon momento per dirtelo, ma forse non c'è un buon momento» dice.
«Quanto starai via?» domando.
«Non lo so. Un po'.»
«Quanto è un po'?»
Scuote la testa. «Becker deve istruirmi e preparare bene il team alla nuova situazione, ed è alla trentatreesima settimana, perciò bisogna fare in fretta...»

Il cuore mi batte così forte che fatico a capire quello che mi dice. Mi è difficile anche credere che siamo arrivati a questo punto. Ma certo, che ci siamo arrivati. Sono stata io a portarci qui, no? In un angolo dal quale vorremmo toglierci entrambi.

«Jack, per favore» dico. «Non è successo niente, con Elliot. Non ti farei mai una cosa del genere. Non la farei mai, a noi due.»

«Non si tratta di Elliot. Cioè, è chiaro che non aiuta, ma non mi sento minacciato da lui» dice. «E capisco. Hai perso tanto. Tua mamma ti ha aperto una voragine dentro. Cazzo, ha aperto una voragine anche in me. E adesso anche tuo padre. Pochissimo tempo dopo. Sono due perdite troppo vicine, nessuno saprebbe come elaborarle.»

«Quindi la tua risposta è andartene?»

«La mia risposta è lasciarti un po' di spazio» dice. «Perché avermi qui non sta funzionando, per te.»

«Non è vero.»

«Forse per te sarà più facile, stare da sola… o cambiare strada. O ricominciare da zero.»

«Quindi si tratta di Elliot?»

Non risponde. Ma sento che oppone resistenza… contro quello che sto facendo e che non mi permette di negare; contro ciò che non vuole guardarmi buttar via.

Cerco di trattenere le lacrime. Gira intorno al bancone e si siede accanto a me. E quando ricomincia a parlare, lo fa con voce bassa, ancora più bassa e gentile del solito, come se dirlo richiedesse tutte le sue energie. Per entrambi.

«Che cosa vuoi, Nora?» chiede. «Perché io voglio che tu ce l'abbia. Sinceramente. Qualunque cosa sia.»

Tempo. La mia risposta sincera è questa. Voglio tempo. Però non solo tempo per sentirmi meglio, per sentire che il mondo non è un posto infido e solitario. Voglio anche il tempo che lui non può darmi, che nessuno può darmi, il tempo che non riavrò mai più. Con i miei genitori, di nuovo qui. Con Jack, quando amarlo, quando amare qualcuno, era più lieve. Quando non me lo sentivo nelle ossa, con la paura primitiva che ora si è concretizzata: il momento in cui perderò anche lui.

«Voglio credere che siamo solo bloccati» dice Jack. «È questo che mi sto raccontando, almeno. Ma mi sto raccontando la storia sbagliata. Perché non ha importanza, comunque, se non riesco più a raggiungerti.»

«Jack, ci lavorerò su» dico.

«Non voglio che tu debba lavorarci su. Voglio che tu lo voglia. Non ce la faccio, in un altro modo.»

Non è una minaccia. È il contrario di una minaccia. Non c'è colpa, non c'è vergogna. È solo una promessa.

Mi prende la mano, lentamente intreccia le dita alle mie.

Abbasso gli occhi, troppo velati dalle lacrime per distinguere le mie dita dalle sue.

«Non voglio che tu vada via, davvero.»

«Non è come volere che io rimanga.»

Cadute mortali

Jack va al ristorante e in casa scende il silenzio.

Mi siedo sul letto e fisso, dritto davanti a me, le fotografie sulla mensola del caminetto. Istantanee incorniciate, polaroid, strisce di fototessera, frammenti di quest'ultimo paio d'anni insieme: noi due nel nostro giardinetto sul retro, a matrimoni di amici, durante una gita in bici con mia madre nell'interno. Ho anche una foto incorniciata di noi due a tredici anni. Ho trovato una copia del nostro annuario di terza media, ed eccola lì, la foto di classe nel laboratorio di falegnameria. Eravamo in prima fila, ai lati opposti. Jack sorrideva al fotografo ma io guardavo verso di lui, dall'altra parte del banco. Jack, scherzando, dice sempre che guardavo Hudson Ricci, il ragazzo alla sua sinistra, di cui erano tutte cotte. Ma io so che era Jack. Lo sapevo già allora.

Posso andare da lui, penso. Posso sistemare tutto. Devo solo tirarmi su. Il telefono vibra, mi blocco, il numero del chiamante è sconosciuto. Per un attimo mi racconto che è Jack, che chiama dal telefono fisso del ristorante, per dirmi che non va via. Che possiamo risolvere le cose. Resta lì. Resta dove sei. Sto arrivando.

Ma all'altro capo c'è una donna, con voce brusca e seria.

«Sono la dottoressa Susan Clifton. Ho ricevuto la sua e-mail. Lavoro con Lanie Robertson.»

La dottoressa Susan Clifton. La seconda dei due patologi forensi.

Raddrizzo le spalle, mi concentro. «Dottoressa Clifton, grazie di aver chiamato. Le sono davvero grata.»

«Certo» fa lei. «Ma non so quanto potrò esserle d'aiuto. Ho dato un'occhiata ai fascicoli che mi ha mandato e, a essere sincera, molti aspetti della caduta di suo padre si prestano a varie interpretazioni.»

«Sì...»

«Credo che gli inquirenti abbiano avuto ragione a escludere un gesto di autolesionismo» afferma. «Il modello di caduta è compatibile con una persona colta di sorpresa, come pure l'angolo di contatto. Perdoni la crudezza. Ma devo dire che le altre loro conclusioni mi sembrano premature. In caso di caduta mortale, è piuttosto difficile stabilire con certezza se una caduta da una grande altezza sia provocata da un incidente o da un'azione criminale, poiché il modello della caduta è analogo.»

«Allora perché hanno concluso che non c'è stata azione criminale?»

«Me lo domando anch'io. A meno che non fossero in possesso di informazioni che io non ho. Qui non sembra esserci alcun rapporto tossicologico né un'adeguata analisi delle tracce ematiche. Suo padre è stato cremato, vero?»

«Sì.»

«Purtroppo, questo limita molto ciò che siamo in grado di determinare adesso. Di solito c'è una storia che emerge. Ma in mancanza del corpo, non posso esserle di grande aiuto.»

Una storia che emerge. Questa espressione mi colpisce. E anche qualcos'altro.

«Dottoressa Clifton, cosa intende per "molti aspetti"?»

«Prego?»

«Ha detto che molti aspetti si prestano a varie interpretazioni» spiego. «Quindi ci sono anche aspetti più univoci?»

«Certamente ci sono alcune cose che definirei...»

«Sospette?»

«Che richiedono ulteriori indagini, direi.»

«Per esempio?»

«C'era una grossa contusione sulla guancia sinistra, potrebbe essere dovuta a un alterco prima della caduta. Se potessimo esaminare il corpo, avrei migliori possibilità di capire se agli inquirenti è sfuggito del Dna estraneo sotto le unghie... Inoltre, credo che l'apparente velocità della caduta sia il risultato di una spinta. In una caduta accidentale, mi sarei aspettata che finisse più vicino al bordo della scogliera...» Dopo qualche istante, continua: «Ma, in tutta franchezza, il modello che trovo più impressionante è quello in cui tutti fingono di sapere qualcosa con certezza, in una situazione che in realtà è molto incerta».

«Quindi, in mancanza del corpo, non mi resta proprio nulla da fare?»

Non risponde subito; l'aria tra noi si addensa. Poi: «Come medico, non saprei. Ma come figlia...? Forse potrebbe tornare sulla scena della caduta. A volte emergono dettagli che non si notano alla prima visita, e neanche alla seconda».

«Lei crede che valga la pena?»

«Non posso prometterle che darà qualche frutto, ma sì.»

Mi concedo un attimo per calmarmi. «Se si trattasse di suo padre, e se lei dovesse formulare un'ipotesi: crede che sia stato spinto?»

«Le dirò questo: non posso escludere che lo sia stato.»

Chiamo Sam ma al suo cellulare risponde Morgan. E comincia a parlarmi sopra.

«Grazie al cielo è lei» dice. «Ho bisogno di lei.»

«D'accordo, ma prima devo parlare con Sam. È piuttosto urgente.»

«È urgente? Ma ce l'ho io, una cosa urgente! Dobbiamo vederci alla casa al più presto. Sam vuole anticipare il matrimonio.»

Credo di aver sentito male. Sto ancora pensando a quel che ha detto la dottoressa Clifton: al punto in cui è caduto mio padre, l'angolatura.

«Quindi io e lei dobbiamo organizzare le prossime mosse» dice Morgan. «Concentrarci sulla terrazza sul tetto, finire di prepararla. Ho bisogno del piano dettagliato dell'illuminazione, ovviamente. E poi, forse si può... tirar su una bella scala esterna, anche a pioli, per far salire la gente fino in cima?»

Cerco di afferrare quello che mi sta dicendo. «Di che cosa sta parlando?»

«Sa, un modo per evitare che gli ospiti passino dentro la casa non finita. Non voglio che ci critichino.»

«Sam è lì con lei, Morgan? Me lo può passare, per piacere?»

Chiama Sam a voce alta. «Nora ti vuole al telefono!»

Sento che risponde da un'altra stanza, con l'eco: «Non è un buon momento».

«Non è un buon momento?» ripeto io, come se lui potesse sentirmi. «Gli dica di prendere il telefono.»

«È già fuori dalla porta» dice lei. «Aspetti, che le mando qualche foto-idea. Domattina alle dieci alla *brownstone*, okay?»

E riattacca.

Siedo al mio tavolo da disegno e ripasso tutto ciò che mi ha detto la dottoressa Clifton. I suoi sospetti, la sua incertezza.

Le parole: *una storia che emerge*. L'ho capito presto, quando studiavo come si costruiva uno spazio. Una colonna non è solo una colonna. Un pilastro non è solo un pilastro. Non deve interagire soltanto con il resto dell'edificio, ma anche con ciò che quell'edificio dovrà fare. Alla fine della fiera, chi spero che salvi, quel luogo? A chi spero che dia rifugio?

Riesamino il testamento di mio padre, torno ancora una volta sull'atto di proprietà e tutti i documenti relativi a Windbreak. Che cosa mi è sfuggito? Chi stava cercando di salvare, mio padre? A chi voleva dare rifugio?

Metto a fuoco il nome di Jonathan in calce a diversi documenti. Jonathan Reed, consulente legale della Noone, che evidentemente ha accesso a tutto. Jonathan, l'unica persona vincolata dall'obbligo di mantenere queste informazioni riservate e personali.

Gli mando un'e-mail al volo, comunque. Gli chiedo di darmi un colpo di telefono quando arriva in ufficio, spiegandogli che ho qualche domanda su Windbreak, sui prossimi passi da fare per entrarne in possesso. Non sono queste le domande che ho da porgli, ma a queste, almeno, non cercherà di evitare di rispondere.

Poi prendo la metro e vado al saggio di Austin.

Quando scendo a Bleecker Street, mi squilla il telefono. È Jonathan.

Mentre vado verso la scuola di Austin sento la sua voce che mi saluta, con tono falsamente allegro.

«È molto semplice» dice. «Sei libera di prendere possesso di Windbreak quando lo desideri. Se invece preferisci metterla in vendita, posso aiutarti con un agente immobiliare del posto e preparare la vendita da qui.»

Non ho nessuna intenzione di vendere, ma non voglio neppure impelagarmi in quella discussione. Perché lui vorrà sapere cosa me ne faccio di una villetta dall'altra parte del Paese, e io non ho ancora una risposta valida. So soltanto che non sono pronta a rinunciare al pezzo di mio padre a cui, a quanto pare, sono rimasta aggrappata.

«Jonathan, c'è mai stato qualcun altro?»

«In che senso?»

In questo senso: c'è stato qualcuno che fosse legato a Windbreak quanto lo era mio padre? Qualcuno che potrebbe essere stato con lui, quella sera? Che forse si trovava lì perché questo qualcuno era legato a mio padre in un modo così profondo e doloroso da essere finito sull'orlo di quel precipizio?

«Ti sto chiedendo se mio padre ha sempre avuto intenzione di lasciarmi Windbreak o se anche quel piano è cambiato.»

Lui resta chiuso in un silenzio d'acciaio. E mi chiedo se la sto immaginando o se c'è davvero, in quel silenzio, l'ansia.

«Nora, mi spiace ma non sono libero di riferire l'intera storia.»

«Devo prenderlo per un sì, allora?»

Sono arrivata alla scuola di Austin. Le porte dell'auditorium sono aperte, parenti e amici stanno entrando. Vedo Elliot che arriva di corsa dall'altra parte, ancora con il camice dell'ospedale addosso e in mano un regalo per Austin.

«Se può esserti d'aiuto saperlo,» dice Jonathan «tuo padre ha sempre voluto pensare al tuo bene.»

«Non è una risposta alla mia domanda, ti pare?»

«È la migliore che ho. Tuo padre voleva fare quello che è

giusto, per te, per i tuoi fratelli. Per tutti quelli che amava. È stato più che fedele.»

Un insegnante esce e comincia a chiudere le porte dell'auditorium. Chiudo la telefonata e mi affretto a entrare.

Solo quando si alza il sipario e non ho più Jonathan sotto mano, mi viene in mente la domanda che vorrei fargli. Quella a cui non ha risposto. La domanda a cui nessuno vuole rispondere.

Fedele a chi?

Trentadue anni fa

«Pensalo come un nuovo inizio» disse Liam.

«Un nuovo inizio di cosa?»

Erano a Windbreak. Aveva acquistato la casa da oltre un anno, ma Cory la vedeva per la prima volta. Loro due nel soggiorno vuoto, a guardarsi intorno insieme. Ora Liam poteva osservarla attraverso gli occhi di Cory.

«In questo modo, puoi riprendertela» le disse. «La California. Tutto quello che ti hanno portato via.»

«Non mi hanno portato via niente.»

«Invecchieremo qui.»

Lei rise. Non riuscì a evitarlo. «Sei fuori di testa.»

«Non sto dicendo che staremo qui tutti i giorni...»

«Ah, no?»

Lui non badò al tono ironico. «Dico solo che, a modo nostro, ci staremo.»

Lei gli diede un'occhiata ma non disse niente, per non insultare né lui né sé stessa. Era sposata da poco più di un anno. E Liam aveva una bambina che adorava. Non voleva fare niente, rischiare niente che lo separasse da Nora.

Per moltissimi aspetti concreti, lui e Cory non erano mai stati tanto lontani dal vivere insieme in quella casa. Eppure, ora che era lì insieme a lei, Windbreak per la prima volta gli sembrava reale.

Lei si piazzò al centro della stanza e indicò il bovindo affacciato sul cortile, l'oceano e tutto il resto.

«Se fosse casa mia, la libreria la metterei lì» disse Cory. «Farei dei grandi scaffali bianchi intorno a quella finestra e me ne starei seduta lì tutto il giorno.»

Lui si appoggiò al muro e incrociò le braccia sul petto. Aveva aspettato quel momento. Cercò di non sorridere.

«Sono già in arrivo.»

Lei si voltò a guardarlo. «Non ci credo.»

Lui scrollò le spalle, come se fosse una cosa da poco. «Scaffali bianchi su misura, come quelli della foto che mi hai mostrato.»

«La foto?»

«Della casa dove stavi durante la scuola di specializzazione. La libreria nella caserma dei pompieri, mi hai detto che ci andavi matta.»

Lei non rispose ma lui vide spuntare le lacrime nei suoi occhi.

«Queste sono un po' più belle, ma l'idea è la stessa.»

Cory andò verso di lui, veloce, decisa. Dritta fra le sue braccia.

«Be', prima che ti esalti troppo, ho bruciato tutto il budget del mobilio per quegli scaffali. Perciò spero che non ti dispiaccia dormire per terra, stanotte.»

Lei si mise a ridere. Lui sentiva contro la spalla il sorriso di lei, misto alle lacrime. Lacrime di gioia, ma sempre lacrime.

«Quando sei così fiero di te mi fai uscire dai gangheri.»

«Lo so» disse lui.

Cory era ancora tra le sue braccia, la guancia sul suo collo. Le massaggiò la schiena, cercando di non mettersi a piangere anche lui. Era perché la vedeva così felice? Quanto amava renderla felice! Ma c'era anche quell'altra parte: la tristezza che ormai dimorava tra loro e che lui non riusciva più a controllare. Il non sapere quando sarebbero stati di nuovo soli come ora.

Restò per un poco a respirarla, in silenzio. «Dicono che dormire per terra faccia bene alla schiena, se non altro.»

«Lo dice chi?»

«Quelli che mi hanno venduto gli scaffali.»

Interludio musicale

Dopo il saggio, Austin è circondato.

Una marea di gente, tutti venuti per sostenerlo. C'è sua madre con il fidanzato, uno sciame di cugini e amici. Lo abbraccio e sento che, istintivamente, guarda alle mie spalle in cerca di mio padre. Mio padre, che normalmente sarebbe qui insieme a me.

«Sei da sola?» domanda.

Non faccio in tempo a rispondere che Austin arrossisce, imbarazzato per aver dimenticato che mio padre è morto. O forse è soltanto confuso. Mi chino, lo guardo negli occhi, gli do un bacio sulla fronte. «Stai tranquillo» gli dico in silenzio. Me lo dimentico anch'io. Tutti noi adulti continuiamo a dimenticare le cose che non vorremmo dover ricordare.

«Che ne dici, ci facciamo una cioccolata calda giovedì prossimo?»

Annuisce, il suo sorriso torna ad allargarsi. «Affare fatto.»

Sto per sgattaiolare fuori dall'uscita posteriore, quando sento una mano sulla schiena. Elliot. La sua bellezza è sempre sorprendente, anche con il camice dell'ospedale, anche con la barba di due giorni e gli occhi stanchi per il turno di notte.

Usciamo insieme in strada. «Hai tempo per un caffè veloce?» domanda.

Penso alla sua mano sulla schiena, al mio desiderio di rannicchiarmi dentro il conforto che mi offre. Poi ricordo quanto mi è già costato anche soltanto farci un pensierino.

«Non posso» dico.

Scuoto la testa. E forse è il mio sguardo, così risoluto, a fermarlo. Perché inclina la testa e sembra aver capito che non mi sto riferendo soltanto al caffè. Mi riferisco a tutto il resto. Questo nostro balletto, che facciamo da quando ci siamo riavvicinati, e che prepara la strada per quello che potremmo fare.

Devo farlo smettere subito, se non altro per questo motivo. Anche se non so come tornare ad avvicinarmi a Jack, anche se potrebbe essere troppo tardi, il minimo che posso fare è smettere di allontanarmi da lui.

Elliot si siede sul bordo del marciapiede. È quasi goffo in quella posizione, per quanto può esserlo un uomo alto e bello come lui; le gambe occupano metà del marciapiede e tiene le braccia strette davanti a sé.

«Questa situazione ti sta causando problemi?»

«Non è colpa tua» dico.

«Almeno in parte, credo di sì» ribatte.

Scrolla le spalle, e so che sta cercando di prendersi la colpa per essersi riavvicinato a me dopo la morte di mio padre. Ma non ha importanza. Qui la colpa è soltanto mia.

Mi siedo accanto a lui e mi sforzo di pensare a un modo per dirglielo. C'è la parte che conosce anche lui: quanto mi conforta vedere ciò che vedo nei suoi occhi, la nostra comune tristezza, la comune conoscenza di quanto abbiamo perduto. Mio padre, l'amico di Elliot. Ecco perché parlare con Elliot mi è sembrato più semplice, più pratico che appoggiarmi a Jack. È per questo che sono tornata a cercare un contatto con lui. Elliot conosceva gli aspetti migliori di mio padre, e io volevo tenermeli accanto ancora per un po'.

Poi c'è quell'altra parte, quella che io stessa comincio solo ora a capire: a volte un addio può sembrare interrotto. È stato così per gli addii a entrambi i miei genitori. Tutti e due, un giorno c'erano e il giorno dopo non c'erano più. Senza nessun preavviso. E in un certo senso, la prima volta che io ed Elliot ci siamo detti addio è stata incompleta. Anche se io stavo cominciando a capire che in realtà avremmo dovuto essere amici, la nostra relazione si è conclusa perché stavamo cercando di fare la cosa giusta per la sua famiglia. Rispettare la richiesta di sua moglie, che voleva riprovarci. Forse è la stessa cosa che stiamo facendo ora: correggere come possiamo i finali incompleti.

Ma questo non significa che l'addio fosse un errore, né la prima volta, né stavolta. In un modo o nell'altro, dovevamo arrivare a questo momento. Era giusto trovare la strada per arrivare a questo momento. Per dire addio ancora una volta all'idea di noi due, in un senso definitivo.

«Posso chiederti una cosa?» dico.

Mi guarda.

«Hai presente quando ti ho chiamato, l'altro giorno, e ti ho chiesto dell'ultima volta che hai visto mio padre? Ho avuto l'impressione che tu non volessi raccontarmi quello che è successo davvero. Quello di cui avete parlato davvero, voi due. Mi sbaglio?»

Lui rimane in silenzio per qualche istante, gli occhi si fanno seri, la mascella si contrae suo malgrado. «Nora, non è come pensi...»

«D'accordo, allora dimmi cos'è che mi sfugge.»

«Va bene. Abbiamo parlato un pochino di te» dice. «Sapeva che avevi bisogno che lui ti lasciasse spazio. E aveva un po' il cuore a pezzi.»

«Per via di mia madre?» chiedo, perplessa.

«No, per altre cose. Ma capiva davvero. Non posso dire molto di più, non mi è consentito entrare nei dettagli. Per ragioni etiche...»

«Ragioni etiche? Era malato? Che cosa gli stava succedendo?»

Lui tace, e so che si sta trattenendo, soppesando le parole.

«Non era malato. Sto solo... solo cercando di dire che sapeva quanto volevi bene a tua madre. Sapeva quanto le eri fedele. E lo apprezzava.»

Mi tornano in mente le parole di Jonathan: «Tuo padre è stato più che fedele».

«La cosa importante, credo, è che ti voleva un bene dell'anima, Nora. Non ti biasimava per esserti allontanata da lui. Non ti biasimava per niente.»

«E chi biasimava?»

«In fin dei conti? Soltanto sé stesso.»

Trent'anni fa

«Stai perdendo la bussola» disse Cory. «Sylvia è tremenda.»

«Perché non mi dici quel che pensi davvero?»

Erano in un ristorantino nei pressi del Rockefeller Center, dalle finestre si vedeva la pista di ghiaccio piena di gente, l'albero di Natale acceso. Cory era reduce dal suo primo incontro con Sylvia. Sylvia aveva intervistato Liam per un servizio sul turismo di lusso che stava realizzando per il suo programma mattutino, e di conseguenza Liam stava trascorrendo fin troppo tempo con lei. L'incontro tra lei e Cory non era programmato, naturalmente. Ma se lo fosse stato, non sarebbe certo andato meglio.

«Non vorrei sottolineare l'ovvio, ma sei stata tu a decidere che io e te non dovremmo stare insieme, sposarci, alla maniera tradizionale.»

«Smettila con questa solfa. Non mi piace il tuo concetto di matrimonio. E l'esperienza mi dice che ho ragione. Sylvia non è degna nemmeno di allacciare le scarpe a Rachel. Mamma mia, sei uno stereotipo vivente.»

«Con te non lo sono mai stato.»

«Solo perché io non te lo permetto.»

Scostò il piatto. Avevano una scodella di pasta ai frutti di mare e una bottiglia di vino della casa da dividersi, ma lei non li aveva nemmeno toccati. Aveva i capelli raccolti in uno chignon alto, gli occhi stanchi e gonfi. E ora erano anche stretti per la rabbia. Ma era bellissima. Ogni volta che lui aveva la fortuna di starle seduto di fronte, la trovava di una bellezza sconvolgente. Forse era questo, a renderlo uno stereotipo.

Lei si sporse verso di lui. «Tu non ti rendi conto che Sylvia ti sta accalappiando, ma è così. E tu passerai al lato oscuro senza neanche accorgertene.»

«Noi dovremmo stare insieme. Insieme davvero.»

«Mi prendi in giro.»

«Dico sul serio.»

«Dici sul serio? Okay, io sono sposata, tu sei sposato, e sei tutto concentrato sulla tua nuova amica che non sopporterà ancora per molto il fatto che sei sposato. Dammi retta. E tanto per essere chiari, io non biasimo Sylvia per questo. Sei tu a permettere che accada. Mi correggo: accade tutto a causa tua, Liam. Perché è più facile che ammetterlo.»

«Ammettere cosa?»

«No, mi rifiuto.»

«Ammettere cosa, Cory?»

«Se questa storia funziona, se noi due funzioniamo ancora, è perché tu non mi devi niente. Nessuno dei due è in debito con l'altro.»

«È qui che ti sbagli. Per la prima volta, forse, ma ti sbagli davvero. Noi ci dobbiamo tutto.»

Lei fece segno alla cameriera di portare il conto. Poi si alzò. Ne aveva abbastanza di stare seduta lì con lui. Ne aveva abbastanza di quella parte.

«Dove vai?»

«Al Carlyle» disse lei. «A bere qualcosa di serio.»

«Secondo me, sei tu» disse lui. «Sei tu che preferisci tenerci bloccati qui. Perché è più sicuro. Perché hai deciso che è più sicuro. È più facile sederti davanti a me e giudicare le mie scelte, quando l'unica cosa che davvero vorrei scegliere è irraggiungibile.»

«Molto comodo, per te.»

«Siediti, ti prego.»

Lei si stava già infilando il cappotto. Si stava già allontanando da lui. «No. Litigare con te è noioso» ribatté lei. «Ti amo troppo per starmene seduta qui a litigare.»

«Allora ascoltami.»

Liam si sforzò di trovare un modo per farsi ascoltare. Lei non aveva più voglia di sentirlo, di sentire che era arrivato il momento di fare le cose in un altro modo.

«E se ti dicessi che sono pronto?»

«A smettere di litigare?» disse lei.

«Cory…»

«Allora puoi venire a bere qualcosa con me.»

Il punto di partenza e la meta

Non vado a casa.

Provo di nuovo a contattare Sam. Non risponde, e intanto la mia fermata è passata. Prendo la metro per Avenue H, nel vecchio quartiere di mio padre.

Mio padre non vedeva l'ora di lasciarsi alle spalle Midwood, e non ha chiesto scusa a nessuno per questo. Era strano, per lui, che la sua unica figlia avesse deciso di abitare così vicino a un mondo che lui era ansioso di abbandonare. Ma io Flatbush, il mio piccolo universo, lo amavo.

Pur essendo scappato in tutta fretta dal suo quartiere, piano piano ho scoperto che, dopotutto, qualcosa che amava c'era anche lì. L'ho capito da come si divertiva a farmi conoscere i suoi posti preferiti di quando era ragazzo, quelli che frequentava con zio Joe, i vecchi ritrovi di zona.

Ora passo per Bedford Avenue, da sola, e mi sforzo di ricordare. Quello è il suo liceo, i ragazzi escono adesso, ed ecco il Brooklyn College in tutta la sua alberata bellezza, dall'altra parte della strada. Zio Joe aveva studiato lì. Erano i primi due ragazzi della famiglia ad andare all'università: mio padre a Yale, Joe al Brooklyn College un paio d'anni dopo di lui.

Dopo la laurea, i due si ritrovarono a vivere insieme a Manhattan. Hanno sempre trovato la strada per raggiungersi e, in un modo o nell'altro, hanno trascorso la vita fianco a fianco. «Tuo padre è stato più che fedele».

Se era stato fedele a qualcuno, questo non era forse Joe?

Prendo la Twenty-Eighth Street e mi incammino verso la casa natale di mio padre. La casetta gialla con le imposte verdi, la veranda piena di piante.

Non sono mai stata all'interno. Vado alla porta e suono il campanello. Mi apre una giovane mamma in canottiera, rose tatuate su tutto il braccio sinistro, il figlioletto appoggiato all'altro fianco. Mi squadra da capo a piedi: una visita inattesa è l'ultima cosa che le serve oggi.

Non apre la zanzariera. «Se vende qualcosa, ha sbagliato indirizzo» dice.

«No, niente del genere» mi affretto a rispondere. «E mi scusi se l'ho disturbata, ma mio padre abitava qui.»

«Ah. È la figlia del signor O'Malley?»

«No, di Liam Noone. La sua famiglia ha venduto agli O'Malley.»

«Una trentina d'anni fa, giusto?»

Annuisco. Più vent'anni che trenta, ma non la correggo. Una delle prime cose che fece mio padre, quando poté permetterselo, fu estinguere l'ipoteca dei suoi genitori. Poi, quando il ginocchio del nonno cominciò a essere troppo malconcio, lo convinse ad andare in pensione e li trasferì (con la madre di Joe) in un condominio in riva al mare a Naples, Florida. Midwood era finalmente, e definitivamente, alle sue spalle.

«Sarebbe strano se le chiedessi di farmi entrare un momento? Per vedere la sua vecchia camera.»

«Parecchio» dice lei.

Mi volto e faccio per andarmene. Sento la zanzariera aprirsi cigolando.
«Ma entri comunque.»

Di sopra ci sono solo due camere da letto.
Sbircio in quella più piccola, che ora ospita il bebè e il fratello maggiore. Cerco di immaginare come poteva essere quando c'era mio padre: un letto a castello al posto della culla, una piccola scrivania di legno invece del letto gonfiabile da viaggio. Dalla finestra non entra molta luce. Ma dà sul vicolo, e ci sono un canestro mezzo arrugginito e due bambini impegnatissimi a giocare a basket uno contro uno, correndo come forsennati, senza lasciare spazio alle auto che tentino di passare.
La porta dell'armadio a muro è aperta e l'odore di detergente per neonati e pannolini nuovi mi investe in pieno. Accendo la luce e vedo segni incisi sulla parete: le misure dell'altezza di qualcuno. Forse mio padre, forse i bambini cresciuti qui dopo di lui. Non ci sono le iniziali della persona misurata, nessun nome, solo le linee. Ma passo comunque il dito su quei segni, fino all'altezza massima.
A quel punto lo vedo, proprio sopra l'ultima lineetta. Una piccola stampinatura sul legno. Due cuoricini che racchiudono i nomi in rilievo:

Cory & Liam

Passo le dita lungo i bordi e sul nome di papà.
E sento la giovane mamma che si schiarisce la gola. È ferma sulla porta.
«Ho fatto adesso qualche ricerca su suo padre. Abitava davvero qui.»

«Pensava che le avessi mentito?»

«Pensavo che ci stava mettendo parecchio tempo.»

Indico le incisioni sul legno. «È bello che l'abbia conservato. Quest'asse con tutti i segni.»

Lei scrolla le spalle. «Gli armadi a muro costano.»

Vorrei proporle uno scambio. Posso progettare e realizzare un nuovo armadio a muro, se mi lascia tornare a prendere quest'asse di legno. Le misure dell'altezza che forse è quella di mio padre, o forse no. Il piccolo messaggio d'amore che è certamente suo. Ma quello che vorrei non è semplicemente il pezzo di legno; è l'atmosfera di questo luogo, di questa stanza. È quello che dimora sotto la superficie, dentro la storia... per quanto lui abbia cercato di fuggire lontano da qui.

«Ha un'aria familiare, suo padre» mi dice la donna. «Credo sia venuto qui anche lui. E neanche tanto tempo fa, in effetti.»

Mi volto a guardarla. «Quando?»

«Sei mesi fa, all'incirca? Forse di più. Non ricordo con precisione. E non sono sicura che fosse lui, ma credo di sì.»

«È venuto a vedere la casa?»

«Direi di sì. Però non si è presentato. È rimasto fuori sul marciapiede per un po'. Era con una donna.»

«Una donna?»

Annuisce. «Ho aperto la porta, ma se n'erano già andati.»

Torno a guardare l'armadio a muro, i cuoricini di Cory & Liam. Cerco di capire che cosa sia venuto a fare qui, mio padre. E con chi.

La donna si schiarisce la gola. «Ehm, l'altro mio figlio sta tornando a casa dall'allenamento di calcio, mi servirebbe questa stanza» dice. «A meno che lei non voglia offrirmi una camera in uno degli alberghi di suo padre, per stanotte.»

Non tutte le case sono casa

Decido di andare a casa a piedi.

Mi avvio lungo Ocean Avenue, facendo il giro per le vie laterali. Ma quando casa mia appare, vedo che ha tutte le luci spente: Jack non è lì che mi aspetta. Allora proseguo.

Forse è sapere che Jack è ancora al ristorante, forse è non sapere se stasera tornerà a casa. Lui è fatto così, dopotutto: prima fa la cosa più difficile – mi comunica i suoi programmi – e poi magari decide di non tornare nella casa dove ci sono anch'io. Non vuole far nulla per complicare la situazione, né per me, né per lui.

Allora vado verso Tilden Avenue e chiamo un taxi. Infiliamo il tunnel e usciamo su Perry Street. E scendo a casa di mio padre.

Il mio nome è nell'elenco dei visitatori autorizzati, sicché il portiere mi accompagna di sopra e mi apre la porta dell'appartamento.

È tutto vetrate e acqua, grandi vedute del fiume Hudson. Ma la casa in sé dà una sensazione di vuoto. Nessun souvenir sui ripiani, nessuna foto di famiglia. I quadri alle pareti sono neutri, il mobilio intatto. Era così anche quando lui ci abitava?

Sento aprirsi la porta d'ingresso; mi giro e vedo entrare Inez, la terza moglie di mio padre, con un trolley. È sempre bella, ma stasera in modo particolare, con un tailleur-pantalone, ben truccata, i lunghi capelli scuri raccolti in una coda di cavallo bassa.

«Nora!» esclama. «Non mi hanno detto che eri qui.»

Appoggia il trolley contro il muro e mi viene incontro a braccia tese, per abbracciarmi. Inez non abita più qui da quando lei e mio padre si sono separati, perciò sono un po' stupita di vederla. Ma non del tutto: lei e mio padre erano rimasti grandi amici. Lui non avrebbe avuto motivo di non volerla qui, ogni volta che lei volesse starci.

Mi abbraccia, si tira indietro, mi osserva. Non sono mai stata particolarmente vicina a Inez quando lei e mio padre stavano insieme. In parte era per via della scossa di assestamento, dopo Sylvia. Ma quando lei e mio padre hanno deciso di separarsi, qualcosa è cambiato; e poi, ancora, quando ho conosciuto la sua attuale moglie, Elizabeth. Ho trascorso più tempo con questa coppia di donne di quanto ne abbia mai passato con Inez e mio padre.

«Avevo una cena da queste parti» dice. «Mi fermo solo per la notte.»

«Certo, ora posso togliermi dai piedi.»

«Non c'è fretta» dice sventolando una mano. «Preparo qualcosa da bere.»

Va al carrello bar e versa un dito di whisky nei bicchieri.

«Luna ha un virus intestinale, perciò Elizabeth è rimasta a casa con lei» spiega. «Ma stare qui da sola non mi fa impazzire, sinceramente.»

Mi porge il bicchiere e prendo un lungo sorso.

«Ho avuto la stessa sensazione, prima che entrassi» dico. «Sembra diversa da come la ricordavo, questa casa.»

«Diversa come?»

«Qualcuno ha portato via la roba di mio padre? È così...»

«Deprimente?»

Rido. «Volevo dire spoglia.»

«Be', so che non passava poi molto tempo qui, ultimamente.»

«Stava più che altro a Windbreak?»

Annuisce. «Stava più che altro a Windbreak. Per quel che ne so io, almeno.»

«Inez, posso chiederti una cosa? Mio padre ha mai parlato con te di Cece Salinger?»

«Poco. Un po' di tempo fa lei era molto interessata alla società, se ben ricordo.»

«Ma da un punto di vista sentimentale, lei gli interessava?» domando.

«Cece? Non so. Non credo. A quanto mi ha raccontato tuo padre, quella era una storia del passato remoto. Tipo che avevano vent'anni. Sempre che non ci sia qualcosa che noi non sappiamo. E non sarebbe impossibile, trattandosi di tuo padre.» Beve un sorso di whisky. «Perché me lo chiedi?»

«Sto solo cercando di capire come mai passava tanto tempo a Windbreak. Cece abita da quelle parti. Ho la sensazione che forse c'entri qualcosa...»

«Be', dubito seriamente che avesse qualcosa a che vedere con Cece» commenta lei. «Per quel che ne so, lui semplicemente preferiva stare lì. Voglio dire, non è sempre stato così? Quella era casa sua.»

«Soltanto sua?» è quello che vorrei chiederle. *E cosa dovrei desumere dal fatto che adesso appartiene a me?*

Mi osserva con occhi sempre più preoccupati. «Stai bene?»

«Certo.»

«Perché non sembra.»

«Vedeva qualcuno, alla fine? Qualcuno di cui io non ero al corrente?»
«Tuo padre?»
Annuisco. Se lui avesse avuto una relazione con una persona nuova, Inez ed Elizabeth lo avrebbero certamente saputo prima che mio padre lo raccontasse a me. Lei fa per rispondermi, ma poi scuote la testa e si ferma.
«Che c'è?» chiedo. «Parla, per favore.»
Lei posa il bicchiere, mi viene vicino e mi stringe con dolcezza la mano. «Ti dirò quello che direbbe tuo padre se fosse qui. Tuo padre ti amava. Amava tutti noi, come meglio poteva. Penso sia meglio limitarci a questo.»
«Meglio per chi?»
«Questa è sempre la domanda più difficile» risponde, stringendosi nelle spalle.

Proporzioni

«Pensavo dovessimo vederci domani alla *brownstone*» dice Morgan.

Sono sulla soglia del loft dove abita con Sam. Sembra pronta per un servizio fotografico: miniabito diafano, truccata a puntino e sempre con gli stivali blu.

«Cercavo solo Sam» dico. «È qui?»

«A dire il vero, stavamo per uscire.»

Ed ecco che Sam le arriva alle spalle e le cinge la vita con un braccio. Anche lui è vestito di tutto punto, completo blu scuro e gilet. In lui ogni cosa sembra rilassata, armonica. Mi irrita ancora di più che non abbia risposto alle mie chiamate. A nessuna delle cinque.

«Come mai sei tanto agitata?» chiede.

«Sono venuta di corsa» rispondo.

«Da Flatbush?»

Incrocio le braccia sul petto e lo fulmino con lo sguardo, mentre gli occhi di Morgan rimbalzano da me a lui.

«Morgan, ti dispiacerebbe lasciarci soli per un minuto, per favore?» dico.

Lui la bacia sulla guancia, dolcemente. Con gentilezza. «Tra cinque minuti sono da te, tesoro» dice.

Morgan si allontana e Sam torna a guardarmi.

«Che ti sta succedendo?» gli chiedo.

«Che sta succedendo a te?»

«Ho aspettato tutto il giorno che mi richiamassi.»

Fa un cenno alle sue spalle, dove si trova Morgan. «Ho avuto da fare» dice. «E dobbiamo andare a una raccolta fondi...»

Ignoro le sue parole. Ignoro lui.

«Dobbiamo tornare a Windbreak» dico.

«Di che stai parlando?»

«A casa di papà non c'è niente. Qualche foto di famiglia, certo, ma proprio nulla di personale. Gli album di ritagli, le fotografie, tutte le cose che facevano di lui *lui*, distinto da noi, distinto dalle famiglie, erano a Windbreak. Tutte le cose importanti per lui, le conservava a Windbreak.»

«Ci siamo stati.»

«Allora ci è sfuggito.»

«Sei peggio di me.»

«Dobbiamo tornarci.»

«Neanche per idea.»

«Sono andata anche a Midwood» dico. «E vuoi sapere una cosa da pazzi?»

«È già abbastanza da pazzi il fatto che tu sia andata a Midwood.»

«Ho sentito la presenza di nostro padre lì, nella casa che ha lasciato quando era adolescente, molto più che nell'appartamento in cui ha vissuto fino a un mese fa. Che significato ha, secondo te?»

«Nessuno» dice Sam. «Oltretutto abitare a Midwood, da piccolo, non gli piaceva nemmeno.»

«I conti possono tornare solo in un modo.»

«Cioè?»

«C'è un filo che ci sfugge. Il filo che parte da lì, da lontano, e finisce sulla scogliera quella notte.»

«Mi sembri impazzita» dice. «E questo non è un motivo sufficiente...»

«Senti un po' questo, come motivo: la patologa forense mi ha contattato. Pensa che forse hai ragione tu. Anche lei ha dei sospetti. Più di qualcuno.»

«Nora.»

«Sam, io non so cosa sia, ma c'è una parte della storia di papà che lui, a quanto pare, non riusciva a lasciarsi alle spalle: quella è la chiave di tutto il resto. Ne sono certa. Qualsiasi cosa gli sia successa quella notte, dietro c'è questo.»

Comincia a dimenarsi nervosamente, sposta il peso da un piede all'altro, guarda nella direzione in cui è andata Morgan.

«Senti, ti chiamo domani, va bene?»

«Non va bene. Hai sentito quel che ti ho detto?»

Scuote la testa. «Non capisci. Mi sbagliavo. Avevi ragione tu. Cercavo di capire chi fosse papà. O forse non sono riuscito ad accettare di non averlo conosciuto come avrei voluto, quando era vivo. Ma non è successo niente, quella notte sulla scogliera.»

«Ci credi davvero?»

«Credo di essermi lasciato trasportare.»

«Da cosa?» chiedo.

«Tutto quanto...»

Tace per qualche istante, come se gli facesse male, come se io gli stessi facendo male, costringendolo a dire queste cose. Facendogli guardare in faccia ciò che lui, di punto in bianco, ha deciso di fingere che non esista.

«Stanotte non ho dormito» dice. «Ieri ero completamente in tilt. Tutto quello che mi hai detto in macchina... Io ho i miei binari da seguire, sai? Questa cosa mi sta distruggendo la vita.»

«Ah, quindi adesso sarebbe colpa mia?»

«No, è colpa mia. Ma ho bisogno che questa storia finisca.»

«Perché? Per poter sposare una che conosci a malapena? Per fare un lavoro che è solo un ripiego rispetto al baseball? Per ubriacarti stasera a una festa di ricconi che fingerai di non odiare?»

«Chi sei tu per dire cosa odio?»

«Una che ti ha ascoltato.»

A questo punto fa per chiudere la porta.

L'agguanto, la tengo aperta. «No. Neanche per sogno. Prima mi trascini in questa storia e ora molli tutto?»

«Ti sorprende? Adesso è il momento di dirmi che non ti sorprende, no?»

Lo guardo e capisco quello che gli sta succedendo, quello a cui sta disperatamente cercando di mettere un punto. Non vorrebbe sapere ciò che sta cominciando a capire su sé stesso. Perché non gli va di affrontare il lavoro scomodo che ci tocca quando accettiamo che qualcosa deve cambiare, quando capiamo che cambiare significa rivelarci a noi stessi in un modo nuovo.

Ma non intendo liquidare la faccenda giudicandolo e basta. Perché quando lo guardo, vedo anche qualcos'altro. Vedo che si aspetta di essere giudicato da me. Perché non dovrebbe? In tutti questi anni in cui ci siamo tenuti vicendevolmente a distanza e io non ho fatto niente per avvicinarmi a lui – per tendergli una mano – anche lui ha recitato una parte, quella che gli era più congeniale. La parte di quello a cui non frega niente. Allora tento un'altra strada.

«Senti, proviamo a fare in un'altra maniera, d'accordo? Decidiamo che a partire da ora faremo in un'altra maniera. L'uno per l'altra. E per papà.»

Mi guarda e i suoi occhi si addolciscono. E io penso di essere riuscita a toccarlo. Penso di aver toccato mio fratello. Ma lui scuote la testa e si volta dall'altra parte.

«Non posso fare nient'altro» dice.

Poi chiude la porta e mi lascia nel corridoio, da sola.

Ventiquattro anni fa

«Non sta andando bene» disse Liam.

«Be', chi diamine te l'ha chiesto?»

Liam rise, mentre Cory agitava il pennello nell'aria, verso di lui. Erano a Windbreak, il temporale era appena passato. Erano stati entrambi a Los Angeles per lavoro e avevano inventato una scusa per trovarsi lì un paio di giorni. (Non finiva sempre così, che inventavano una scusa per trovarsi lì un paio di giorni?) Cory stava applicando la carta da parati nel soggiorno di Windbreak. Carta da parati con uccelli.

Lei non voleva farsi aiutare, perciò Liam stava sotto la scala a guardarla lavorare, a guardare quella tappezzeria che andava su. Non gli piaceva granché. Quegli uccelli sembravano selvatici, pericolosi. E sua madre non diceva sempre che gli uccelli dentro casa portano sfortuna? In ogni caso, Cory la adorava, quindi che andasse pure su.

Cory salì più in alto sulla scala e regolò il livello. «Mi sembra che vada benino.»

«Se lo dici tu.»

Lei gli sorrise e prese il coltellino.

«Sai,» disse lui «i libri, il panorama, gli uccelli brutti… Questa sembra una stanza perfetta per te per scrivere.»

Lui sentì che lei si irrigidiva. «Già, in teoria potrebbe esserlo. Ma non è la mia stanza.»

«La tappezzeria dice il contrario.»

Lei si lasciò sfuggire una risata.

«Pensi mai di scrivere?»

«Liam...»

«Cosa?»

«Non credere che non capisca dove vuoi andare a parare» gli disse. «Solo perché Sylvia passa una quantità di tempo sospetta con il suo personal trainer...»

«Non è il suo personal trainer. È il personal trainer della sua amica.»

«Chiedo scusa. Solo perché Sylvia fa Sylvia, non significa che tu possa mettere in discussione le mie scelte di vita.»

«Io amo le tue scelte di vita. Amo tutte le scelte che ti hanno portato a essere ancora qui, in questa stanza, su questa scala, con quell'adorabile salopette e quegli occhiali da vecchietta... chissà come, miracolosamente, non hai ancora chiuso, con me.»

«Oh, credimi, ci sto andando vicino.»

Lui le sorrise. Sapeva di doversi muovere con cautela. Il lavoro di lei era una fonte di dispute tra loro. Lui avrebbe voluto ricordarle che, quando aveva fatto il colloquio con Sally, avrebbe dovuto trattarsi di una cosa temporanea. La vita aziendale, l'orario lungo, lo stress che il lavoro le procurava... non doveva essere un piano a lungo termine. Ora avrebbe potuto guadagnare un sacco di soldi facendo quello che desiderava fare. E perché, allora, non lo faceva?

«Qualcuno potrebbe dire che sto toccando un nervo scoperto» osservò lui.

«Non darti tanta importanza» reagì lei. «E poi, chi ti ha detto che non scrivo più?»

Questo lo colpì. «Davvero?»

«Sì, davvero.»

«Come mai non lo sapevo?» chiese Liam.

«Ci sono molte cose che non sai di me.»

Liam mise le mani sulla scala. Lei scese alcuni pioli e si girò verso di lui, in modo che le mani di Liam si trovassero proprio sopra la sua testa, circondandola. Le facce a pochi centimetri di distanza. Solo loro due respiravano quell'aria, come un'aureola, come una valvola di sicurezza.

«Prego ogni giorno che non sia vero» replicò lui con sincerità.

«D'accordo. Bene.» Lei lo guardò negli occhi. «Ti ricordi la signora Dixon?»

«La signora Dixon?»

«Al secondo anno di inglese. Teneva in classe un mucchio di carabattole a forma di tartaruga.»

Liam non l'aveva mai avuta come insegnante, ma frugò nella memoria per collocarla. La fedeltà è la persona a cui racconti le tue storie, e per lui era importantissimo non deluderla.

«Quella coi capelli rossi, giusto?» disse. «Quella che aveva imposto a Joe di collaborare con la rivista letteraria, altrimenti lo avrebbe bocciato?»

«Esatto. Aveva fatto venire in classe a parlarci uno scrittore del *New Yorker*, un autore di racconti; si è seduto per terra davanti alla classe e ci ha detto che quando scrive i suoi racconti, ognuno è una lettera d'amore a una persona. Una lettera d'amore che gli altri stanno solo sbirciando.» Cory si strinse nelle spalle. «Quando scrivo ci penso ancora, e la porta via.»

«Porta via cosa?»

«L'idea che dovrei scrivere per qualcun altro a parte me.»

«E quella persona.»

«Sì. E quella persona.»

«Chi sarebbe, la persona?»

Lei sorrise, senza rispondere. «Non perdere di vista il punto.»

«Giusto. Dimmi qual è il punto.»

«So che rimuginare su come sarebbero dovute andare le cose è il tuo passatempo preferito, ma a me non piace concentrarmi su questo. È uno spreco. E a dire il vero, mi sembra l'ennesimo ostacolo che ti impedisce di trovarla. Di aggrappartici.»

«A cosa?»

«Alla felicità.»

«Com'è che sono finito sotto processo?»

«Mi hai interrotto mentre mettevo su la tappezzeria.»

«Quindi tu non pensi mai alla vita alternativa?» Lui si strinse nelle spalle. «Quella in cui posso stare con te ogni giorno, e cresciamo insieme tutti i figli che abbiamo avuto in giro. E tu passi la giornata a scrivere in questa stanza, e la sera io ti porto il tè e mi siedo su quella sedia lì. E ti guardo lavorare.»

«La mia vita mi piace» disse lei. «E poi mi stai guardando anche adesso. E lo trovo piuttosto fastidioso.»

«Questa non è una risposta» disse lui.

Le scostò dal viso i riccioli folti. Le carezzò la guancia con le dita.

Lei si appoggiò a lui, alla sua mano. «Il tramonto sarà bellissimo, quando avrà smesso di piovere. Perché non vai a tenere un posto sulla scogliera? Quando ti troverò meno fastidioso, forse ti raggiungerò là.»

«Mi stai mandando in esilio? Sotto la pioggia?»

«Hai gli stivali.»

Gli baciò il polso, il bordo del palmo della mano. Poi si girò e risalì sulla scala.

Lui alzò la testa verso di lei. «Per quel che vale, sono felice» le disse. «Sono felice ogni volta che sono con te.»

«Buono a sapersi, ora esci.»

«Dico sul serio, Cory. Quanto tempo è passato? Quasi trent'anni ormai, e ancora non c'è niente che mi renda più felice di te.»

«Oh, ti prego. Fai sempre così, quando siamo qui insieme.»

«Be', perché è casa nostra.»

«Non è vero.»

Lui si avviò verso il portico e il tramonto, per darle quello che voleva. «In tal caso, appena te ne sarai andata, tirerò giù quella carta da parati.»

Cose che capitano ai *frequent flyer*

Sono in aereo, all'ultima fila.

Era l'unico posto disponibile per il primo volo in partenza. Sono seduta tra una mamma accanto al finestrino, che culla la sua bimba piangente, e un uomo dalla parte del corridoio che beve vodka liscia (alle otto del mattino) e lancia occhiatacce alla piccola, come se servisse a qualcosa.

«Magari aiuterebbe, se riuscissi a prendere il suo ciuccio di riserva» dice la mamma. «O meglio, la riserva della riserva. Gli altri sono finiti per terra.»

«Lo prenda pure, la tengo in braccio io» mi offro. «Spero che non lo trovi strano...»

Non faccio in tempo a finire la frase, che mi piazza la bambina tra le braccia. Me l'appoggio al petto e le cullo la dolce testolina, mentre la madre salta su dal sedile, mi scavalca e supera il tipo nel posto corridoio, che ovviamente non si tira indietro di un millimetro e nemmeno sposta le gambe per farla passare.

La donna prende il borsone dal bagagliaio superiore e cerca il ciuccio, quindi si rinfila al suo posto. Ma, come per miracolo, la piccola si è tranquillamente addormentata tra le mie braccia.

«Caspita» fa la donna. «Grandioso.»

«La fortuna della principiante.»

Tende le braccia per riprendere sua figlia, ma le leggo in faccia la paura che un minimo movimento la svegli.

«Sa, non mi dispiace tenerla in braccio mentre dorme. Se per lei va bene...»

«È sicura?»

Sorrido e inizio a dire di sì, quando interviene il nostro burbero vicino di posto: «Sì, la prego! Per l'amor del cielo. La tenga lei!»

Gli lancio un'occhiata. «Tutto sotto controllo. Ma grazie.»

Scuote la testa e distoglie lo sguardo. Allora mi rivolgo alla mamma.

«Va bene, davvero.»

La madre annuisce, toccando delicatamente la piccina sul braccio. «Grazie» dice con un sospiro; è la prima volta che tira il fiato, su questo volo.

Mi rivolge un sorriso riconoscente. «Lei ha figli, immagino.»

«Non ancora.»

«Ma ne vorrebbe?»

Annuisco. «Sì, ne vorrei.»

«Hmm. Ha trovato la persona giusta?»

«Forse l'ho appena persa.»

«Il discorso si sta facendo deprimente.»

Si lascia sfuggire una breve risata. Un po' troppo forte, forse – la voce della mamma, colma di promesse –, perché la piccola inizia a gorgogliare tra le mie braccia. La madre le appoggia una mano sulla schiena e lei torna a calmarsi.

«Il papà di questa piccolina sta facendo un po' fatica a adattarsi al ruolo di genitore, perciò vado a stare con mia sorella per qualche tempo. Per concedergli un po' di spazio.»

«Sembra un viaggio necessario.»

«Speriamo. Mia sorella è di gran lunga la persona più intelligente che conosca, e mi ha consigliato lei di prendere l'aereo. Dice che se stai cercando una risposta che non trovi, devi cambiare la domanda.»

Mi colpisce per quanto è vero. «Mi sembra di capire che sua sorella è un tipo abbastanza eccezionale.»

«Be', vive con cinque coinquilini e sono tutti disoccupati, quindi...» dice. «Un bell'assortimento.»

Sorrido, sistemando la bambina e cercando di farla stare comoda. «E adesso? Cosa pensa succedera?»

«Mi domando se la mia assenza gli darà uno scossone» risponde, scrollando le spalle. «Facendo scomparire i lati di lui che non riconosco.»

Annuisco. È un problema comune, no? I lati che non riconosciamo di una persona amata. Gli atteggiamenti che ci sembra di non poter comprendere, né accettare. Le mie domande di questi giorni, grandi e impossibili come sono, non ruotano forse intorno a questo tema? Mio padre e il suo comportamento inspiegabile. Le parti di lui che non ho mai conosciuto, che non ho mai voluto riconoscere. Cosa mi è sfuggito?

E poi, ancora: quale altra domanda dovrei porre, per avere un quadro più chiaro di ciò che è accaduto sulla scogliera quella notte, per approdare a una risposta migliore? Mi viene in mente Meredith Cooper: «Non ci sono domande strane, quando si è in lutto». E poi Jonathan: «È stato più che fedele». E Inez: «Amava tutti noi, come meglio poteva». E, infine, mia madre: «Oh, santi numi... Sembra quasi che tu non conosca affatto tuo padre».

Forse. Forse no. Forse il problema non è solo chi era mio padre. Forse dovrei chiedermi chi avrebbe voluto essere.

«Be',» fa la donna «ho parlato troppo, tocca a lei. Cosa

c'è di tanto urgente da spingerla ad attraversare il Paese su un volo *last minute*?»

«Come fa a sapere che è un last minute?»

«Posto centrale, ultima fila... Che le sta succedendo?»

Ma proprio in quel momento la bimba gorgoglia più forte, si sveglia di botto e mi osserva: una perfetta estranea, allora fa le manine ad artiglio per cercare di tornare dalla sua mamma e il pianto diventa uno strillare assordante.

«Come non detto» fa la donna. «Dovrà cavarsela senza di me.»

Il mare d'inverno racconta

A Windbreak, cammino sulla spiaggia.

Parto da Loon Point e mi avvio verso est, come se fossi quel jogger. Mi spingo fino alla proprietà dei Velasquez, poi torno indietro verso Windbreak, come hanno fatto i Cooper, e immagino la notte vista da questa posizione strategica. Osservo con attenzione il punto preciso in cui è stato scoperto mio padre, sulla sabbia alta, a meno di cinque metri dalla base della scala pericolante che porta su, alla sua proprietà. Alzo gli occhi a guardare la scogliera, osservo la scala dal basso, osservo il muro alto dei vicini e i bassi argini di pietra di mio padre.

Cerco di ricrearlo. Il modello. L'ordine cronologico.

Cosa è successo esattamente quella notte? Se qualcuno l'ha spinto, poi dov'è andato se non giù per questa scala, per finire a sua volta sulla spiaggia? Ha scavalcato lo steccato che separa Windbreak dai vicini? Sarebbe stato ripreso dalla telecamera. Anche se fosse uscito dal cancello principale di Windbreak, sarebbe stato ripreso. Sempre che qualcuno non fosse in grado di cancellare il video.

«Nora?»

Mi volto e vedo un uomo anziano con un berretto da baseball di Yale, baffi bianchi come i capelli che spuntano da sotto il berretto. Due grossi cani gli corrono intorno, in ampi cerchi.

Ha un'aria vagamente familiare ma non riesco a riconoscerlo, finché non si porta la mano al petto, a mo' di presentazione.

«Mi pareva che fossi tu!» dice. «Ben King.»

Gli sorrido, ricordando. È Ben, amico di mio padre dai tempi del college. La ragione per cui mio padre si ritrovò a Padaro Lane tre decenni fa. Colui che per primo gli mostrò Windbreak.

«Ben, ma certo» dico. «Scusami se non ti ho riconosciuto.»

«Tranquilla. È passato qualche annetto. Stavi per laurearti, mi pare.»

«Allora è ben più di qualche annetto.»

«Cominciano a galoppare, ormai.» Sorride, si stringe gentilmente nelle spalle. «Mi è dispiaciuto tantissimo per tuo padre. Spero che tu te la stia cavando.»

Arrossisce in un modo che ormai conosco bene. Ho notato che è molto comune, quando facciamo le condoglianze a qualcuno; come se nominare il lutto equivalesse a evocarlo, ad aumentare un dolore che altrimenti si potrebbe dimenticare. Per questo apprezzo molto la gentilezza di chi si assume il rischio e lo fa comunque.

«Ti ringrazio, davvero» dico.

«Ti fermi qui un po'?»

«Solo stanotte, credo.»

«Le ultime parole famose» commenta lui. «Questo posto fa in fretta, a catturarti.»

Gli sorrido, mi saluta con la mano e si incammina lungo la spiaggia. Raccoglie un rametto e lo lancia ai cani, che corrono avanti per acchiapparlo.

Lo guardo per un momento, quest'uomo così rilassato e contento. Non è così che voleva essere, mio padre? Un uomo non diverso da questo, uno che non sta a preoccuparsi per il prossimo pasto. In una casa sulla scogliera, spogliato della sua vecchia vita (la vecchia versione di sé stesso) ormai lontana alle sue spalle. Ma non si può dire che mio padre volesse essere questo, giusto? No, visto che ha amato con tanta intensità. No, visto che ha portato Joe con sé. E che è rimasto vicino a tutte le sue famiglie. E che è stato più che fedele.

No. La sua è una storia diversa. La storia di un uomo che ha tenuto duro, con la stessa forza con cui, al contempo, ha cercato di fuggire. Ma per arrivare dove? E all'improvviso mi viene in mente.

Cece. Cece si è stabilita qui, in questo mitico angolo di costa; non ha detto che suo marito è ancora qui, non tanto lontano da zio Joe? Non tanto lontano da mio padre?

Prendo il telefono e faccio una ricerca online sul suo ex marito. Davidson Salinger. Un registro di vendite immobiliari riporta il suo indirizzo: Sand Point Road. A cinque minuti di macchina da qui. Davidson Salinger, nato a Los Angeles e laureato a Yale dove ha conosciuto la sua prima moglie, Cece Kayne.

Yale. Non dovrebbe stupirmi. Cece ha detto di essere andata a scuola con mio padre, ma credevo parlasse del liceo di Midwood. Perché l'ho dato per scontato? Perché lei ha detto che abitavano vicini, da piccoli. Non ha detto anche questo?

Risalgo alla casa facendo due gradini alla volta, chiudo a chiave il cancello alle mie spalle e attraverso di corsa il giardino. Entrata in casa, mi chiudo dentro.

Si gela, e ancora non c'è la luce. Ho chiamato Clark perché passi ad accendere tutto. C'è un interruttore da sbloccare. Dovrò imparare a farlo da sola.

Ma di colpo non ho più voglia di aspettare. Vado in soggiorno, dritta alla libreria e tiro giù diverse cose dallo scaffale personale: qualche locandina, gli annuari, album fotografici. Porto tutto vicino alla finestra, alla luce e al caldo del sole del tardo pomeriggio.

C'è un annuario del suo ultimo anno a Midwood, uno con il marchio *Yale Banner*, dell'ultimo anno a Yale. Controllo prima l'indice del *Banner*, in cerca di qualche foto di mio padre. Non ce ne sono, a parte il ritratto dell'ultimo anno. Allora comincio a sfogliare gli album di foto. Su qualcuno c'è la data in copertina, e cerco quelli che possono riportarmi alla fine degli anni Settanta, quando lui stava terminando l'università.

Nel secondo album che sfoglio c'è una grande foto di gruppo. Vi appaiono diversi suoi amici, ma non Ben King, né altri che io riconosca a prima vista a parte mio padre, forte e giovane, le braccia conserte sul petto, l'ampio sorriso. E una somiglianza con Sam che mi fa trasalire.

Alla pagina seguente c'è un'altra foto di gruppo. Mio padre è al centro, circondato da vari amici. Qui riconosco due persone. L'ultimo a sinistra è zio Joe. E sulla destra, l'unica donna della foto: una giovane e bellissima Cece Kayne. È di fianco a mio padre, ma un'altra persona la cinge con il braccio. Forse è Davidson Salinger. Forse non lo è affatto.

In ogni caso, Cece si protende verso mio padre, anche se quell'uomo si protende verso di lei.

Tolgo la foto dall'album, fisso tutti i loro volti, li tengo in mano.

Stringo a me la foto, stringo lui, chiedendomi cosa sia la cosa che riesco *quasi* a vedere.

Diciotto anni fa

«Non voglio più parlarne...»

Cory e Liam erano al binario ventotto della Grand Central Station. Cory aspettava il treno delle 17.55 per Dobbs Ferry, dove lei e il marito erano andati ad abitare da qualche mese. Lui era docente ospite al college Sarah Lawrence, e avevano affittato una vecchia casa vittoriana per il semestre. A Cory piaceva moltissimo la casa e anche la strada, e pensava che forse avrebbero dovuto trasferirsi lì definitivamente. Lavorava un po' meno. Stava seguendo un corso serale di poesia. Stava per salire su quel treno per tornare in un posto che, al momento, la rendeva più felice di quanto non facesse Liam. A lui restavano tredici minuti per farle cambiare idea.

«Non succede niente, con Cece» disse.

«Oh, per piacere! Credi che m'importi di questo?»

Era abbastanza arrabbiata perché lui capisse che, almeno in parte, le importava, anche se non l'avrebbe ammesso. Né con lui, né con sé stessa. Cece era stata un pomo della discordia tra loro fin dalla prima volta che lei e Cory si erano incontrate, quando Liam era all'ultimo anno di università. Cece e Liam avevano frequentato lo stesso college fin dal primo anno, ed erano usciti insieme per un po', prima che Cory e Liam si riavvicinassero. Erano rimasti uniti. Solo amici, ma uniti.

Cory non era un tipo geloso, ma Liam aveva capito che Cece le dava sui nervi. Non solo perché era (probabilmente) la donna più bella che Cory avesse mai visto in carne e ossa, o perché Cece non nascondeva di provare ancora qualcosa per Liam, anche se aveva iniziato a frequentare qualcun altro. Il fatto era che Cece era stata sprezzante nei confronti di Cory, dimostrando di disprezzarla o di sentirsi minacciata, o entrambe le cose.

In sostanza, non era stata gentile. Né allora, né nei loro successivi incontri.

E proprio quel giorno, Cory era arrivata alla stazione in anticipo e aveva visto Liam e Cece che bevevano qualcosa all'Oyster Bar. Erano seduti un po' troppo vicini, e Cece si appoggiava a lui mentre sorseggiavano i loro Martini.

«Cory, mi ha fatto un'offerta per la società. Ho dovuto ascoltarla.»

«Quindi?»

«Quindi ho rifiutato.»

«Dovrei applaudirti per questo?» chiese lei.

«Certo che no.»

Cory scosse la testa. «Stai perdendo tempo.»

«Il suo?

«Il *mio*.» Lei lo guardò negli occhi. «Il mio tempo. Pensavo che non saresti tornato da San Francisco prima della prossima settimana.»

Il programma era quello. Liam stava inaugurando una proprietà non troppo lontana da Pfeiffer Beach, uno splendido, appartato rifugio con venti case sugli alberi a picco sull'oceano, da cui si godeva una vista impareggiabile di Keyhole Rock, dell'acqua e di quella costa frastagliata. E, cosa altrettanto importante, poteva fargli da nascondiglio. E in quel momento si stava proprio nascondendo, in molti

– troppi – modi. Il più ovvio: si stava nascondendo da Sylvia, la sua futura ex moglie, e dalla seconda famiglia che aveva deluso. Si stava nascondendo perfino da Cory. Vale a dire, da sé stesso.

«Ho cercato di contattarti appena sono atterrato» le disse. «Controlla il telefono.»

«Non ho intenzione di controllare il telefono. Se dici che hai chiamato, hai chiamato.»

«Sono venuto per la partita di Sam di domani. Si sono qualificati per lo State Championship. Non potevo perdermela.»

Lei rimase in silenzio, lo studiò, come per decidere se credergli. Questa era la parte peggiore.

«Noi non ci nascondiamo niente. Il patto è sempre stato questo.»

«Lo è ancora» precisò lui. «Se non ti ho detto di Cece è soltanto perché non è un argomento.»

«Perché, per essere chiari, non mi interessa se vendi a Cece» disse lei. «Però mi hai detto di non voler vendere a nessuno. Soprattutto a una società convenzionale come il gruppo Salinger, che prenderà tutto quello che hai costruito e lo trasformerà in qualcosa di irriconoscibile.»

«Lo so.»

«Non dovresti aver bisogno che te lo ricordi io. Non dovresti aver bisogno che te lo ricordi nessuno.»

Stava andando tutto per il verso sbagliato. Ma Liam non sapeva come frenarlo. C'entrava Cece, ma non solo. C'entravano tutte le scelte che aveva fatto di recente, durante gli ultimi sussulti del suo secondo matrimonio.

Il controllore invitò i passeggeri a salire a bordo e Cory si girò per andare. Lui le afferrò il braccio, cercò di fermarla. Ma lei non voleva.

«Perché non prendi il prossimo treno? Possiamo andare a sederci da qualche parte e parlarne?»

«Hai intenzione di dirmi la vera ragione per cui stavi bevendo con lei?»

«Cosa?»

«Si può dire di no al telefono, Liam. I telefoni servono a questo.»

Lui non obiettò. Che cosa poteva dire? Aveva ragione lei. Era il momento di ammetterlo. Una parte di lui, una piccolissima parte, aveva desiderato sapere cosa avesse da dire Cece.

Cory si strinse la borsetta alla spalla, si voltò e si avviò lungo il binario. Lui le prese il braccio. In fretta, per fermarla. Pelle contro pelle. Le accostò la bocca all'orecchio.

«Ti prego, non andare.»

Sapeva che lei avrebbe detto di no. Lo sapeva ancor prima che le uscissero le parole di bocca. «Non voglio perdere la lezione» disse lei. «E poi, non concluderemmo niente di buono...»

«Sto cercando di sistemare le cose» disse lui.

Lei cominciò ad allontanarsi. «Perfetto. Forse un giorno di questi la smetterai di cercare di sistemare le cose sbagliate.»

Troppo presto e troppo tardi

Sto guardando il tramonto dalla veranda sul retro quando Cece chiama.

Ascolto le onde, con una tazza di tè in mano. Non ho motivo di sentirmi in pace, eppure lo sono tanto che non sento subito il ronzio del telefono. Mi godo la luce soffusa e la musica di quelle onde, e penso a Jack. E vorrei che fosse qui con me, sapendo che si sentirebbe in pace anche lui. Penso di prendere il telefono e chiamarlo, ma ho la sensazione di non poterlo più fare. Non solo perché mi manca; non posso farlo, finché non avrò qualcosa di diverso da dirgli.

Quando il telefono squilla una seconda volta, però, per un attimo penso che sia davvero Jack. Ma compare un numero che non riconosco, con il prefisso 805 della California centrale. Dall'altro capo mi arriva la voce di Cece, con un timbro secco e ansioso.

«Spero di non disturbarti» dice. «Tuo zio Joe mi ha detto che eri a Windbreak.»

«E come faceva mio zio Joe a saperlo?»

Lei non risponde. «Pensavo che forse potremmo cenare insieme, domani. Parlare un po'.»

«Ci sarà anche lui?» le chiedo.

«In realtà non gli ho detto che ti avrei cercata» dice. «Speravo che potessimo parlare noi due sole...»

Sento bussare alla zanzariera. Alzo lo sguardo e vedo Clark sulla porta.

«Io vado» dice.

«Ehi, Cece, ti richiamo tra un attimo, okay?» Chiudo la telefonata e parlo a Clark. «Grazie di essere venuto.»

«Figurati. È bello che ci sia di nuovo qualcuno, qui.»

Gli sorrido, mi alzo e lo raggiungo alla porta. E infilo la mano nella tasca posteriore, con la voce di Cece ancora in testa. «Prima che tu vada, posso mostrarti una cosa?»

«Certo.»

Tiro fuori la foto di gruppo con mio padre e con lo zio Joe. Quella dove c'è anche Cece.

«Immagino, e capisco, che tu voglia continuare a mantenere la discrezione, ma… mio padre è mai venuto qui con questa donna?»

Sulle prime esita a prendere la fotografia, e si schiarisce la gola. Ma poi la guarda, osserva tutto il gruppo e si sofferma prima su mio padre.

«Caspita, quanto era giovane qui Liam» commenta.

«Lo so.»

«E somiglia tanto a tuo fratello.»

«Lo penso anch'io.»

Avvicina la fotografia al viso, la osserva bene. Poi scuote la testa.

«Ma la donna… Non mi pare proprio di riconoscerla.»

«Posso trovare una foto più recente, in rete.»

«No. Non occorre.» Mi restituisce la fotografia. «In realtà non l'ho mai visto con nessuno, qui. Con voi ragazzi, ogni tanto, ma il più delle volte vostro padre veniva da solo.»

Annuisco. «Già. Come pensavo.»

Clark tocca lo stipite della porta, fa scorrere le dita lungo il bordo. Poi fa per andarsene, voltandomi le spalle, e parla con voce appena percepibile.

«Parlava di te» dice. «Gli piacerebbe sapere che sei qui.»

«Grazie di avermelo detto.»

Abbasso gli occhi, grata, fin troppo grata, in realtà. Sentir dire che mio padre mi voleva qui significa fin troppo per me. Sentir dire che questa è una cosa importante.

«C'era solo una donna che veniva qui con lui.»

Torno a guardarlo, chiedendomi se ho sentito bene.

«Scusa?»

Gira la testa e mi guarda, alzando le spalle. «O almeno, io qui ho visto solo una donna. Nessun altro.»

Continuo a guardarlo, col cuore in tumulto. Non dice il resto perché non è necessario. Parla di una donna che non era una delle mogli di mio padre, una donna che non faceva parte delle sue famiglie, una donna che, immagina lui, non avrebbe dovuto essere qui.

Glielo leggo negli occhi. Non sa se mi ha raccontato di un tradimento o se ha fatto la cosa giusta… o entrambe le cose, in qualche modo.

«L'ho vista solo un paio di volte e non sapevo se fosse un'amica.»

«Sembrava un'amica?»

«Sì. E no.»

«Per caso sai come si chiama?»

Non esita. Ormai è arrivato fin qui, dunque lo dice senza esitare. «Cory. Me l'ha presentata come Cory.»

Cory. Non mi è nuovo, come mai? Era il nome inciso nell'armadio a muro. Cory & Liam. Ne sono sicura. Può essere la stessa Cory?

Clark batte la mano contro lo stipite della porta, come

per riprendersi da ciò che ha rivelato. Mi avvicino e gli tocco il braccio. «Grazie» gli dico.

Poi mi allontano da lui e vado verso il soggiorno, verso il bovindo e quella tappezzeria con gli uccelli, tutti gli album di foto, le locandine e gli annuari che ho già sparso sul pavimento e che non ho ancora rimesso a posto.

Cory & Liam.

Richiamo Cece, ma non risponde. Lascio un messaggio.

Poi prendo gli album più vecchi: tutte le foto che sembrano risalire ai tempi del liceo, o a prima.

E comincio a sfogliarli.

Undici anni fa

Fuori c'erano dodici gradi sotto zero.

Liam la stava aspettando all'angolo della strada. Il vento era ghiacciato, le raffiche di neve implacabili, ma finché non l'avesse vista, lui avrebbe aspettato. Era appena stato a bere con alcuni amici al St. Regis e si sentiva febbricitante per via del whisky e per la speranza di vederla presto. Sapeva quale metropolitana lei prendeva da Midtown a casa. Aspettò alla fermata vicino al suo ufficio.

Ed eccola, che gli correva incontro con il suo lungo trench e il berretto di cachemire fatto a maglia, i riccioli volanti che spuntavano, le guance arrossate dal gelo.

«Che diavolo stai facendo?» gli chiese. «Hai deciso di morire congelato?»

Ma di colpo gli sorrise. Un sorriso che gli penetrò sotto la pelle, facendogli dimenticare il freddo.

Le ricambiò il sorriso. «Ciao anche a te.»

«Sembri euforico.»

«Mi sei mancata.»

«Ci siamo visti.»

«Non abbastanza.»

Lei scosse la testa. «Com'è possibile?»

Negli ultimi tempi andava così, tra loro. Liam era quello che cercava Cory, e lei più che altro lo assecondava. C'erano delle ragioni: per Cory si avvicinava un importante anniversario di matrimonio, e lei e il marito stavano parlando di trascorrere un anno a Parigi. Avrebbero potuto lavorare entrambi da lì. E poi, soprattutto, avrebbero potuto lavorare al loro matrimonio. Cory non aveva detto a Liam che il vero scopo era questo. Non c'era bisogno di dirglielo. Avrebbero alloggiato nell'appartamento di un'amica nel sesto arrondissement, avrebbero trascorso giorni interi a La Grande Épicerie e sarebbero andati a Londra, così lei avrebbe potuto vedere gli spettacoli del West End. Con suo marito. Il quale avrebbe fatto tutto il possibile per cercare di tenersela.

Liam lo sapeva. Così come sapeva che non sarebbe stato per sempre. Certo che no. Ma, per un po', avrebbe significato che lui non sarebbe più rimasto ad aspettare al gelo fuori dalla metro, solo per farle una sorpresa.

Tirò fuori dalla giacca il depliant con l'immagine dei biglietti per *Goodbye amore mio!*. Era tornato in scena. Lei abbassò lo sguardo sul depliant che lui le aveva messo in mano: «Neil Simon», a caratteri cubitali.

«Non mi dire che l'hai fatto.»

«Posti in prima fila» disse lui.

«È il mio premio di consolazione alla vigilia del tuo terzo matrimonio?»

Lui rise. Che altro c'era da fare? Si stava per sposare un'altra volta. Forse l'ultima volta. Lei si chiamava Inez. Aveva diciotto anni meno di Liam, ma non era quello il punto. Il punto era che ufficializzare la relazione era importante, per Inez. Sua madre non stava bene. Inez voleva che fosse presente al loro matrimonio, finché poteva esserci, e lui lo sapeva. Sapeva anche che Inez desiderava davvero dei figli propri. Lui voleva fare ciò che contava per lei. Lei lo meritava. Sposarsi era la cosa giusta, per molte ragioni. Ma guardando Cory ora, faceva fatica a ricordarle.

«Mi perderò il matrimonio, mi dispiace» disse lei.

«Davvero?»

«Non proprio. Però la approvo, Inez. È troppo in gamba per te, a dire il vero.»

«Su questo siamo d'accordo.»

Lei lo prese sottobraccio. E sincronizzarono il passo, dirigendosi verso il teatro. Improvvisamente (e come al solito) era Cory a fare strada.

«Ciò non toglie che forse dovresti prendere in considerazione l'idea di piantarla con i matrimoni» disse lei.

«Non sei convinta che la terza volta sia quella buona?», chiese lui.

«Non esprimo giudizi.»

«Grazie al cielo non è vero.»

«Dico solo questo: hai deciso di farlo un attimo dopo aver scoperto che stavo per espatriare con la mia famiglia» disse lei. «Non che io voglia mettermi al centro del mondo...»

«Lo sei praticamente sempre, quindi...»

Gli sorrise.

«Sono stato sincero con lei, riguardo a te. Più sincero che potevo.»

«E dove sta il limite della tua sincerità? È questo, che mi chiedo.»

Gli appoggiò la testa alla spalla e lui la sentì fare quel suo piccolo sospiro. Una specie di sollievo. Una specie di felicità.

«Grazie per i biglietti. Oggi ne avevo bisogno.»

«Allora sarai felice di sapere che ho anche delle mentine Junior di contrabbando in tasca» disse lui. «Siccome so quanto odi arrivare mentre si alza il sipario.»

«Anche i Twizzlers?»

«Mi hai preso per un novellino?»

Lui tirò fuori dalla tasca del cappotto le caramelle rosse e le porse il pacchetto.

«Be'» fece lei. «Questa è ostentazione bella e buona.»

Non c’è lingua che non abbia senso

Mi addormento, sul pavimento.

Quando mi sveglio, sono congelata. Dev’essere notte fonda. Ho la pelle d’oca su tutte le braccia e le gambe. Mi scricchiola il collo.

Ho guardato tutti gli album di foto. Ho cercato nel suo annuario dell’ultimo anno. C’erano 630 ragazze diplomate quell’anno, ma niente Cory. Né femmina né maschio. Non me la sento di passare in rassegna gli altri tremila studenti della scuola, senza sapere cosa potrebbe aiutarmi a capire, se anche dovessi imbattermi in qualcuno di nome Cory.

Quindi mi alzo per rimettere gli album sullo scaffale, al loro posto, e sistemare tutte le sue cose che ho esaminato accanto alle fotografie incorniciate.

In quel momento lo vedo, ancora sullo scaffale. Un volume sottile. A cui è appoggiata una di quelle fotografie. Un volume sottile che stavo per trascurare.

Lo tiro giù dallo scaffale e fisso la copertina marrone. *Jabberwocky: The Midwood High School Literary Review.*

Comincio a sfogliare le pagine finché non arrivo all’indice. Sto cercando il nome di mio padre, un racconto che può aver scritto, o un saggio, qualcosa che spieghi perché ha conservato questa rivista.

Non trovo il nome di mio padre, ma vedo Joseph D. Goddard. Mio zio Joe, e un suo racconto intitolato *L'interbase.*

Mi fa sorridere l'idea che abbia scritto un racconto. È un fatto così inatteso che quasi comincio a leggerlo. Ma poi un altro nome cattura la mia attenzione.

Ci sono due pezzi (una poesia e un racconto) firmati da una tale Cordelia Ryan.

Mi soffermo sul nome, Cordelia. Si potrebbe abbreviare in Cory, no? Forse Cory è questa. Ma forse no, naturalmente.

Questo è il massimo che sono riuscita a ottenere stasera, perciò vado a pagina otto per leggere il suo racconto, che ha intitolato *I bambini vanno.*

Ma sotto il titolo c'è una nota. La inquadro. È una breve annotazione scritta a mano, tutta in minuscole. Salvo le sue iniziali. Le iniziali di mio padre.

LSN –
casomai non te lo dicessi dopo,
è tutto per te.

Sento il cuore battere all'impazzata mentre continuo a sfogliare la rivista. Fino al colophon.

Sfoglio finché non lo trovo. «Cordelia G. Ryan. Redattore capo.»

Sotto il nome c'è una fotografia. Una piccola foto in bianco e nero di una ragazza seduta su una panchina, che sorride all'obiettivo, gli occhiali con la montatura in filo metallico, l'abito a portafoglio e i capelli lunghi e ribelli. La faccia è piccola nella foto, i ricci le coprono troppo gli occhi. Devo accendere la luce per vedere meglio.

Ma la riconosco, quella faccia graziosa e familiare, ancor prima di aver premuto l'interruttore. La riconosco ancor prima di esserne sicura.

Grace.

TERZA PARTE

Un edificio ha almeno due vite, quella immaginata
da chi lo ha ideato e quella che vive
dopo la sua realizzazione, e non è mai la stessa.

REM KOOLHAAS

L’alba è diversa se vista da angoli diversi

Ed ecco che ricompaiono, così.

Istantanee. Pellicole mal sviluppate. Una narrazione che dondola tra gli alberi. Quelle cose (tante cose) di cui ti accorgi a malapena, perché non le stavi cercando. E perché diamine avresti dovuto cercarle?

Eri giovane. Pensavi a te stessa.

Hai otto anni e lei è al fianco di tuo padre, al tuo saggio scolastico; ne hai dodici e lei sta facendo un picnic con te e lui a Central Park, loro due sono sdraiati sull’erba e ridono. Loro due ridono, e non ricordi che tuo padre abbia mai riso così con qualcun altro. Hai quattordici anni, diciotto, ventidue. Nell’ufficio di tuo padre, nel *loro* ufficio, la voce di lei in sottofondo quando telefoni, il suo vestito azzurro vivo, gli occhi di lui che la sorvegliano.

Ne hai ventisette o ventotto. Cosa ti dice tua madre, dopo che vi siete imbattute in Grace e sua figlia Jenny a Brooklyn Heights? Cosa dice tua madre a Grace mentre le loro guance si toccano? «Ti voglio bene.» Cosa le sussurra tuo padre alla festa di compleanno di tuo zio Joe? Dopo che lei ti ha dato una stretta alla spalla e va verso di lui, verso di lui e zio Joe. Tuo padre che le tocca la mano quando lei gli si affianca: «Eccoti».

Era solo l’anno scorso. Dopo la morte di tua madre,

l'ultima volta che vedrai Grace. Sei con Jack quando la incontrate. Sta passeggiando in Midtown Manhattan con tuo padre. Lei col suo sorriso gentile. Lui con la sua felicità.

Cosa vedi quando giri la testa mentre loro si allontanano? Tornano a guardarsi negli occhi, e la mano di tuo padre le si posa sul fianco come fosse il suo approdo naturale.

Perché, a quanto pare, lo è sempre stato.

Per prima cosa chiamo Sam.

Il suo cellulare mi rimanda direttamente alla segreteria telefonica. Ancora non so cosa dire, quando il *bip* mi entra nell'orecchio.

Sam, chiamami. Sam, ho bisogno di te.

Poi chiamo Elliot. A New York sono quasi le nove del mattino. Probabilmente è già in ospedale, forse con qualche paziente. Ma in realtà non mi serve che lui confermi le conclusioni a cui sto arrivando da sola, le cose che deve aver cercato di dirmi senza dirmele. Le cose di cui ha parlato con mio padre durante la loro ultima cena insieme, ciò che Elliot intendeva per «etica», ciò che non poteva dire perché riguardava una sua paziente. Riguardava Grace. Ecco perché mio padre – il mio papà con il cuore spezzato – era così attaccato a Elliot, o almeno, questa era una delle ragioni: Elliot stava aiutando Grace. Forse indirettamente, come consigliere, ma comunque in veste professionale, da medico, tanto che la sua etica gli impediva di parlarne. Non poteva parlare con me di una persona che aveva seguito come se fosse stata una sua paziente.

Non poteva riferirmi quello che mio padre aveva continuato a chiedergli anche durante quell'ultima cena, quello contro cui stava ancora combattendo. Com'era stato possibile che il cuore di Grace cedesse una seconda volta, quando lo avevano sorvegliato così da vicino, quando avevano sorvegliato *lei* così da vicino? Mio padre non riusciva a smettere di ripensarci. E di tornarci su, ancora e ancora. Come se capire perché lei se n'era andata potesse semplificare le cose, potesse cambiare il fatto di averla perduta.

Elliot non risponde, la chiamata viene inoltrata alla segreteria telefonica. Nemmeno zio Joe risponde. Non lascio un messaggio a nessuno dei due. Riattacco e chiamo Jonathan.

Ora sono fuori, ai margini della proprietà, con il sole vivido all'orizzonte, una sottile striscia dorata.

«Nora» mi dice. «Cosa posso fare per te?»

«Si tratta di Grace?»

Lui tace. Ma – questo devo riconoscerglielo – non mi chiede di cosa sto parlando. Cordelia G. Ryan. Cory, Grace.

Jonathan non prova neanche a mentire. Guardo giù, la roccia bianca e l'acqua. Mi concentro sull'oro scintillante che inizia a illuminare il cielo, cristallino, sfrenato e pronto.

Mi concentro. Una sequenza temporale sta prendendo forma nella mia mente: la morte di Grace meno di un anno fa (otto mesi fa, ha detto Paul?), l'inesauribile tristezza di mio padre nel periodo successivo, il suo desiderio di lasciar perdere tutto (qualunque cosa gli ricordasse lei, compresa la società). Perché non darla a Cece, allora? Perché non darla via? Ma poi si è reso conto che non sarebbe servito a ritrovare ciò che aveva perduto, a riaggiustare ciò che si era rotto.

«È Grace, non è vero? Intendeva lasciarle la società.»

Tace per qualche istante, l'aria tra noi sembra più densa. «Decidiamo un'ora in cui tu possa venire in ufficio, okay? Ne parliamo di persona.»

«Voglio parlarne adesso.»

«Mi dispiace, ma devo richiamarti più tardi» dice. E riattacca.

Non lo biasimo. Ma nemmeno lo accetto.

Mi accingo a richiamarlo.

E così non sento i passi che si avvicinano alle mie spalle.

E così non sento che c'è qualcun altro, qualcuno che viene velocemente verso di me.

Finché non è proprio alle mie spalle, finché non potrebbe semplicemente darmi una spinta.

La sua mano mi tocca la schiena, facendomi sobbalzare. Il respiro mi si blocca in gola, un urlo mi si blocca in gola. E mi giro.

Mi giro e vedo mio fratello.

«Mi hai fatto prendere un accidente.»

«Scusami.»

Sam porta una felpa con cappuccio e vecchi jeans, scarpe da ginnastica Converse slacciate, tutto quello che ha addosso è stropicciato e scomposto.

«Ho preso il primo volo» dice. «Nessuno dovrebbe stare qui da solo.»

Lo sto già abbracciando. Lo sto già abbracciando stretto, come se fosse un'abitudine.

«È Grace» dico.

«Cosa è Grace?»

«Tutto.»

San Ysidro Road, strada di casa

L'ufficio satellite della Noone Properties sulla costa occidentale si trova nell'Upper Village di Montecito, una tranquilla enclave di Santa Barbara, non troppo lontana da Windbreak, non troppo lontana dal Ranch. L'ufficio si trova in una zona boschiva, al primo piano di un piccolo edificio in mattoni. La porta d'ingresso è coperta d'edera. La piccola sala d'attesa è piena di vasi di fiori. La vista delle montagne e delle cime degli alberi si insinua da ogni finestra.

Passiamo davanti alla receptionist ed entriamo nell'ufficio di Joe.

È alla scrivania e sta telefonando. Copre il ricevitore con la mano.

«Morireste, se mandaste un messaggio prima, voi due?» chiede.

«Voleva lasciarla a Grace?» chiede Sam.

Ma non è una vera domanda. Conosciamo la risposta. Metto la copia di *Jabberwocky* sulla scrivania di fronte a Joe.

«E questo che diavolo è?» chiede.

«Lo sappiamo, Joe» dico. «Sappiamo che c'era un legame, tra loro.»

Dice al telefono: «Dovrò richiamarti».

Riattacca e inizia a sfogliare la rivista. Scuote la testa,

come incredulo. Forse non riesce a credere che mio padre l'abbia conservata, forse non riesce a credere di averla davanti, ora.

Alza la testa, ci guarda e indica le sedie davanti alla scrivania. «Avanti, sedetevi.»

«Stiamo bene in piedi» rispondo.

«Allora dovrete restare in piedi per un po'. Se volete sapere tutta la storia...»

«Volevamo sapere tutta la storia la settimana scorsa» dico. «Volevamo sapere tutta la storia prima di sapere che ce n'era una da raccontare.»

«Avanti, ragazzi, sapete che non spettava a me parlarvene.»

«Ma certo, ti capiamo benissimo» fa Sam. «Era molto meglio lasciarci cercare di capire tutto da soli.»

Incrocia le braccia, arrabbiato. Ferito.

Joe guarda Sam negli occhi e sospira. Poi viene dal nostro lato della scrivania e si siede sul bordo.

«D'accordo» dice. «Cosa volete sapere?»

Tutto, vorrei dire. Dove è cominciato, cosa è successo poi, e come è finito qui.

«Stavano insieme al liceo?» chiedo. «Grace e papà?»

«Definisci *insieme*.»

«Definiscilo tu.»

«Okay, be', prima Grace usciva con me» dice. «Per pochissimo tempo.»

«E poi hanno cominciato loro?»

Annuisce. «Per molto più tempo.»

«Ma tu lo sapevi?» domanda Sam.

«Di loro due? Certo. Più o meno da cinquant'anni.»

«Quindi avevano una relazione?» chiedo. «L'hanno avuta per tutto questo tempo?»

Scuote la testa, come se non volesse rispondere. Come se non volesse dire nulla che potrebbe darmi un dolore. Perché cosa significherebbe, in relazione ai sentimenti di mio padre per mia madre? E per estensione, cosa direbbe sui suoi sentimenti per me?

Ma, chissà perché, le cose non sembrano collegate, come se il cuore della storia fosse un altro: qualcosa di triste, crudo e preciso.

Sam si strofina gli occhi, stordito. «Quindi papà ha sempre voluto lasciare la società a Grace?» chiede. «Per tutto il tempo?»

«Sì.»

Joe lo dice senza rammarico e attende che Sam mandi giù la notizia. Mi giro a guardarlo e mi aspetto di vedere dolore, sul suo volto. Invece sembra che la stia metabolizzando. Con una specie di sollievo.

«Dovete capire, tra vostro padre e Grace... è una lunga storia.»

«Questo ci è chiaro» dice Sam.

«L'ha portata alla Hayes poco dopo aver preso il comando, io ero entrato in azienda da poco. Era appena tornata dalla California e doveva essere una cosa temporanea. Ma quando è entrata, è stato subito evidente che non sarebbe stato così.»

«Perché?» chiedo.

«Vostro padre sapeva benissimo come voleva che fossero questi alberghi. Era una nicchia a cui fino ad allora nessuno aveva reso giustizia, e lui aveva la visione. Ma quando si tratta di sviluppare l'attività, in modo che ogni proprietà abbia successo autonomamente, è tutta una questione di messaggio. E Grace... era una narratrice, sapete. E capiva come generare quel messaggio. Probabilmente lo capiva meglio di vostro padre. Di certo, lui ne era convinto.»

Si interrompe. E io penso a quello che mi ha detto Sam in macchina: quanto sembrava vivo mio padre, al lavoro. E comincio a mettere a fuoco il perché: non era semplicemente quello che doveva fare lì, ma anche *con chi* doveva farlo.

«Tutto questo, per dire che lei era davvero brava nel suo lavoro. Non solo il marketing, ma il branding, la comunicazione, tutto quanto. E ha anche fatto diventare più bravo Liam.»

«Allora quando l'hai scoperto?» vuole sapere Sam.

«Che cosa?»

«Quando hai scoperto che voleva lasciarle la società?»

«Ufficialmente? Forse cinque o sei anni fa. Più o meno a quell'epoca, ma l'ho sempre pensato.»

«L'hai pensato?» dice Sam.

«Sì, Sam. L'ho pensato. Ve l'ho spiegato, lui aveva bisogno di lei. Detto così sembra un sistema binario, che funziona in un senso solo. Ma non è vero: funzionava in entrambi i sensi. Questa cosa… la facevano insieme. Perciò ho sempre saputo che vostro padre avrebbe voluto così.»

«Ne sei sicuro, Joe?»

«Dove vuoi andare a parare, ragazzo?»

«Papà non è semplicemente caduto, quella notte» dice. «La notte in cui è morto.»

«Che stai dicendo?» Ci guarda entrambi, afferrando il senso di quelle parole. «Pensate che qualcuno lo abbia ucciso? È questo che stai dicendo?»

Poi stringe gli occhi, sentendo anche quello che Sam non ha detto.

«E pensate che io c'entri qualcosa?»

«Non lo so, Joe» dice Sam. «Tu hai dato tutto a questa società, e non sarebbe mai stata tua, e forse questo ti ha fatto arrabbiare. Sapere che non l'avresti mai avuta. Che lui voleva darla a una donna che prima usciva con te...»

«Oh, ma non scherziamo. Sapevo che il suo piano era questo. E sapevo di loro da cinquant'anni. Sempre. Sai quante ragazze ho avuto al liceo?»

«Quindi è solo una coincidenza che tu abbia cercato di convincerlo a vendere la società alla tua attuale fidanzata?»

«Io non c'entro niente. Ha fatto tutto vostro padre. Non voleva andare avanti, senza Grace. Non voleva fare praticamente niente, senza di lei. Io non l'ho scoraggiato, ma aveva bisogno di una soluzione facile, dopo la morte di Grace. Aveva bisogno di chiudere quel capitolo. E Cece non vedeva l'ora. Aveva sempre voluto la società. Volete sapere se ho fatto da intermediario? Certamente. Su richiesta di vostro padre.»

«E non ti sei arrabbiato, quando all'ultimo minuto ha rifiutato di vendergliela?» chiede Sam. «Facendoti perdere la tua ultima occasione di diventare il boss?»

Joe si alza e viene a piazzarsi dritto davanti a Sam, a pochi centimetri dalla sua faccia. Sam si avvicina a sua volta, finché i nasi quasi si toccano; Sam stringe il pugno, zio Joe gli afferra il polso.

«Vaffanculo, ragazzino.»

Mi metto in mezzo e appoggio una mano sul petto di ciascuno, per separarli.

«Ragazzi, piano» dico. «Diamoci una calmata.»

Sam mi guarda e si tira indietro. Zio Joe sta ancora scuotendo la testa, ma si calma anche lui.

Torna a sedersi sul bordo della scrivania e si sporge verso Sam.

«Ascolta» dice Joe. «So che è dura da mandar giù, ma non aveva a che fare con te, con Tommy, con le vostre capacità. Niente di tutto questo. Lui... non poteva, e basta. Tutto quello che ha fatto, è stato per lei. Questa era l'unica cosa che poteva fare insieme a lei ogni giorno. E non è riuscito a continuarla da solo, dopo averla persa. L'unica cosa che vostro padre non ha trovato la maniera di fare, in tutta la sua vita, è stare senza Grace.»

Si interrompe, ci guarda entrambi. E io avverto il dolore che dev'esserci stato per mio padre – per lui e per Grace – quando stavano insieme e non erano insieme. Perché si fa una scelta del genere? Ma non ho bisogno davvero di una risposta: le ragioni per cui ci si allontana dalle persone amate, a volte, sono le stesse per cui ci si vorrebbe avvicinare.

«In sostanza, alla fine ha deciso che non era giusto. Ha deciso che tu e tuo fratello meritavate la vostra occasione di farne ciò che volevate.»

«O forse no. Forse è solo che non aveva più tempo» dice Sam. «Perché altrimenti avrebbe chiamato Cece, la notte in cui è morto?»

«Be', è possibile. Ma sembrava convintissimo della sua decisione. E poi c'era una spiegazione molto più semplice.»

«Cioè?» vuol sapere Sam.

Rispondo io per lo zio Joe: «Cercava di mettersi in contatto con te».

Joe annuisce. «Cercava di mettersi in contatto con me. A casa di Cece il segnale è scarso, per i cellulari. Deve aver provato a contattarmi per qualcosa.»

Si rivolge a me.

«Forse avrei dovuto raccontarvi tutto» dice. «Di sicuro Cece era convinta che avrei dovuto. Ma non me la sentivo, sinceramente. Non sapevo come avremmo potuto dirvelo e al tempo stesso proteggere le cose che lui non voleva raccontare, credo...»

Gliela leggo negli occhi, la sofferenza. E in un attimo capisco quello che nostro zio Joe ha cercato di fare fino alla fine: proteggere nostro padre. È quello che cerca di fare ancora adesso, nell'unico modo che conosce.

«Ce l'hai tu» dico.

«Che cosa?» fa Joe.

«Il suo cellulare.»

Sostiene il mio sguardo per un minuto, senza replicare. Ma poi fa il giro della scrivania, apre il cassetto più in basso e tira fuori un cellulare.

«Quando sono andato a Windbreak, il mattino dopo, l'ho trovato in camera da letto» dice. «Vostro padre e Grace si erano tanto sforzati di nascondere la loro relazione, di tenersela solo per loro. Non volevo... Mi è sembrato il minimo che potessi fare per aiutarli a mantenere la discrezione.»

Gira il telefono per mostrarci lo sfondo dello schermo. Mi trovo di fronte un'immagine di Windbreak, la vista dalla veranda della casa. Il sole che tramonta sull'oceano, il bordo della sua poltrona preferita. È il telefono di mio padre. Di nostro padre.

«Prendilo. Pensi che io stia nascondendo qualcosa, è chiaro, perciò prendilo. Esamina tutto. Guarda tu stessa.»

Fa per consegnarmi il telefono ma lo respingo con un gesto della mano. Non ho nessuna intenzione di guardarlo adesso. Non voglio vedere ciò che mio padre cercava di tenere per sé solo. E per lei.

Ma Sam, a quanto pare, la pensa diversamente. Mi trafigge con uno sguardo e toglie dalla mano di Joe il telefono di nostro padre.

«Lo prendo io, grazie.»

Guardo il cellulare tra le mani di Sam, l'immagine di Windbreak come sfondo.

«Cercherò di dimenticare quanto è offensivo il sospetto che avrei potuto fare del male a vostro padre» dice Joe. «So meglio di chiunque altro quanto sia facile scambiare il lutto per colpa.»

Torno a guardare Joe: le sue parole si fanno strada in me. Scambiare il lutto per colpa. Non ha torto. È stato facile convincersi che zio Joe avesse una qualche colpa, fraintendere il suo comportamento e considerarlo sospetto, fraintendere la sua tristezza prendendola per rimorso.

E quando sei in lutto, nella tua tristezza si annida la colpa, no? La colpa dimora lì, come un malaugurato effetto collaterale di quello che non hai fatto. Non hai salvato la persona che conta di più.

«Ma lo credi anche tu?» domanda Joe. «Che quella notte sia successo qualcosa?»

Lo guardo negli occhi e una nuova chiarezza mi invade.

«Sì» rispondo.

Ed è la verità. La composizione dei vari elementi non mi dà tregua, la sento sempre più vicina. Mi tornano in mente le parole di mio padre. La nostra prima notte a Windbreak insieme, su quella scogliera insieme. «Windbreak non appartiene solo a me.» E in questo istante ci arrivo.

«Joe, e di Windbreak cosa ci dici? Voleva lasciare a lei anche quello, inizialmente? Voleva che andasse a Grace?»

Lui annuisce. «Molto tempo fa. Ma fin da quando ne ho memoria, è sempre stato destinato a te.»

«Perché?»

«A Grace non piaceva stare lì senza di lui, non più di quanto a lui piacesse stare lì senza di lei.» Si stringe nelle spalle. «E tuo padre sapeva che chiunque altro lo avrebbe venduto. Ha pensato che tu non l'avresti fatto. Ha pensato che tu forse avresti saputo che cosa farne, avresti saputo costruire qualcosa che sia bello quanto è bella quella terra.»

«Ti ha detto questo?»

«Sì. Mi ha detto questo.»

Annuisco, e un ricordo riaffiora. Quel discorso con mio padre, uno dei nostri ultimi, quando voleva che venissi a Windbreak con lui, quando ha chiesto il mio parere sulla ristrutturazione della proprietà. «Sto cercando di fare qualche cambiamento.» Ora so perché all'improvviso voleva il mio parere: voleva che mi appassionassi a Windbreak, che cominciassi a considerarlo mio. Perché quello era stato il suo posto con Grace. E ora che Grace non c'era più, anche Windbreak era diventato meno importante.

In un colpo solo mi invade, in tutta la sua ampiezza, ciò che ho dovuto apprendere. E ogni pezzo va al suo posto. Gli indizi si collegano, si intrecciano in strati intricati, girano intorno alla loro forza unificante. Grace.

Grace, Cory. Il prima di mio padre, e il suo dopo. La persona che più di tutte voleva con sé a Windbreak. L'unica persona con cui ha sempre voluto restare. Quanto è riduttivo, eppure quanto è vero. Come se lui fosse l'unico a poter rivendicare una simile volontà.

A questo punto mi rendo conto che c'è qualcun altro, un'altra persona che voleva rivendicarlo. Rivendicare l'amore che avevano costruito, quello che contava di più. Perché se si può scambiare per colpa il dolore del lutto, si può fare anche il contrario.

Si può pensare che la colpa sia dolore.

E io l'ho visto sul volto di un'altra persona, no? Era colpa. Si sentiva in colpa per ciò che aveva desiderato.

Si sentiva in colpa per il luogo in cui lo aveva condotto.
L'ultimo luogo in cui avrebbe dovuto trovarsi.
L'orlo di una scogliera.
Una scogliera, un amore, un ultimo addio che, nonostante l'anello che ancora portava al dito, non gli sarebbe appartenuto.
Guardo mio fratello. «So chi c'era con lui quella notte.»

Cinque anni fa

«Credo tu debba saperlo, la lascio a te.»

Erano in ufficio, a tarda sera, con le vaschette del take-away cinese e una bottiglia di birra Sam Adams Utopias, regalo spedito da qualcuno a Liam. Per tutti gli altri – Jonathan, Tommy, gli assistenti – la giornata di lavoro era già terminata da un pezzo.

Joe non era proprio venuto, quel giorno. Festeggiava ancora il suo compleanno. Era la terza sera: la prima con la figlia Diana, la seconda alla festa al Perry St che Liam aveva organizzato per lui e adesso (la terza sera) era da solo con la donna che aveva iniziato a frequentare. Joe non ne parlava volentieri, ma erano decenni che non provava certi sentimenti per una donna. Si era separata dal marito da poco. E Joe temeva non fosse pronta a separarsi definitivamente. Liam sapeva che si trattava di Cece, anche se Joe non voleva ancora parlarne. Ne avrebbe parlato quando la faccenda fosse diventata più solida e stabile, forse. Al momento giusto.

«Che cosa hai detto?»

«Ho detto che la lascio a te.»

Cory posò le bacchette e lo guardò. «Non te l'ho chiesto.»

«E che bisogno avresti avuto di chiederlo?» disse lui.

«L'ho costruita con te. Ed è solo grazie a te se è diventata quello che è. Appartiene a te tanto quanto a me.»

«Oddio, se fai questo...»

«È già fatto. Sarai socia di maggioranza, nominata amministratore delegato e presidente del consiglio di amministrazione. Ti sto solo informando.»

«I tuoi ragazzi daranno di matto.»

«Staranno benone. Saranno soci di minoranza e avranno un posto al tavolo. E ovviamente, quando andrai in pensione, spero che prenderai in considerazione l'idea di farli subentrare. Ma questo dipenderà da te.»

Lo costrinse a guardarla negli occhi, per farsi ascoltare. «Se fai questo, Liam, in un modo o nell'altro saremo smascherati» gli disse. «Lo sai bene. Tutti si faranno domande.»

Lui la osservò. «E tu lasciali fare.»

«È facile per te dirlo.»

Liam non sapeva se fosse facile, ma capiva il punto di vista di Cory. Lui e Inez erano già separati. E per quanto sembrasse banale, era la cosa migliore per entrambi. Erano più uniti adesso di quando fingevano di essere una coppia che non aveva mai funzionato davvero. Lui era contento che il tempo trascorso insieme avesse chiarito a Inez quel che davvero desiderava, mentre a lui aveva chiarito che esisteva solo una stanza in cui si sentisse realmente a casa: questa, con Cory.

«E tu?» le chiese. «A te creerà qualche problema?»

La guardava dritto negli occhi, aspettando. Lei iniziò a dire qualcosa, ma poi si fermò. Paul trascorreva sempre più tempo in California, la California del Sud, che a lei piaceva di più, come lui sapeva. Parigi non aveva risolto il problema, se speravano che qualcosa al di fuori di loro potesse risolverlo. Erano ancora amici. Buoni amici. Ma più che altro era lui a essere un amico per lei. E Cory non intendeva parlare dell'argomento con Liam, non voleva neppure sfiorarlo. Liam sapeva che non ne avrebbe parlato, finché anche Paul non avesse accettato la cosa.

«No. Non è questo che mi preoccupa» disse lei. «Non esattamente.»

«Allora è deciso.»

Lei piegò il capo, riflettendo. «Forse dovrebbe offendermi il fatto che per tutto questo tempo nessuno abbia avuto dei sospetti. Magari sarà anche perché ti sei dato parecchio da fare a sposare altre donne.»

«Chi può sapere chi ha avuto dei sospetti? Joe un'idea ce l'ha, di sicuro.»

«Be', direi di sì.»

Lei gli sorrise. E lui ci viveva, per quel sorriso. Per come le cambiava gli occhi, la pelle.

«Perché me lo stai dicendo ora?» chiese lei.

Lui non lo sapeva con certezza. Potevano esserci varie ragioni. La fine del matrimonio numero tre, il compleanno prolungato di Joe, l'aver bevuto troppa di quella birra costosa a stomaco vuoto. Tutte queste, o nessuna.

«L'ho tenuto segreto per più di trent'anni. Forse è sufficiente.» Scrollò le spalle. «E poi non sto ringiovanendo.»

«Andiamoci piano. Hai solo due anni più di me...»

«Due anni e mezzo» precisò lui.

«Il punto è che non so quanta sicurezza possa darti, mettermi al comando.»

Lui scosse la testa. «Non ha importanza.»

«Che cosa?»

«Se ti succede qualcosa, per me è finita» disse lui. «Io chiudo baracca.»

Lei sorrise. «Davvero?»

«Davvero.»

Lui annuì, improvvisamente serio. Gli occhi intensi e dolenti. «Non ho nessuna voglia di stare senza di te.»

«Mio caro, il discorso si sta facendo piuttosto pesante per un martedì sera.»

«Di cosa vorresti parlare?»

«Non voglio parlare di niente» rispose lei. «Ho fame, e vorrei mangiare in pace prima di mettermi al telefono con le Hawaii. Credo che non potremo fare a meno di andarci la prossima settimana, ma Sam sta facendo un buon lavoro.»

Lui sospirò. «Certo. Non sono ancora convinto che dovrebbe farlo lui, quel lavoro. Ma è un discorso che non vuole affrontare.»

«Forse sarà il tempo a dirlo, in un modo o nell'altro...»

«Forse.»

Liam prese la birra e iniziò a versarne un po' a ciascuno. Ma lei gli fermò il braccio e lo guardò negli occhi.

«Per la cronaca, nemmeno io ho voglia di stare senza di te» disse.

«E il cronista dov'è?» disse lui.

«Finisci di versarmi la birra e forse te lo dirò.»

New York City sente la tua mancanza

Quando atterriamo a New York, andiamo dritti a casa sua.

Ecco il portone barocco, l'androne color acciaio, il portiere che ben conosco. Sta aiutando un'inquilina a ordinare la cena. Ci saluta con la mano mentre passiamo.

«Sei sicura di volerlo fare così?» chiede Sam.

«No» rispondo.

Ma stiamo già prendendo l'ascensore. Stiamo già salendo.

Paul apre la porta. È in felpa e pantaloni cargo. Scalzo. Pensa di essersi lasciato alle spalle questa giornata. È a casa, dove si sente al sicuro, con un bicchiere di bourbon già in mano.

«Sappiamo che eri tu, Paul.»

Glielo dico senza nemmeno lasciargli il tempo di salutarci.

«Ero io a far cosa?»

«Sappiamo che c'eri tu sulla scogliera, quella notte» dico.

Paul mi guarda, poi guarda mio fratello, poi ancora me. Sembra sinceramente sorpreso. Sinceramente confuso. E per un momento, per un ultimo dolce momento, credo ancora di essermi sbagliata. E quando ho mandato a Meredith Cooper un messaggio con una foto di Paul, forse si è sbagliata anche lei a credere che fosse il jogger sulla spiaggia. E forse si è sbagliato zio Joe sul fatto che Paul possieda una casa a Malibù, su a Point Dume, dove passa almeno metà del suo tempo.

Per un ultimo istante mi sforzo di credere che i segnali che mi hanno condotto qui avrebbero invece dovuto portarmi da tutt'altra parte. Che tra poco dovrò porgere infinite scuse a Paul. E andarmene a casa.

Ma poi mi accorgo che gli sta tremando la mano. La mano che tiene il bicchiere. La mano su cui porta ancora la fede nuziale.

«Adesso sta a te decidere. Possiamo andare dritti alla polizia e lasciare che facciano loro» dico. «Oppure puoi farci entrare.»

Tace. Abbassa gli occhi.

Poi, lentamente e all'improvviso, si scosta per farci passare.

«Dovete capire» dice Paul. «Niente di tutto questo è partito da me.»

È così che inizia. Siamo seduti su divani di pelle uno di fronte all'altro. Sam è in piedi vicino alle finestre, le grandi finestre, da cui si vede Manhattan in lontananza. Non ha detto una parola da quando siamo entrati, da quando si è trovato faccia a faccia con Paul. So che sta spremendo ogni goccia di energia per cercare di rimanere calmo. Un'energia che arriva fino a me, dall'altra parte della stanza. Cerco di tranquillizzarlo da qui. Incrocio il suo sguardo e gli chiedo, in silenzio, di fidarsi di me. Lo vedo prendere fiato e torno a guardare Paul.

«Ho conosciuto Grace quando eravamo alla scuola di specializzazione. Lei studiava scrittura creativa e io prendevo un master in fotografia. Ma lei coabitava con un paio di amiche del mio corso, quindi durante il primo anno mi capitava di vederla in giro. In realtà ci eravamo presentati un po' di volte, e lei non si ricordava mai di me, probabilmente è stato questo ad attirare la mia attenzione...»

Non dice il resto: che quando lui entrava in una stanza, quasi tutti si ricordavano di lui. E invece eccone una a cui importava meno di zero.

«Comunque, una sera, io e il mio amico stavamo bevendo nel soggiorno, non era neanche tardi, tipo le otto e mezzo, e Grace ha fatto capolino dalla camera da letto e ci ha detto di andare a far baldoria altrove. Parlava con tutta calma, ma sul serio. E io ero già cotto. Cioè, innamorato fradicio. Strano motivo per innamorarsi, forse. Ma non aveva importanza. A lei non interessava, e me lo disse chiaro e tondo, così diventammo amici. Finché non è tornata a New York per prendersi cura dei suoi, e ci siamo persi di vista...»

Si schiarisce la voce.

«Ma poi, quando sono arrivato a New York, ci siamo riavvicinati. Lei era cambiata. Più adulta. O forse questa non è la definizione giusta: è sempre stata piuttosto adulta. Ma sembrava più a suo agio nella sua pelle. Ormai lavorava con vostro padre ed era felice. Amava il suo lavoro, o il fatto di lavorare con lui, o entrambe le cose. E abbiamo cominciato a passare del tempo insieme. Io sapevo, lei non ha mai mentito, mi diceva che il suo rapporto con vostro padre era... complicato. L'ho presa come una sfida? Spero di no. Ma non lo so.» Tace per qualche istante. «Io l'amavo e basta. E forse ero convinto di essere meglio di lui, per lei. Come poteva non essere così? Le offrivo tutto me stesso. Ma ho avuto una bella faccia tosta a pensare che si possa applicare questo tipo di logica all'amore. Che la logica c'entri qualcosa.»

Lo guardo.

«Quello che voglio dire, credo, è che non biasimo Grace. Sarebbe ingiusto incolparla. Ci sono entrato con gli occhi aperti. Sapevo. Pensavo solo che alla fine avrei guadagnato qualcosa di più, dalla fedeltà che le dedicavo. E a volte sembrava vero. Quando ci siamo reciprocamente impegnati, i parametri della relazione con lui sono cambiati. Almeno per un po', credo che lei abbia modificato i termini. Ma il loro modo di stare insieme non è mai cambiato. Il modo che aveva lei di guardarlo. Quindi, non so... Cosa significa essere fedeli, se comunque ami un altro? La fedeltà non ha la meglio sull'amore, in fin dei conti.»

Lo sento nelle viscere, nell'anima, il dolore che ha dovuto elaborare quando è finito dalla parte perdente di una storia d'amore non sua.

«Cosa è successo quella notte, Paul?» lo incalza Sam.

«Nel suo testamento, Grace aveva chiesto... Aveva chiesto che le sue ceneri fossero sparse a Windbreak. Io continuavo a rimandare.» Fa un respiro profondo. «Eravamo separati, alla fine. Quando ha avuto l'infarto, la cosa si è complicata per un po'. Ma è giusto dire che negli ultimi anni siamo stati quasi sempre separati. Eravamo ancora amici. Buoni amici. Alla fine, siamo tornati come all'inizio...» Riflette. «Ma questo ha reso il lutto, e anche solo il pensiero del lutto, ancora più complicato. Tutto questo per dire che mi ci è voluto molto tempo prima di decidermi ad andare a Windbreak. Per onorare finalmente quel desiderio.»

Mi guarda.

«Il dolore del lutto fa cose folli» dice. «Questa non vuole assolutamente essere una scusa.»

«È un semplice fatto» commento io.

Lui annuisce. «È un semplice fatto.»

«Come sei entrato?» chiede Sam.

Ci giriamo entrambi verso di lui, fermo accanto al davanzale della finestra, come ricordandoci solo ora della sua presenza. Ha gli occhi arrossati, umidi.

«Le scale dalla spiaggia. Grace mi aveva fatto passare di lì una volta, molto tempo fa. Aveva anche scritto il codice. Era insieme alle sue istruzioni nel testamento...» Si interrompe, riprende. «Vostro padre non avrebbe dovuto essere lì. Avevo deciso di andarci proprio per questo. Avrebbe dovuto partecipare a un evento per Inez. Lo sapevo perché avevo ricevuto anch'io un invito da lei. Ha confermato che vostro padre avrebbe partecipato. Se controllate in ufficio, vedrete che ho fatto quella telefonata.»

Annuisco, sapendo che è vero. Ce l'aveva detto Inez. Nostro padre aveva deciso all'ultimo istante di sfilarsi, e di prendere un aereo per raggiungere il suo posto preferito.

«Avevo appena finito di spargere le sue ceneri quando lui deve avermi visto. Mi è arrivato alle spalle. Mi ha spaventato. E ci siamo messi a discutere. Non perché ero lì, non proprio. Non era sorpreso di trovarmi lì, quando gli ho spiegato il motivo. Ma sembrava così... a pezzi. Mi ha fatto incazzare. Ero incazzato nero. Quando eravamo giovani, ce l'avevo a morte con lui perché non aveva scelto lei. Non ho mai capito perché non abbia mollato tutto per stare con Grace. Forse lei non la vedeva così, ma io ho sempre avuto la sensazione che lui non l'abbia mai davvero scelta. Come suo unico amore. Che andasse a farsi fottere! Ma poi, quella sera lì con lui, ho capito che mi sbagliavo.»

«Su che cosa?»

Scrolla le spalle. «Lui le è stato fedele» dice. «Era legato a lei tanto quanto lei a lui.»

Distoglie lo sguardo. E io comincio a figurarmi la scena. Una notte piovosa. Un uomo che sale quei gradini due alla volta per arrivare nell'ultimo posto in cui vorrebbe trovarsi. Eppure, eccolo lì. Perché voleva onorare l'ultimo desiderio di sua moglie. Spargere le sue ceneri là dove lei voleva che fossero. Suo malgrado. Perché lui sapeva ciò che non aveva mai voluto ammettere, ciò che aveva sempre saputo: sapeva qual era il posto di Grace.

«Abbiamo discusso un po'» dice Paul. «Non ricordo nemmeno cosa ci siamo detti esattamente. Lui si è arrabbiato vedendomi lì, senza preavviso. Io ero incazzato perché lui non avrebbe dovuto essere lì. Perché non potevo fare neppure quell'ultima cosa senza che ci fosse lui sullo sfondo. Ci ho passato tutta la vita, con quell'uomo sullo sfondo... Ma mi sono girato, stavo per andarmene. Volevo solo lasciarmi alle spalle quel posto. E allora vostro padre... mi ha chiamato. Penso volesse cercare di scusarsi, dare un segno di pace. Mi ha detto che Grace mi voleva molto bene. Come se avessi bisogno di sentirlo da lui... Ma evidentemente ne avevo bisogno davvero, perché mi ha demolito. Mi ha raso al suolo. E sono tornato sui miei passi.»

Scuote la testa, con una risata incredula. Sam si allontana dalla finestra e si avvicina a noi, a me. Come se sapesse che dobbiamo stare uniti, ora, per sentire ciò che dirà.

«Continuo a ripensare alle sue parole. Parlava pianissimo, perché non si stava rivolgendo davvero a me. Ma aveva bisogno che qualcuno sapesse. E lei non poteva più sentirlo. "Non so come fare a stare senza di lei", ha detto. Ed è stata la cosa peggiore. Il dolore. L'insensatezza di tutto quanto... e io... mi ha sbilanciato, capite? Per tutti quegli anni ero stato convinto che la colpa fosse sua. E non poterlo più incolpare era peggio, in un certo senso. Allora l'ho spinto. Sì, l'ho spinto io. Ma non avevo intenzione di buttarlo giù. Non volevo ucciderlo. Non volevo...»

Paul si passa le mani sulla faccia bagnata di lacrime. Cerca di fermarle, sente di non avere il diritto di versarle. Ma non ci riesce. Piange così forte da non riuscire più nemmeno a parlare.

Sam si allontana da lui, e anche da me, con le nocche bianche per quanto sta stringendo i pugni. Sta per piangere anche lui: vedo che cerca di resistere, ma le lacrime di rabbia cominciano a colargli sul viso.

Guardo Paul. E comincio a vedere il resto della storia senza che nessuno la racconti, senza che Paul la racconti. Lo shock. Mio padre che prima è lì, e un minuto dopo non c'è più. Il cuore di Paul che batte all'impazzata, e nessuno che sia lì a sentirlo.

I primi momenti successivi. Mio padre che svanisce nel cielo notturno. Cos'è successo? Come è successo? Che cosa ha fatto Paul? Il mondo comincia a muoversi stranamente, al rallentatore, e al contempo più veloce che mai: Paul scende in spiaggia dalla scala, due gradini alla volta, chiamando il 911. Arrivando dov'è mio padre, *il corpo*, proprio mentre arriva quella coppia. Quella coppia con il cane abbaiante. Anche loro hanno chiamato il 911. La soccorritrice che prova a sentire il polso di mio padre e scuote la testa. Guarda il marito e scuote la testa.

Paul si mette a correre senza neppure rendersene conto. Senza riuscire a pensare al resto. Via di lì. Ha una figlia incinta, la figlia di Grace. La sua prima nipotina sta per nascere. Anche se lui restasse lì, non potrebbe far niente. La soccorritrice ha ancora la mano appoggiata sul petto di Liam, il marito sta parlando al telefono con il 911. Non c'è polso. C'è un cranio distrutto, un cervello distrutto. Non c'è più nulla da fare per lui. Assolutamente nulla. Ma per sua figlia, per sua nipote – la figlia e la nipote *di Grace* –, lui può fare una cosa: andarsene di lì.

Mi guarda; ha bisogno che io senta le sue prossime parole. «Adesso farò tutto quello che volete. Possiamo andare insieme alla polizia. Non dico che dobbiate assumervi voi questo fardello. Ma basta che me lo diciate, e lo farò...»

Che cosa posso dirgli? Probabilmente non quello che vorrebbe sentire: che la parola «fardello» suona inaccettabile, che il suo peso è visibile sulla sua pelle, sui capelli. Impregna il suo odore. Il peso di ciò che ha perduto, che non ha mai davvero avuto.

Potrei dirgli che capisco, guardandolo, il lutto che ci portiamo sulle spalle, quel piccolo cerchio vuoto. Possiamo amare una persona che ama qualcun altro. Possiamo passare una vita tentando di capirla, senza accettare che capirla, in realtà, non è mai stato compito nostro. Possiamo guardare dritto negli occhi una persona e non scorgere mai la sua parte più segreta, quella che ha tenuto per sé sola.

Ma, mio Dio, potessi conoscerla adesso, la parte che mio padre ha tenuto per sé. Sapere che cosa lo faceva muovere, girare, respirare.

Lei ti amava, papà. Non è vero? Amarti era la sua vita. E malgrado tutto il rumore, tutto il bellissimo, necessario rumore, la tua vita era amare lei.

Perciò faccio quello che faresti tu, se fossi qui. Quel che faresti per lei.

Tendo lentamente la mano a Paul, e stringo la sua.

L'East River ti mostra ogni cosa

Camminiamo a lungo. Siamo troppo storditi per fare molto altro. Perciò camminiamo per le vie alberate di Brooklyn Heights, allontanandoci lentamente ma consapevolmente da quello che ci è appena successo. Restiamo entrambi in silenzio per un poco, come se dirlo ad alta voce potesse distruggere qualcosa, come se potesse renderlo reale.

Poi, Sam mi domanda: «Gli credi?»

Abbiamo fatto il giro per arrivare alla Promenade. Il ponte di Brooklyn non troppo lontano di fronte a noi, l'East River e il Pier 6, il centro di Manhattan acceso delle sue luci notturne.

Penso a ciò che ho visto negli occhi di Paul, la sofferenza e il rimpianto. Quella era l'ultima cosa che avrebbe voluto. Tutto questo, è l'ultima cosa che avrebbe voluto.

«Sì, gli credo» rispondo. «Se questo migliora le cose.»

«Come può migliorarle?» chiede.

Ma poi fa un sospiro. Perché in effetti migliora le cose, un poco.

Migliora le cose, lasciare che ora nostro padre sia in pace. Migliora un po' le cose, mettere insieme i pezzi di questa storia.

Un pezzo alla volta, e diventiamo interi. Allontanando lo shock, finché quello shock non è che una piccola parte della storia. Anche se non potremo mai riavere quel che davvero vogliamo: nostro padre qui, vivo, coi suoi misteri intatti. Più vicino e, al contempo, più distante.

«Mi manca, tutto qui» dice Sam.

Mi volto a guardarlo negli occhi.

«Non ero preparato. A sentire così tanto la sua mancanza.»

Annuisco. «Nemmeno io.»

«Diventa più semplice, poi?»

Penso a mia madre, che se n'è andata prima di lui. Penso che stare senza di lei è come stare senza la pelle. Forse te ne accorgi solo quando tocchi qualcosa. Ma stai sempre toccando qualcosa.

«In un certo senso» rispondo.

«Sei una bugiarda. Ma ti ringrazio.»

Rido, lui si appoggia alla ringhiera.

«Paul sapeva, vero?» domanda Sam. «Cioè, ce lo ha detto lui stesso, che ne era consapevole. Ma credo avesse bisogno di vederlo con i suoi occhi.»

«Vedere cosa?»

«Quel che provava.»

Le parole di Sam mi colpiscono. Perché ha ragione. Inoltre, credo che non stia più parlando soltanto di Paul.

«Forse lui l'amava e basta» dico. «Perciò, in realtà, non voleva pensare a quello che avrebbe dovuto affrontare.»

«Non si può fargliene una colpa» ribatte lui. «Chi ha voglia di pensare a ciò che dovrà affrontare?»

Nessuno, vorrei dire. Nessuno ha voglia di pensarci. E quando si tratta dell'amore, quando cerchiamo di amare una persona, dobbiamo affrontare anche noi stessi: i nostri cuori infranti, i nostri passati, le nostre idee su come dovrebbe andare. Dobbiamo affrontare il nostro dolore più primordiale, come una barricata vivente che ostruisce lo spazio tra il punto in cui siamo rimasti bloccati e quello che vorremmo disperatamente raggiungere.

Sam torna silenzioso, guarda il fiume. Ormai lo conosco abbastanza bene da sapere che cosa si agita dentro quel silenzio: sotto il nostro comune lutto, lui sa cosa dovrà affrontare, sa quanto coraggio dovrà usare per arrivare dove vuole. Come se ad attenderlo ci fosse una cosa sola e non una moltitudine di scelte, che arriveranno pian piano, quando avrà messo alle spalle tutto quello a cui ha già deciso di rinunciare. La sua posizione in azienda, il suo fidanzamento, il sogno della stabilità. È tutto instabile, da qui in poi. Ma lo accetterà, e le cose andranno meglio. Per lui. E per me.

La fedeltà non ha la meglio sull'amore. Così ha detto Paul, no? Ma che gran cosa, che cosa rara e preziosa, averli entrambi. Fedeltà e amore, che danzano vorticosamente insieme. Che cosa ho fatto io finora, se non cercare di sfuggire ciò che non si sfugge? Perché quando li hai entrambi, hai tutto da perdere. E finirai per perderlo. È il prezzo dell'amore. Ma non vuol dire rinunciarci. Ti ci aggrappi, ci provi ancora, preghi che tutto possa ancora risolversi.

«Non andrò ad abitare a Brooklyn, vero?» domanda Sam.

Scuoto la testa. «No. Mai.»

«*Mai* è un tantino drammatico, ma il concetto è chiaro.»

Gli sorrido. Per me è ancora difficile: il suo viso ricorda troppo quello di mio padre. Ma comunque lo guardo, perché comincio già a intuire come potrò aiutarlo ad arrivarci, in quel posto migliore.

È una forma di egoismo, in effetti. Perché in questo momento, in questa speranza appena ritrovata, il dolore del lutto comincia a farsi meno gravoso.

Sam tiene gli occhi incollati su Manhattan, finché ce l'ha ancora davanti. Mi accosto di più a lui.

«Abbiamo fatto la cosa giusta, stasera?» vuol sapere.

È una domanda e non lo è. Ma appoggio la testa sulla spalla di mio fratello, come se fosse una nostra abitudine. E mi viene in mente che sì, forse adesso lo è.

«Abbiamo fatto l'unica cosa possibile» rispondo.

E così, insieme, decidiamo che è ora di andare a casa.

Un anno fa

«Andiamocene da qui» disse lui.

Cory lo guardò. Erano sul marciapiede davanti alla casa dove abitava da bambino, accanto alla cassetta della posta. Dovevano andare al loro liceo, per il cinquantesimo anniversario del diploma di Liam. Era stato lui a volersi fermare lì. Aveva intenzione di chiedere ai nuovi inquilini di lasciarli entrare un momento, per portare Cory a rivedere la sua cameretta di ragazzo. L'armadio a muro. Cory & Liam. Voleva vedere se c'era ancora. La soglia dove l'aveva vista la prima volta. Voleva mettersi lì. Tenerla per mano.

«Un momento, di che parli?» chiese Cory. «Vuoi lasciar perdere la visita alla casa? O la festa al liceo?»

Liam stava guardando la famiglia, dentro, dalle finestre del piccolo soggiorno. Una famiglia con bambini piccoli che guardavano i cartoni animati. Non li conosceva affatto. Non erano le persone che avevano comprato la casa dai suoi genitori. Questi erano venuti ancora dopo. E lui non era mai entrato, da quando la casa era diventata loro.

«Tutte e due le cose. Nessuna delle due. Sì.»

Cory trattenne un sorriso. «Lo sai, vero, che sei stato tu a proporre quest'avventura strampalata?»

«Lo so, sì.»

«E cosa ti ho detto quando l'hai proposta?»

«Che avrei deciso di lasciar perdere.»

Cory si mise a ridere. «Guarda quanto sei diventato prevedibile, da vecchietto.»

Lui le sorrise. «Be', comunque stasera hai l'aria stanca.»

«Ah, le donne adorano sentirsi dire queste cose.»

«Non prenderla male. Sono solo preoccupato» si scusò lui. Si chinò, le prese la mano, la baciò sul palmo.

«Perdonami» mormorò.

E d'un tratto non si riferiva più soltanto a quella sera. Infilò la mano nella tasca del cappotto. E tirò fuori un anello. Lo stesso con cui avrebbe voluto chiederle di sposarlo la sera prima che lei partisse per la scuola di specializzazione in California. Da allora, era stato lì lì per tirarlo fuori almeno dieci volte.

«Che stai facendo?»

«Ti sto chiedendo di diventare mia moglie.»

«Oh, santo cielo. Devi piantarla. Sto *benissimo*!»

Lui rimase in silenzio. Lei non voleva ascoltarlo. Però sembrava davvero stanca. Quella battaglia, Liam l'avrebbe affrontata più avanti. Avrebbe chiamato il medico di Cory. Avrebbe parlato anche con Elliot. Avrebbe insistito che lei si riposasse di più.

Le sorrise. «Non è troppo tardi.»

«Non lo voglio, questo genere di rimpianto. Diciamo solo che abbiamo fatto meglio che potevamo, e chiudiamola qui.»

«Non vuoi proprio farlo, una buona volta?»

«Fare cosa?»

«Voglio svegliarmi con te ogni giorno» disse lui. «Per tutti i giorni che ci restano.»

Lei lo perforò con lo sguardo. «Dobbiamo proprio ripetere questa scena ogni sei mesi? Ogni anno?»

«Vorrei che non lo minimizzassi...»

«Sei tu che lo stai minimizzando: sembri pensare che dovrebbe essere diverso da com'è.»

Lui la fissò negli occhi, cercando di trovare il modo migliore di perorare la propria causa. Come poteva spiegarlo? Non voleva che fosse diverso da com'era, tra di loro. Semplicemente, aveva bisogno di lei. Com'era sempre stato.

«Chiedimi quando l'ho comprato.»

«No.»

«Chiedimelo, per piacere.»

Lei lo osservò inclinando il capo. «No. Perché di sicuro la tua risposta mi farà passare la voglia di avercela con te, e sinceramente io ora voglio proprio avercela con te. Qui fuori fa freddo e ho sbagliato scarpe. E la famiglia ci sta guardando dalla finestra. La mamma sembra sospettosa. E guarda il piccolino: vuole sapere cosa ci fanno due vecchi strampalati davanti a casa sua. Tra un po' lo facciamo piangere.»

Scese dal marciapiede.

«Andiamocene.»

«L'ho comprato il giorno dopo averti conosciuta» disse lui. «Sei uscita dalla mia camera con quel vestito verde e il giorno dopo l'ho comprato dal signor Parker in Avenue A per ottantacinque dollari e quindici centesimi.»

Lei si voltò a guardarlo.

«Per questo ho voluto tornare qui stasera, per chiederti quello che avrei dovuto chiederti allora.»

«Il giorno dopo esserci conosciuti? Sarebbe stato un successo.»

Cory risalì sul marciapiede. Allungò una mano e passò il dito intorno all'anello. La fascetta. Non c'era nessun diamante. Non c'era neppure qualcosa da guardare. Era solo una fascetta placcata in oro. Non era neanche tutta d'oro. Il signor Parker gli aveva fatto uno sconto, per compassione.

«È perfetto» commentò.

Poi tolse la mano.

Lui tese l'anello verso di lei. «Santo cielo, Grace, è passato mezzo secolo, prendi questo affare.»

Lei sorrise. Quando erano da soli, lui la chiamava Grace soltanto se cominciava a spazientirsi.

«Per quanto sia forte la tentazione di diventare la tua moglie numero quattro, non ho alcun desiderio di sposarti, mio caro.»

«Be', molte grazie.»

«Non c'è di che.»

Lui strinse l'anello nel pugno, senza dire niente. Il lampione della via in cui abitava da bambino era acceso dietro di lei. Il suo passato, il suo presente. Troppo facile dire che lei ci era avviluppata dentro, in tutto questo. Facile, e improprio: lei *era* tutto questo.

«L'idea della rimpatriata scolastica non mi andava già in partenza, comunque» disse lei. «Quindi non mi perdo niente. Ma visto che mi hai fatto mettere in ghingheri, facciamo qualcosa. Passiamo da Sheet Music? Ci facciamo una cenetta? Mi farebbe piacere conoscere Jack.»

«Non l'hai ancora conosciuto?»

«L'ho incontrato solo quella volta, per strada...»

«Ti piacerà. È un bravo ragazzo. Sul serio.»

Lei lo prese sottobraccio e si avviarono verso l'auto. «Come elogio è un po' tiepido.»

«No, non in quel senso. Voglio dire che è la persona giusta per lei, non ho dubbi.» Si strinse nelle spalle. «Comunque Elliot continua a piacermi molto.»

«Hmm» fece lei. «Per Nora o per te?»

«*Touché*» rise lui.

Aprì la portiera e Cory fece per salire in macchina. «E poi devo proprio provare questa famosa torta salata con le fragole.»

«Andiamo a prenderla, allora.»

Liam fece per rimettersi in tasca l'anello. In quel momento, lei tese la mano. E lo fermò.

«Lo prendo, grazie.»

Prese da lui l'anello, lo tenne nel palmo. Non lo infilò al dito, ma lo prese. Poi alzò gli occhi su di lui e sorrise. Quel sorriso.

«Niente matrimonio, non se ne parla nemmeno. Ma stare insieme nella stessa casa? Si può fare.»

Lui annuì. «La casa ce l'abbiamo, credo.»

Grace si accomodò sul sedile, stringendosi addosso il vestito. «Okay, allora.»

Il tono era così disinvolto che lui avrebbe potuto non sentirla nemmeno. «Okay, allora.» Dopo tutto quel tempo, come se fosse la cosa più semplice del mondo.

Forse lo era. L'amore può essere semplice, dopotutto, no? Che ti basti un minuto per arrivarci o che impieghi una vita per renderlo tale. *E alla fine della fiera, è sempre meglio quando sono con te.*

Si chinò, appoggiò il naso su quello di lei e inspirò il suo aroma.

«È bello sapere che non ti sei ancora stufato di me...» disse lei.

«No. Non ancora. Né mai.»

Il menù primaverile

È un bel ristorante.

È in una casetta rivestita di scandole in legno, sul bordo di una strada sterrata, circondata da orti e alveari e con un braciere esterno, intorno al quale i fortunati che sono riusciti a prenotarsi si siedono a bere aperitivi prima di cena.

L'unico segno che si tratta di un ristorante con due stelle Michelin e non di un'abitazione qualunque è la piccola insegna di legno all'angolo del vialetto d'ingresso: «Est. 2012».

Mi siedo al bar e ordino la cena. Arrivano quattro portate. Perfette. Il mio piatto preferito, a quanto pare, è nuovo nel menù. È una focaccia bassa e biscottata con pomodori fritti, acciughe croccanti e verdure piccanti. In un certo senso è il più sofisticato sandwich lattuga e pomodoro che abbia avuto la fortuna di assaggiare; in un altro senso, è una cosa completamente diversa.

Il punto è che il mio piatto preferito, come sempre, l'ha fatto lui.

Dopo il dolce, chiedo di poter parlare con lo chef. Dico che vorrei complimentarmi personalmente.

«Veramente non è una cosa che ama fare» risponde il cameriere.

«Potrebbe dirgli che lo conosco? Mangio spesso allo Sheet Music. Gli dica che se vuole che me ne vada, lo farò.»

La cucina è impressionante. Design nordico, con piani Dekton alle postazioni di lavoro e il tetto ribassato e spiovente.

Jack è accanto alle finestre sul lato opposto e si sta sciacquando le mani in un enorme lavello rustico. Ha la divisa bianca da chef e un berretto da baseball. Si è fatto crescere la barba. È orrenda. A vederlo in carne e ossa, quasi mi manca il fiato.

Il cameriere lo chiama.

Lui alza gli occhi. E quando vede che la persona ferma lì sono io, fa un passo avanti. Poi ci ripensa e torna indietro.

«Sei tu» dice.

«Sono io.»

Fa un cenno di ringraziamento al cameriere, che se ne va e ci lascia soli accanto al lavello e a quelle grandi finestre. Una trentina di centimetri ci separano. Potrebbe essere un chilometro. O non essere niente.

«La cena era squisita» dico.

«Ne hai fatta di strada, per cenare» commenta lui.

«In realtà sono a Windbreak per un po', questo mi facilita.»

«Windbreak?»

Annuisco. «Sto lavorando a un paio di progetti a Santa Barbara e Ventura... e sto sistemando una casa nelle vicinanze. Per mio fratello.»

«Come sta andando?»

Posso rispondergli onestamente che sta andando bene. Sam se la cava bene. Sta facendo dei colloqui per un posto da talent scout per i San Francisco Giants. Intende prendere un volo per New York per vedere i bambini di Tommy, che dovrebbero nascere da un giorno all'altro. Vogliamo tornare a New York insieme.

«Bene» rispondo. «E poi, sai… meglio che stare a casa senza di te.»

Fa un piccolo sorriso. È piccolo, ma c'è. Poi si morde il labbro e il sorriso scompare.

Mi guarda, in attesa di sentire quello che sono venuta a dirgli. Ho avuto otto ore di viaggio in auto per decidere da dove cominciare.

Otto ore, quattro portate, Jack di nuovo davanti a me.

Mille domande mi ronzano in testa. *Mi domando se mi perdonerai. Mi domando se pensi che ci sia qualcosa da perdonare. Mi domando se vuoi venire a Windbreak a vedere se hai voglia di viverci con me per un po'. Potremmo aprire lo Sheet Music West davanti alla spiaggia. Restarci fino a quando vorrai. O magari restarci finché vivremo.*

Non gli ho ancora chiesto niente, ma credo lui sappia cos'ho nella mente. Perché mi guarda con quegli occhi, nuovamente aperto, disposto ad ascoltare. Lui è così. Ed è così che siamo noi, l'uno per l'altra. E so che se non funzionasse, se non volesse riprovarci – se toccasse a lui, ora, non sapere esattamente come colmare la distanza – tra noi non cambierebbe, non nella sostanza. Tra dieci anni o tra venti. Lui sarà ancora la persona di cui potrò essere sicura, ancor prima di ricordarmi perché. Sarà la persona che riconoscerò, ancor prima di sapere chi sto guardando.

Quindi, la faccio semplice.

«Mi domandavo se stasera, dopo il lavoro, ti andrebbe di prendere un gelato.»

Scoppia in una breve risata. Poi si pulisce la mano sullo strofinaccio che ha appeso in vita. E viene verso di me.

La sua voce è bassa, intensa, gentile. «Forse dovremo fare un po' di strada, per trovare qualcosa di aperto…»

«Non mi dispiace fare un giretto in macchina.»

Mi appoggia la mano sulla guancia, il viso sul viso. «No?» dice.

Scuoto la testa: no. La sua pelle sulla mia, la sua fronte sulla mia. Voglio restare così finché si può. Finché la terra e il sole e il cielo cospireranno per lasciarmelo fare, e anche un po' di più, se trovo il modo.

«Allora direi che va bene» fa lui. «Direi che è perfetto.»

Ringraziamenti

Ho messo mano a questo libro nel 2021, ma avevo già in mente da molti anni la storia di Liam e Cory. Grazie di cuore, Suzanne Gluck e Marysue Rucci, per il vostro entusiasmo che mi ha accompagnato mentre cercavo il modo di raccontare questa storia. Grazie per i pareri, la guida e l'acume dei vostri commenti, per le nostre telefonate del mercoledì e per gli innumerevoli modi di rendere ogni pagina più audace e più bella.

A Simon & Schuster e a Marysue Rucci Books va la mia infinita gratitudine per aver dato al libro una casa straordinaria. Grazie specialmente a Jonathan Karp, Libby McGuire, Richard Rhorer, Elizabeth Breeden, Jackie Seow, Jessica Preeg, Clare Maurer ed Emma Taussig; a Selina Walker e al mio incredibile team editoriale alla Century inglese; a Laura Bonner, Matilda Forbes Watson, Lane Kizziah, Paige Smucker e Ari Greenburg di Wme; a Jamie Feldman e a Liz Biber e Meredith O'Sullivan di *The Lede*.

Sylvie Rabineau, dopo vent'anni spero ancora che da grande diventerò come te.

Questo libro ha un enorme debito di gratitudine nei confronti di Scott Dunlapo della Nbbj per aver messo a disposizione la sua esperienza nel campo della neuroarchitettura; di Brandon Sampson e Liz Leber; di Katherine Eskovitz per la competenza legale; di Kate Capshaw, che mi ha fatto vedere il documentario *My Architect. A Son's Journey* in un momento fondamentale.

Vorrei anche ringraziare gli amici di Wildflower Farms, San Ysidro Ranch, Ventana Big Sur, Hotel Jerome e Las Ventanas per avermi assistita nella ricerca e per l'ispirazione. E Noah Kahan, che mi ha tenuto compagnia con le sue splendide canzoni durante la stesura del romanzo.

Per aver letto le bozze e per i loro spunti profondi, ringrazio Emily Usher, Allison Winn Scotch, Lawrence O'Donnell Jr., Wendy Merry, Stephanie Abram, Liz Squadron, Jonathan Tropper, Shauna Seliy, Jennifer Garner, Dana Forman, Allegra Caldera, Sasha Forman, Emma Destrubé, Lexi Eskovitz e Brenda Serpas. E un grazie speciale a Kira Goldberg per aver creduto da subito in questo romanzo.

Grazie alle famiglie Dave e Singer e ai miei meravigliosi amici per aver letto svariati capitoli, perdonandomi quando mi portavo sempre appresso qualche pagina del manoscritto, e per tutto l'affetto e il sostegno che mi hanno offerto; e grazie ai lettori, librai, blogger, recensori e bibliotecari che continuano a promuovere i miei romanzi. Grazie per avermi cercata, per aver voluto parlare insieme di libri, teatro e poesia, grazie per aver fatto delle librerie i miei luoghi preferiti. Dal profondo del cuore.

Per finire, i miei amori.

Jacob, il mio ragazzo preferito, il mio modello generazionale preferito, il mio tutto preferito. Niente al mondo mi fa più felice che guardarti giocare a baseball, a parte guardarti essere te stesso. Sono felicissima di essere il tuo porto sicuro, ragazzo mio. E di te amo proprio tutto.

Josh, posso fare il lavoro che amo perché tu sei il marito e il padre che sei. Grazie per questo. Grazie per la fiducia che mi regali. Grazie, soprattutto, per avermi raccontato tutte le tue storie. Mi prenderò cura di loro, e di te, con tutte le mie forze. Per sempre.

Finito di stampare nel mese di febbraio 2025
su carta holmen
con fibra vergine proveniente da foreste sostenibili holmen.com/paper
presso Grafica Veneta S.p.A.
Via Malcanton, 2 – Trebaseleghe (PD)
Printed in Italy

Certificato PEFC
Questo prodotto è realizzato con materia prima da foreste gestite in maniera sostenibile e da fonti controllate
PEFC/18-31-226
www.pefc.it

GRAFICA VENETA
CARBON NEUTRAL

Questo libro è fabbricato da Grafica Veneta S.p.A.
con un processo di stampa e rilegatura certificato 100% carbon neutral
in accordo con PAS 2060 BSI